O'Connell **Press**

Über das Buch:

»Alles Leben beginnt im Wasser ...«, flüsterte Dakota.
Der Drache ergänzte: »... und endet im Feuer.«

Dakota lebt wohlbehütet bei der Chronistin als ihr Mündel. Dies ändert sich an dem Tag ihres sechzehnten Geburtstags. Sie muss losziehen, um endlich hinter die Geheimnisse ihrer eigenen Herkunft zu kommen und spielt dabei manches Mal mit dem Feuer.

Gleichzeitig finden auch Ambro und sein Drache Norwin immer mehr Antworten auf die Fragen ihres Lebens – nicht alle davon sind leicht zu ertragen. Und doch ergeben sie – einem Puzzle gleich – nach und nach einen tieferen Sinn.

Im zweiten Band der Trilogie laufen bereits mehrere Fäden der aus »Drachenbrüder« bekannten Geschehnisse zusammen, die Protagonisten befinden sich weiter auf dem Weg, sich selbst und Leotrim mit all seinen Bewohnern besser kennenzulernen. Manch eine überraschende Wendung lässt den Leser klopfenden Herzens weiterblättern.

Eine wunderbare, bewegende All Age – Fantasygeschichte!

Über die Autorin:

C. M. Hafen: Schwabe; gebürtige Zweiundachtzigerin. Drittgeborene, konservativ erzogen, liberal geraten, von der Vergangenheit geprägt. Arbeitet mit der Sippe im Bauwesen; Malen nach Zahlen bekommt so eine Bedeutung. Schreibt aus Besessenheit, weil sie nicht anders kann. Oder will. Lebt fürs Schreiben, schreibt fürs Leben gern, lebt ihr Schreiben hier: www.zweifragezeichen.wordpress.com

C. M. Hafen

DRACHENSICHEL

Das Drachenvolk von Leotrim - Band 2

Roman

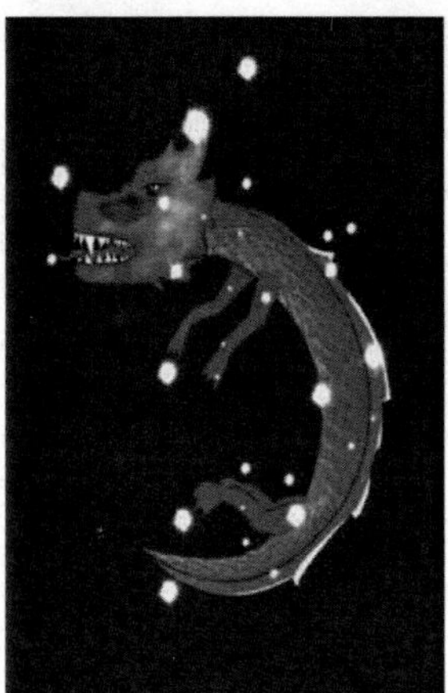

O'Connell **Press**

2. Auflage

Sie finden uns im Internet unter www.OConnellPress.de
Deutsche Erstausgabe 2016 by O'Connell Press, Weingarten

Titelillustration: © Asmus Koefoed/ Shutterstock.com
Umschlaggestaltung: O'Connell Press
Datenkonvertierung: O'Connell Press

Karte: © 2015/2016 by Arkadius
Drachensichel: © 2016 by RealLifeTree, Arkadius

Bibliographische Information der Deutschen Nationalbibliothek:
Die Deutsche Nationalbibliothek verzeichnet diese Publikation in der Deutschen Nationalbibliographie; detaillierte bibliografische Daten sind im Internet über http://dnb.dnb.de abrufbar.

Herstellung: BoD, Books on Demand, Norderstedt
ISBN 978-3-945227-51-0

»Man wird wieder aus Himmel und Sternen Bilder machen und Spinnweben alter Märchen auf offene Wunden legen.«

Christian Morgenstern

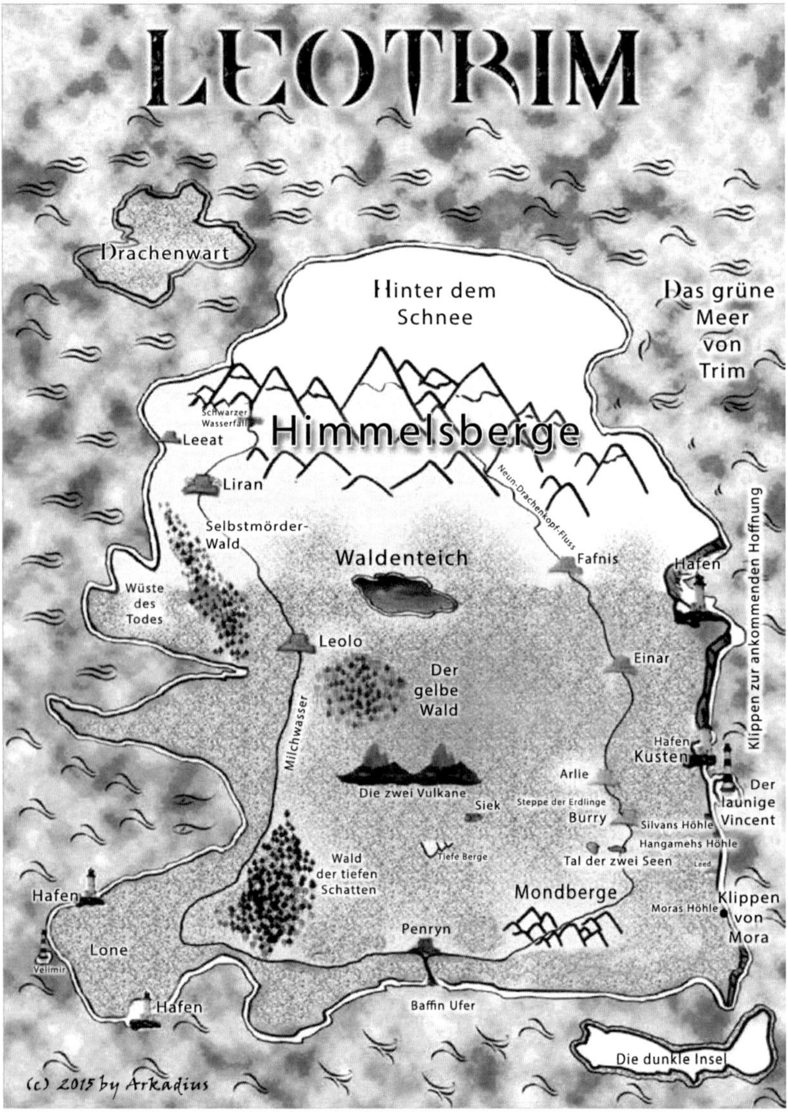
LEOTRIM
Drachenwart
Hinter dem Schnee
Das grüne Meer von Trim
Schwarzer Wasserfall
Himmelsberge
Leeat
Liran
Neun-Drachenkopf-Fluss
Selbstmörder-Wald
Waldenteich
Fafnis
Hafen
Klippen zur ankommenden Hoffnung
Wüste des Todes
Leolo
Einar
Der gelbe Wald
Milchwasser
Hafen
Kusten
Arlie
Die zwei Vulkane
Der launige Vincent
Siek
Steppe der Erdlinge
Burry
Silvans Höhle
Hangamehs Höhle
Tiefe Berge
Wald der tiefen Schatten
Tal der zwei Seen
Leed
Mondberge
Hafen
Klippen von Mora
Moras Höhle
Penryn
Lone
Velimir
Hafen
Baffin Ufer
Die dunkle Insel
(c) 2015 by Arkadius

PROLOG

Wenn man vom Wasser zur Küste hinschaut, sieht man einen in Stein geformten, schlafenden Drachen liegen, mit rauer, brüchiger Haut. Die Gesteinsnase zeigt zu den Himmelsbergen und dort, wo das Herz wäre, ist ein Höhleneingang. Nur ist Hangameh nie auf dem Wasser gewesen und weiß nichts davon.

Die Seeräuber und Wasserwesen, die Tapferen und die Feiglinge wissen: Schlafende Drachen weckt man nicht.

ZURÜCK NACH BURRY

Ambro machte sich noch vor Sonnenaufgang auf den Heimweg. Eine Art Rufen zog ihn heim. Wenn er zu Hause in den Wäldern spielte, hörte er seine Mutter selten, wenn sie nach ihm rief. Manchmal steckte er so tief im Unterholz, dass er auch ihren durchdringenden Pfiff – seine Mutter konnte hervorragend auf zwei Fingern pfeifen – nicht hörte. Er wusste dennoch, wann er nach Hause musste. Er folgte seinem Bauchgefühl, ohne ein Wort dafür zu haben. Diesmal saß er allerdings nicht in einem Apfelbaum, diesmal reichte es nicht, herunterzuspringen und loszurennen. Ambro war mindestens vier Sonnentage von Burry entfernt. Er ging schneller. Die Beine taten ihm schon am Nachmittag weh, weil er so stramm ging. Er hatte kaum geschlafen, die Ereignisse des gestrigen Tages wühlten ihn sehr auf und das ungute Gefühl beschlich ihn, dass etwas passiert war. Etwas Schlimmes.

Norwin schwieg.

»Glaubst du, ich habe das Richtige getan?«, fragte Ambro seinen Drachen. Es fühlte sich noch seltsam ungewohnt an, mowarisch zu sprechen. Er konnte es erst seit Kurzem und es fühlte sich wie seine ersten Schreibversuche an. Seine Mutter hatte ihm einen kleinen Ast gegeben und ihm gezeigt, wie man ihn wie eine Schreibfeder hält. Damit hatte er seine ersten Striche in den lehmigen Boden der Winterstatt gekratzt.

Sie hatte behauptet, die Linien und Bögen seien Buchstaben.

»Aus Buchstaben werden Wörter. Aus Wörtern werden Sätze und aus Sätzen werden Geschichten«, erklärte sie ihm damals. Er hatte sie angestarrt und versucht, zu verstehen, natürlich glaubte er ihr und wollte sofort Geschichten lesen und erzählen können. Doch noch musste er sich mit Bögen und Linien abmühen, die nur langsam Sinn ergaben. Zu Anfang hatte er die Buchstaben enorm groß gemalt, er war so konzentriert, dass er die Ermahnung der Mutter, die Zunge gehöre in den Mund, dauernd überhörte. Dann war aus seinen Bemühungen, die Vorgaben der Mutter abzumalen, ein vertrautes, kleineres Schreiben geworden. Seine Hand gewöhnte sich an den Ast und die Art, ihn zu halten, er machte keine Pausen mehr zwischen den Buchstaben, schaffte es, Wort um Wort flüssig in einem Rutsch zu schreiben.

Dann bekam er seine erste Feder. Ambro fühlte, dass er jetzt gewissermaßen erneut auf dem Weg zu einer ersten Feder war, aber das dauerte noch und Geduld war nicht seine Stärke.

Norwin schwieg.

»Hast du mich gehört?«, fragte Ambro, diesmal leotrisch.

»Ja«, antwortete der Drache leise.

»Sag mir, was du denkst«, bat Ambro.

Sie gingen nebeneinander her. Norwin war, wenn er auf allen Vieren ging, nicht größer als Ambro. Das blaue Band, die geistige, die mowarische Verbindung zwischen ihnen war neu und noch dünn. Ambro legte seine rechte Hand bequem auf dem Rücken seines Drachens ab, genau zwischen seine Flügel, so fühlte er sich ihm näher. Das Band musste noch wachsen. Gestern Abend waren sie zusammen im Dorf Leed gewesen und Ambro hatte sich für jemand anderen ausgegeben. Es schien, als sei das schon ein ganzes Drachenleben her und doch purzelten seine Gedanken durcheinander wie spielende Kinder im Heu. Er hatte noch keine Zeit gehabt, alle zu sortieren.

Norwin schwieg weiter. Er überlegte, ob er seinem *Broder* sagen sollte, dass er seine Frage gehört hatte. Die Frage, die er Hangameh in der Nacht und flüsternd gestellt hatte. Norwin wäre nie auf die Idee gekommen, Hangameh darum zu bitten – er sah die Notwendigkeit nicht. Im Schein des Feuers war er stark gewesen und stolz darauf, Ambros Plan mit umgesetzt zu haben. Er hatte Angst gehabt und dennoch getan, was nötig war. Er hatte seinen Flügel gezeigt und der Rat von Leed, die Menschen im Dorf, die anderen Drachen hatten ihn gesehen.

Ambro hatte verstanden, was *in Ungnade fallen* bedeutete. Seine Mutter wollte es ihm erst erklären, wenn er älter wäre. Ambro hatte sich seinen eigenen Reim darauf gemacht und es allein herausgefunden. Norwin fragte sich, ob der Name auf NevNevs Schuppe nun geschwärzt war, wie so viele Namen auf Silváns Körper. Er war sich fast sicher, dass es so war.

Silván, der Kindshüter von Leotrim. Norwin dachte oft an ihn. Bei seiner Verbindungszeremonie war er da gewesen, hatte ihn angesehen, und Norwin hatte seine enorme Kraft und Ruhe gespürt und sich gefragt, ob er je so groß werden würde. Ob er sich seiner je so sicher sein würde. Norwin war ein bisschen neidisch gewesen auf den alten Drachen. In den Himmelsbergen, als er noch ein Toddler ohne *Broder* war, sprachen die Ammen oft von Silván. Er fragte sich, ob die Geschichten, die Legenden und Mythen um Silván mit ihm sterben würden, jetzt, da er nicht mehr hier war. Wie arm wäre Leotrim? Norwin mochte sich einen Abend, ein Zunestgehen ohne eine Geschichte über Silván nicht vorstellen.

»Ich weiß es nicht«, sagte er schließlich zu Ambro, der immer noch auf eine Antwort wartete.

Die Chronistin hatte dank Ambros Hilfe verstanden, wie mächtig ihre Chronik war, dass sich Dinge verändern ließen. Ambro hatte sich für Nev eingesetzt, der von seinem Vater misshandelt worden war. Er hatte die Verbindung zwischen den beiden aufgehoben, er hatte den Namen des Vaters im Feuer verbrannt.

Nachdem das Feuer verglüht und die Menschen immer leiser geworden waren – es dauerte lange, bis Ruhe in Leed einkehrte – nächtigten Hangameh, Ambro und Norwin in einer kleinen Kammer bei einem Mann namens Swell. Er wurde von den Dorfbewohnern bestimmt, die Chronistin und die beiden Fremden bei sich aufzunehmen. Glücklich schien er darüber nicht zu sein. Es war spät, der Weg zurück zu Hangamehs Höhle war zu weit. Die drei blieben in Leed und schliefen kaum.

Norwin hatte sich im Heu zusammengerollt, da Ambro keine Anstalten machte, bei ihm zu liegen, wie sie es sonst unter freiem Himmel taten. Hangameh lag nah bei Ambro und starrte das Schindeldach über sich an und als würden die Lichter sie nicht sehen, griff Hangameh nach Ambros Hand und ließ sie bis zum Morgen nicht mehr los. Sie atmete tief und ruhig: Ambro roch nach Drache, herb nach nassem Lehm und ein bisschen nach blühendem Bärlauch. Wie jemand, der frei ist, hinzugehen, wo immer er hinwill.

In dieses Dunkel hinein flüsterte Ambro: »Könntest du in deine Chronik schreiben, dass sein Flügel gesund ist?«

Und Norwin hatte es gehört.

DAS LEBEN BEGINNT IM WASSER UND ENDET IM FEUER

Smilla fühlte sich nicht wohl. Die Morgenübelkeit hielt sich nicht an den Morgen, sondern plagte sie den ganzen Tag. Immer wieder hastete sie ins Gebüsch – sehr oft schaffte sie es nicht bis zum Abortkübel. Sie redete sich ein, es läge nur an ihrer Schwangerschaft und am ständigen Brechreiz, aber ihre Sorgen waren größer. Ihr Gefährte war unterwegs in die Himmelsberge und ihr Sohn Ambro mochte sich verlaufen haben, an der Küste abgestürzt, von Wegelagerern entführt oder schlicht weggelaufen sein, weil es überall spannender war als hier. Sie kannte doch ihren kleinen Träumer. Wenn er im Wald ein Eichhörnchen entdeckte, rannte er ihm stundenlang hinterher, kletterte auf Bäume und wusste am Schluss nicht mehr, wo er war. »Ich habs vergessen«, sagte er dann. Sie konnte nicht beurteilen, ob er die Zeit, den Heimweg oder seine Zugehörigkeit zur Familie meinte.

Einmal, da hatte ihr Drachenmädchen Tara ihn in einem Hasenbau entdeckt. Er hatte sich, schlank wie er war, in die Öffnung hineingezwängt und war stecken geblieben. Nur seine Beine schauten noch aus dem Erdloch heraus, Ambro und die Hasen saßen gleichsam fest. Tara hatte ihn herausziehen müssen und ihn sehr kleinlaut und völlig verdreckt nach Hause geführt. Smilla musste lächeln. Ihr wäre wesentlich wohler, wenn sie wüsste, dass Aidar oder Tara ein Auge auf ihn hätten. Aber der Feuerdrache Aidar war mit ihrem Gefährten unterwegs – den Lichtern sei Dank. Einen großen Teil der Strecke würden sie fliegen können. Olafur musste den Berg allein erklimmen, aber bis dahin war er wenigstens nicht allein.

Und Norwin? Smilla lag nachts schlaflos in ihrem Nest und flehte die Lichter an, ihn nie im Dunkeln allein zu lassen. Nichts war so trostlos, so fürchterlich, wie eine sternlose Nacht.

Smilla streichelte ihren leicht gewölbten Bauch. Das neue Leben, geschützt im Fruchtwasser, war noch nicht zu erkennen, ihre Kleidung kaschierte es noch, aber Smilla spürte ihr Mädchen schon. Der Seher mit seinen vier Scheiben hätte ihr gar nicht zu sagen brauchen, dass es ein Mädchen werden würde. Sie wusste es auch so, sie hatte von Aelia geträumt.

»Jetzt gibt es nur uns beide«, sagte sie. Tara schnaubte. »Natürlich uns drei«, setzte sie hastig hinzu und kraulte ihr Drachenmädchen im Nacken. *»Du passt auf uns auf, ja?«*

Tara berührte mit ihrer Nase sachte Smillas Wange. *»Ja!«*

***

Die Sonne würde bald untergehen, Smilla musste sich beeilen. In ihrer Schlafkammer hatte sie ihr Gewand schon bereitgelegt, das sie zu Graums Grablegefeier anziehen wollte. Graum war eine Feuerbringerin gewesen, daher sollte sie auch etwas Rotes tragen, aus Respekt. Smilla durchwühlte die Sachen ihres Gefährten und entschied sich für einen roten Schal aus Wolle. Sie nahm auch eine von Olafurs Trommeln, er würde nichts dagegen haben. Sobald die Sonne verschwunden wäre, würde es kühl werden, daher ließ Smilla ihr braunes Leinenkleid als Unterrock an und zog ein festliches Kleid aus Tuch einfach darüber. Sie schnürte sich eine Kordel um die Hüfte und zog auch Schuhe aus festem Leder an. Mit Schal und Trommel machte sie sich auf den Weg.

Nach Sonnenuntergang trafen sich die Bewohner des Dörfchens Burry auf einer kleinen Anhöhe, einige Flügelschläge entfernt von der Holzbrücke, die über den Neun-Drachenkopf-Fluss führte. Graum hatte sich diesen Platz ausgesucht, vor einem halben Leben. Smilla dachte plötzlich an ihre eigene Zeremonie, als sie großjährig geworden war und ihre Eltern ihr sagten: »Du musst einen Platz aussuchen, wo du unter den Rosen liegen willst, wenn du nicht mehr bist.« Smilla hatte Olafur kaum gekannt und ohne Rücksicht auf ihn einen Ort in ihrer Heimat, in den *tiefen Bergen* gewählt. Ihre Mutter kümmerte sich um den Platz und die Rosen, Smilla reiste nur zur Wintersonnenwende dorthin und pflegte den Brauch, die schlechten Dinge, die ihr im vergangenen Jahr widerfahren waren, loszulassen und die guten, die sie mit hinübernehmen wollte, in ihr Grab zu legen. Es war nur ein Symbol, sie wusste, dass sie nichts mitnehmen konnte. Aber sie fand den Gedanken tröstlich, ein paar Dinge in ihrem Grab zu haben, die ihr viel bedeuteten. Allerdings würde Olafur nicht neben ihr liegen, wenn es soweit war. Er stammte aus dem *gelben Wald*, das war weit weg. Smilla schüttelte die Gedanken ab. *Graum,* sagte sie sich. *Das ist Graums Feuer.*

Es war eine dumme Idee gewesen, die Trommel von Olafur zu nehmen. Die Lederriemen schmerzten auf der Haut, das Gewicht der Trommel lag ihr schwer auf den Schultern und die Trommel selbst drückte sich in ihren

Bauch. *Was Aelia wohl von dem Lärm hält, den ich hier veranstalte?,* fragte sich Smilla. Sie ließ sich von ihren Sorgen nichts anmerken und sang laut, wie ihre Nachbarn, das Lied vom *Holosch.*

Sie hatte Geschmack, fand Smilla, als sie sich der Grabstelle näherte. Graum war eigen gewesen, war der Dorfgemeinschaft und ihren Bräuchen und Festen oft ferngeblieben. Dieser Ort gefiel den Leuten. Der Hügel stieg sanft an, Tamsen hatte am Nachmittag noch mit seiner Sense das hohe Gras gemäht, damit die Trauernden und die Sargträger bequem herauf gelangen konnten. Es roch nach frischer Erde, Harz und ein wenig nach Regen. Den Zenit des Hügels markierte eine Birke, sie stand so einsam da, wie Graum immer gewesen war, doch es sah friedlich aus, so wie ein ewiges Bett sein sollte. Einige Erddrachen hatten das Grab ausgehoben, ohne die Wurzeln der Bergrosen, die Graum sich ausgesucht hatte, zu verletzen. Die Dorfbewohner kamen in einer langen Reihe aus dem Wald von Burry den Hügel hinauf. Die einen hielten Fackeln in der Hand, die anderen ihre Instrumente; Trommeln und Flöten aus Holz, Rasseln und Ratschen, mit denen sie einen gewaltigen Radau veranstalteten. Sie alle sangen die Totenlieder, feierten das Leben und verabschiedeten die Verstorbene.

Als alle auf der Anhöhe versammelt waren, verstummten die Lieder, die Instrumente schwiegen für einen Moment, nur die Fackeln knisterten leise. Duvall räusperte sich. Die Dorfbewohner besahen sich den Ort, die Wiese, den Mond und die Lichter über sich, die Stille mochte niemand. Stille war gefährlich. Heute Nacht kam der Holosch, die alte Graum zu holen, da war es besser, man machte Radau, um nicht verwechselt zu werden.

Vier Mann trugen die hölzerne Bahre heran, auf der Graum in Tücher gehüllt lag.

»Das Leben beginnt im Wasser und endet im Feuer«, sagte Duvall. Er war einer der Ältesten im Dorf und hatte Graum am besten gekannt. Es war nur recht, dass er ihre letzte Zeremonie abhielt. Er trug, ihr zu Ehren, einen roten Mantel. Im Fackelschein wirkte er fast orange. Duvall rückte seine Mütze zurecht und kraulte seinen dichten, grauen Bart.

»Der Tod ist da. *Holosch.*

Tot, ihr Jungen und Männer. Graum ist tot.

Tot, ihr Mädchen und Frauen. Graum ist tot.

Tot, ihr Drachen und Feuer.

Tod um uns, jeden Tag. Im Licht, im Dunkel und dazwischen.

Ade Graum. Ade. Mögen die Lichter dich erkennen. Ade.

Beerdigt euren Groll. Beerdigt eure Trauer. Wir leben.

Werft hinab, was euch belastet. Lasst alles hier.

Es ist ein Segen.«

Duvall hatte mit fester Stimme gesprochen, die Tränen in seinen Augen glitzerten im Feuerschein.

»Holosch!«, antworteten die Trauernden unisono. Die vier Träger kletterten in das Erdloch, hoben zusammen die alte Graum in ihr Grab und murmelten dabei: »Holosch, Holosch, Holosch.«

Duvall wischte sich mit dem Ärmel unbeholfen über die Augen.

»Die Toten sind still, die Lebenden nicht. Macht Lärm, ihr Lebenden, singt und trommelt, damit der Holosch euch nicht für tot hält und euer Licht mitnimmt. In der Erde ist es dunkel, am Himmel nicht. Selbst in der Nacht sieht man dort noch irgendwo ein Lichtlein. Immer gibt es Hoffnung.« Seine Stimme klang nicht mehr fest, die Trauer hatte ihn in Besitz genommen, es gab nichts mehr zu sagen.

Nachdem die vier Männer herausgeklettert waren, warfen die Bewohner ihre Fackeln in die Grube und die Tücher brannten sofort.

»Das Leben beginnt im Wasser und endet im Feuer«, riefen die Dorfbewohner. Wer ein Andenken an Graum hatte, warf es in ihr Grab. Smilla kannte die alte Graum nicht sehr gut, daher hatte sie nur ein geschnitztes Stück Holz für sie. Ambro hatte versucht, einen Bären zu schnitzen, er war nicht besonders gut gelungen, reichte als Symbol für die Zeremonie aber trotzdem.

»Möge dein Licht uns die Nacht erhellen«, flüsterte sie. Um sie herum erschallten wieder die Trommeln und die Flöten und Ratschen. Smilla fügte sich in den Takt ein und ignorierte ihre schmerzenden Schultern. Die Drachen, Flieger und Feuerbringer, stiegen auf und kreisten über der brennenden Grabstelle mit wildem Geschrei. Nach drei Runden stoben sie in alle Windrichtungen davon.

Etwas Dunkles huschte über den Himmel. Nerina dachte nicht daran, in seine Höhle zurückzukehren. Niemand konnte ihn zwingen.

DIE GLOCKEN SIND STILL

Ambro ließ alles hinter sich: Die Küste, Hangameh, die Menschen von Leed, selbst die beiden Nevs und machte sich auf den Heimweg, seltsam angespannt. Seine rechte Hand lag auf dem Rücken seines Drachens. Norwin war schweigsam, was Ambro merkwürdig fand. Auf dem Hinweg wusste er nicht, wie er mit seinem Drachen sprechen sollte, niemand hatte ihm erklärt, wie man mowarisch sprach. Geschweige denn, dass es diese Art der Kommunikation überhaupt gab. Letztlich hatte der Wasserdrache Rem diese Tür nach Mowa aufgestoßen. Ambros Gedanken sprangen wild umher. Sobald er heimkam, wollte er den Vater fragen, warum er ihn nicht besser auf seinen Drachen vorbereitet hatte und auf diese Reise. Er hatte seinen Sohn einfach aus dem Nest geschubst und verlangt, dass er fliegen möge, wohl wissend, dass er es nicht konnte.

Seine Mutter wollte er nach einer alten Geschichte fragen, die sie ihm einmal erzählt hatte, über eine Schildkröte, die an der Küste lebte: *Die Klippen von Mora.*

»Mowa, Mora, Mowa, Mora«, flüsterte er leise vor sich hin. Angestrengt versuchte er, sich an die Geschichte zu erinnern. Sie hatte ihm in der Winterstatt viel vorgelesen, ihm und den anderen Kindern. Eine Schildkröte, das war langweilig gewesen, die Jungen wollten immer etwas über

Drachen und Helden hören, über Silván oder Eisdrachen, über Riesen und Seeungeheuer.

Wenn er dann nicht schlafen konnte, weil er zu aufgeregt oder die Bilder in seinem Kopf zu zahlreich waren, da tröstete der Vater ihn. »Alles Märchen«, sagte er und küsste seine Stirn. »Schlaf jetzt.«

Ambro war müde vom Denken.

Und Hangameh? Er hatte so viele Fragen an Hangameh. Wer hatte die Namen auf Silváns Rücken geschwärzt? Sie war es nicht gewesen, er hatte es in ihrem Gesicht gelesen, sie hatte keine Ahnung davon gehabt, dass ihre Chronik das konnte. Sie war von seiner Tat und dem Ergebnis überrascht und Ambro hatte die Angst in ihren Augen gesehen.

Nun, auf dem Heimweg, wusste er, wie man mowarisch sprach. Ambro wollte Norwin nach den Himmelsbergen fragen und danach, wie das mit den Vätern und den Eiern war, nach der *Mutter aller Wasser,* einfach alles. Doch er traute sich nicht. Norwin ging auf allen Vieren, den Kopf tief gesenkt und die Nase nah am Boden, in seiner gewohnten Art. Er schien weit weg zu sein und Ambro war verwirrt. Sie hätten zufrieden sein und hocherhobenen Hauptes heimkehren können. Sie hatten Nev und seinem Drachen NevNev geholfen, Gerechtigkeit für sie erwirkt. Das war doch gut!

»Das war es doch?«, flüsterte Ambro, mehr zu sich selbst. Er war sich nicht mehr sicher.

Es war nicht gut, wie Ambro bald herausfand.

Er hatte gehofft, den beiden Nevs noch einmal zu begegnen oder dem Hirten Manon, der ihnen einen Apfel geschenkt hatte. Swell, der sie in Leed beherbergt hatte, war großzügig gewesen. Er hatte ihnen einen Wasserschlauch, getrocknetes Obst und Pökelfisch mit auf den Weg gegeben. Sie würden heimkommen mit diesem Proviant. Sie waren nicht auf Hilfe angewiesen, dennoch hätte Ambro alle drei gern wiedergesehen. Er fragte sich, während er ging und versuchte, das mulmige Gefühl im Magen zu ignorieren, ob er sie je wiedersehen würde.

»Unsinn«, schalt er sich. »Natürlich sehe ich sie wieder. Sie sind ja nicht aus der Welt gefallen.«

Norwin sah fragend zu ihm auf.

»Ich rede mit mir selbst«, sagte Ambro.

»Yari wird weitergezogen sein«, sagte Norwin. Er sprach leise. *»Aber der Hirte …«* Norwin beendete den Satz nicht.

»Merkwürdig, oder?«

»Er trug grün. Er muss in der Nähe der Küste bleiben, bei seinem Drachen.«

Ambro lächelte. Norwin war die zugehörige Farbe des Hirten aufgefallen. Ihm nicht.

»Wir sind ein gutes Gespann, du und ich.«

Norwin schwieg. Ambros Frage, ob die Chronik die Deformierung seines Flügels verändern konnte, beschäftigte ihn noch. Er brauchte keine Chronik, keinen gesunden Flügel. Nur seinen *Broder* an seiner Seite. Norwin suchte nach Wörtern, mowarischen Wörtern, das Kollern mit einem Drachen war eine ganz andere Sache, er suchte nach Wörtern, mit denen er Ambro begreiflich machen konnte, dass es an ihm nichts gab, was geändert werden musste. Mit zwei gesunden Flügeln wäre er ein anderer. Er wollte aber niemand anderes sein als Norwin aus den Himmelsbergen.

Sie brauchten drei Sonnentage, um das Dorf Burry zu erreichen. Nachts schlief er kaum, tagsüber hetzte er über die Wiesen und Felder, er gönnte sich und Norwin kaum eine Pause. Sie trafen niemanden und es war seltsam still. Die Bäume wogten im Wind, die Blätter raschelten und Ambro fühlte sich an das Rauschen des Meeres erinnert. Doch kein Vogel pfiff eine Melodie. Er hörte keine Kinder spielen, keinen Marktschreier seine Waren anpreisen, niemand wusch Wäsche im Fluss. Ambro überquerte die Holzbrücke über dem Neun-Drachenkopf-Fluss, es schien ihm ewig her zu sein, dass er dieses warme Holz unter seinen bloßen Füßen gespürt hatte.

»Irgendwas stimmt nicht«, sagte Norwin. Langsam gingen sie weiter, passierten die ersten Baumhäuser von Burry, Ambro bekam Bauchweh, als er die Sommerlinde, sein Zuhause, sah. Sein Vater war nicht im Gemüsegarten. *Er wird beim Backhaus sein,* sagte er sich und war doch seltsam sicher, dass sein Vater auch dort nicht war. Ambro ging langsamen Schritts weiter, suchte mit den Augen alles ab. Der Schweinekoben war leer, die wilde Berta und die kleine Suna nirgends zu sehen. Die Gänse: fort.

»MAMA!«, brüllte Ambro. Er bekam keine Antwort. »Mama?«, fragte er leiser.

Norwin kletterte am Baumstamm empor, er hatte nichts übrig für Treppen, auch jetzt nicht. Drei lange Atemzüge später war er wieder unten.

»Niemand da.«

Ambro wurde es schlecht. Sein Vater hatte ihn einmal mitgenommen zum Schmied, damit er zusehen konnte, wie die Drachen den Ofen anheizten, wie Eisenerz, Bronze, Zinn und Kupfer erhitzt und gegossen wurden. Der Schmied hatte eine Glocke gefertigt, die glühende, zähflüssige Masse kroch vom Ofen den Kanal entlang und ergoss sich in die Form aus Erde, Ziegelsteinen und Lehm. Es dampfte und stank und Ambro hatte sich gefürchtet, die Form könnte aufplatzen wie ein Vulkan und Asche, Lava oder der Holosch selbst würde sich über sie alle ergießen. Er hatte die Hand seines Vaters gehalten, sich halb hinter ihm versteckt. Nun wusste er, wie die in Erde eingebuddelte Glockenform sich gefühlt hätte, wäre sie ein Lebewesen. Die Angst ergoss sich rot glühend und zäh in ihm, füllte ihn vom Kopf bis zu den Zehen aus und er befürchtete, er würde platzen. Dann würde sich die Angst über die Welt ergießen und erlahmen. Ambro rührte sich nicht.

»Ich habe einen furchtbaren Fehler gemacht«, flüsterte er, tränenüberströmt.

Norwin setzte sich neben Ambro hin und richtete sich auf.

»Es fehlen Dinge«, sagte Norwin, gewohnt leise. Ambro verstand ihn fast nicht. Er schluckte schwer, zog die Nase hoch, ließ sich auf die Knie fallen und schluchzte hemmungslos.

Norwin wartete ab. Jeder Muskel in seinem Körper war angespannt, sein Gedärm ein hoffnungsloser Knoten, er hatte die Ohren angelegt und horchte angestrengt, ob er noch etwas anderes wahrnahm, über Ambros Furcht hinweg.

Ambro wischte sich mit dem Ärmel übers Gesicht. Er versuchte, sich zu beruhigen, doch die heiße Angst ließ sich nicht so einfach vertreiben. Schließlich legte Norwin eine schwere Pfote auf Ambros Kopf und die andere auf seinen Rücken. Das beruhigende Blau seines Drachens kühlte endlich Ambros Gemüt.

»Es fehlen Dinge«, wiederholte der Drache ruhig. Ambro drückte sich an ihn, berührte mit seinem tränennassen Gesicht Norwins raue Brust. Die Schuppen fühlten sich kühl an.

»Welche?«, fragte er endlich.

»Diese Dinge, mit denen ihr Menschen euch bedeckt.«

»Kleidung?« Ambro löste sich von Norwin. Seine linke Pfote hatte einen erdigen Abdruck auf Ambros Mantel hinterlassen. Norwin beließ ihn dort und wischte ihn nicht ab.

»Ja, und Nahrung«, sagte Norwin nach einer Pause. *»Und ein Messer, wie du es hast.«*

Ambro wusste, der Vater hatte seiner Gefährtin eines geschenkt, doch sie ließ es immer in einer ihrer Truhen liegen. »Wozu brauche ich ein Messer?«, hatte Smilla lachend gesagt.

Als Ambro fragte, ob er es haben dürfe, sagte sie: »Nein. Ich brauche es nicht, aber es ist ein Geschenk, es ist meins.« Und damit war die Sache erledigt. Ambro hatte inzwischen ein eigenes.

Ambro stand auf und rannte los. Die Treppen hinauf, in die Kammer seiner Eltern. Norwin hatte recht. Die Truhen seiner Mutter, drei Stück, waren leer. Nun, etwas gefasster, ging er wieder hinunter und sah sich weiter um. Über der erloschenen Feuerschale vor dem Baumhaus hing noch ein Topf. Was immer seine Mutter darin zubereitet haben mochte, es war schwarz und verkohlt und tief in den Topf hineingebrannt. Niemals würde seine Mutter etwas anbrennen oder sogar Fleisch arglos herumliegen lassen, das Ameisen oder Schlimmeres anlocken konnte. Ambro wunderte sich sehr. In der großen Holzschale, in der er sonst Teller und Becher zum Fluss trug, um sie dort auszuwaschen – das gehörte zu seinen Aufgaben – lag das beschmutzte Geschirr ihrer letzten Mahlzeit. Ein Teller, eine Schale, ein Becher.

»Nicht zwei«, flüsterte Ambro, »es müssten aber zwei sein.«

Ambro dachte angestrengt nach. Wenn sein Vater gleich nach Hause gegangen wäre, nachdem er ihn und Norwin im Nirgendwo ausgesetzt hatte… »Vielleicht ist er nicht nach Hause gekommen.«

»Er ist in eine andere Richtung gegangen«, sagte Norwin, der Ambros Gedanken gespannt verfolgt hatte.

Ambros Mutter hatte all das Steingut im Haushalt der Gulurs selbst geformt und bemalt. Den eckigen Brotkasten, die Waschschüssel und den Krug, Teller, Becher und Suppenschalen. Auf den Bechern war die rote Flamme der Feuerdrachen abgebildet, auf den Tellern eine grobe Karte von Leotrim in den Farben der Erddrachen. Die Sachen waren ihr ganzer Stolz. Ambro versuchte, sich vorzustellen, was hier passiert sein und was seine Mutter bewogen haben mochte, all diese Dinge achtlos liegenzulassen, fortzueilen … als wäre sie gezwungen gewesen, hastig aufzubrechen. Ambro hatte kurz geglaubt, seine Familie hätte sich in Luft aufgelöst, weil er sich für Nev ausgegeben und einen Namen im Feuer verbrannt hatte. Er schöpfte Hoffnung, das Verschwinden seiner Eltern möge nichts mit Nev zu tun haben.

»Andere sind auch weg«, sagte Norwin.

»Wenn das hier wegen Nev passiert wäre, dann wären alle anderen noch da, oder?«

Norwin nickte.

»Jori«, sagte Ambro.

»Soems«, flüsterte Norwin.

***

Man betritt nicht einfach das Heim eines anderen, das wusste Ambro. »Du kletterst nicht Leitern hinauf oder steigst die Treppe empor, als wärst du dort zu Hause«, schimpfte die Mutter immer, wenn er Jori besuchen ging. »Benimm dich!«, warnte sie. Auch heute ignorierte er diese Regel. In jedem Baum hing eine Glocke und üblicherweise läutete man diese, wartete aber bei der Feuerschale, bis man eingeladen wurde, heraufzukommen. Doch die Feuerschalen waren kalt, die Glocken blieben still. Ambro hastete von Nachbar zu Nachbar. Treppen hinauf, Treppen hinunter. Überall erwartete ihn dasselbe Bild: hastig verlassene Häuser, leere Truhen, Unordnung. Es blieb das unbestimmte Gefühl: hier war etwas passiert. Etwas Schlimmes.

Ambro saß in Joris Nest und überlegte. *»Wo könnten sie sein?«*

Norwin hörte kaum hin. Er atmete mit geschlossenen Augen und versuchte, den Duft von Soems zu erschnüffeln. Er war da, aber nur schwach. Ein bisschen Hagebutten, vermischt mit Sand und Salz.

»Die Höhlen«, sagte er schließlich. *»Vielleicht sind sie dort.«*

DAKOTAS GEBURTSTAG

Vor vielen Jahren hatte Hangameh ihr Mündel Dakota am Strand gefunden, so wie man eine Flaschenpost findet oder eine hübsche Muschel. Hangameh dachte an die Nacht zurück, wieder einmal schlaflos, bei Kerzenschein. Damals hatte es heftig geregnet. Sie wusste sich nicht zu helfen, hob das Kind aus dem Boot und trug es die Treppen hinauf in ihre Höhle. Hangameh kannte sich mit Worten aus, mit Stift und Papier, auch mit Drachen, selbst Sterbende brachten sie nicht aus der Fassung. Aber ein kleines Mädchen, zwei, vielleicht drei Jahre alt, das nicht weinte und nur schaute, mit großen, grauen Augen schaute, war zu viel für sie. »Dakota« war alles, was es sagte. Mehr Worte hatte das Kind nicht.

Heute konnte Hangameh nicht mehr sagen, wie lange sie sich gegenüber gesessen, wie lange sie sich angestarrt hatten, bis sie endlich auf die Idee gekommen war, das Mädchen zu baden, in trockene Kleider zu stecken und ihm ein Nest für die Nacht herzurichten.

Sie konnte sich nicht entscheiden, ob sie dem Kind Mutter, Lehrerin oder Freundin sein wollte. Letztlich war es auch gleichgültig. Dakota benötigte ein Nest, eine Mahlzeit und eine Aufgabe. Von alledem hatte Hangameh mehr als genug.

Als Dakota schlief, arglos, traumlos, tief, war Hangameh klar, dass sie das Mädchen nicht weggeben würde. Dakota war – wie sie selbst – nicht geboren, sondern aus dem Himmel gefallen, einfach da. Für dieses Kind galten nicht dieselben Regeln wie für die Menschen von Leotrim. Es würde niemand für sie in die Himmelsberge gehen, dort würde kein Drache auf sie warten, sie würde nicht zur Schule gehen, insgeheim hoffte Hangameh sogar darauf, das Kind möge nicht wachsen, so wie sie nicht wuchs. Jahr um Jahr sah sie gleich aus. Gleich groß, gleich jung, ewig Kind.

Hangameh hatte plötzlich viel zu tun, neben ihrer normalen Arbeit als Chronistin. Erst ließ sie sich von einer der Frauen am Hafen zeigen, wie man nähte. Ihre Kleidungsstücke, selbst die beigefarbenen Leibchen, waren dem Kind zu groß. Hangameh wollte wie eine Mutter Hosen, Hemden, den Mantel für Dakota selbst nähen. Von einer anderen Frau ließ sie sich zeigen, wie man richtig kochte. Sie selbst hatte keine großen Ansprüche, aß nur wenig, selten drei Mahlzeiten am Tag, noch seltener warm. Mit Dakota wollte sie einen strukturierten Tag mit gemeinsamen Essenszeiten, einem Spaziergang und ihren Studien haben. Das Kind sprach nicht viel, zeigte sich aber gelehrsam, beherrschte bald alle Buchstaben, alle Zeichen und Symbole in ihrem Archiv. Sie merkte sich mit Leichtigkeit die Wege, folgte ihr überallhin. Dakota lächelte nur wenig. Einzig die zwölf Perlen in Hangamehs Haar, fünf lachs- und sieben olivfarbene, sowie die einzeln geflochtene Haarsträhne schienen das Kind zu erfreuen. Abends, wenn Hangameh eine Gute-Nacht-Geschichte erzählte, berührte Dakota jede Perle und wickelte sich die Haarsträhne um die Hand.

Hangameh entschied schließlich, dass Dakota zwei Jahre alt sei und der Tag am Strand, der ihr beider Leben verändert hatte, künftig Dakotas Wiegenfesttag sein sollte. Um ihr die Bräuche und Traditionen, die Zeremonien, von denen sie nicht ausgeschlossen war, beizubringen, musste sie ihr ein Vorbild sein, sich selbst daran halten. Die für sie schwierigste von allen Zeremonien war das Wiegenfest. Hangameh hatte keinen Geburtstag und bisher auch keinen Menschen um sich gehabt, dem sie hätte etwas schenken können. Sie hatte keine Eltern, keine Vergangenheit und mehr Zukunft, als ihr lieb war. Die Sommersonnenwende war ihr die liebste Zeit und das schönste Fest im Jahr, auch wenn sie immer nur aus der Ferne zusah, und so entschied sie, mit einem Lächeln, das eher zu einem Lausejungen gepasst hätte, dass der Tag der Sommersonnenwende ihr Geburtstag sein sollte.

Wie es Brauch war, schenkte sie an diesem Tag dem wichtigsten Menschen in ihrem Leben ein Geburtstagsgeschenk. Den Gedanken, dass Dakota die erste und einzige Person war, mit der sie ihr Leben und ihre Höhle teilte, verdrängte sie. So wie die Lichter die Nacht erhellten, sollte diese Geste der Zuneigung das Band zwischen zwei Wesen sichtbar werden lassen. Zum ersten Mal in ihrem Leben feierte Hangameh das Wiegenfest, aufgeregt und nervös schenkte sie Dakota ein Püppchen. Es war nicht besonders hübsch. Hangamehs Nähkünste waren nicht so fortgeschritten, wie sie das gerne gewollte hätte. Der Körper war aus Leinen gefertigt, befüllt mit Schafwolle, das Haar hatte sie rot gefärbt. Das aufgemalte Gesicht sah etwas verkniffen aus, aber das blaue Kleidchen war ihr gut gelungen.

Schon im Jahr darauf ahmte Dakota nach, was Hangameh ihr vorlebte. Zum ersten Mal in ihrem Leben bekam Hangameh ein Geschenk. Dakota hatte ebenfalls ein Püppchen gebastelt. Ein hübsches obendrein, nicht dass es wichtig gewesen wäre. Die braunen Haare waren aus Wolle gefertigt, Hangameh vermutete, dass der Körper und die Gliedmaßen mit Kirschkernen gefüllt waren. Arme und Beine waren an den Nahtstellen beweglich. Das Püppchen lächelte fein. Natürlich hatte es zwölf Perlen im Haar. Für jedes Sternbild eine.

Hangameh war gerührt, sehr viel mehr als sie zeigte. Das war etwas, das außer den Lichtern niemand wusste: Das Püppchen schlief fortan in ihrem Nest und spendete ihr Trost in manch langer, schlafloser Nacht.

Der Wasserdrache Rem bekam auch ein Geschenk. Beeren und Nüsse. Er mochte beides nicht, aber Dakota zuliebe fraß er alles auf, was sie ihm reichte. So war Hangameh das erste Mal eifersüchtig, es schmerzte sie, die Zuneigung dieses Kindes mit einem Drachen teilen zu müssen. Sie hatte bis dahin keine Ahnung gehabt, was Konkurrenz war und ganz tief verborgen wohnte der Wunsch, Rems Geschenke zu übertrumpfen. Hangameh schämte sich dafür und hoffte, Rem möge das nie erfahren.

In ihrer Schlafkammer standen inzwischen viele Geschenke von Dakota: selbstgemalte Bilder, Holzschnitzereien und Figuren aus Materialien, die Dakota gefunden hatte; Tannenzapfen, Kastanien, Baumrinde. Meistens verband sie alles mit Bast oder kleinen Zweigen. Einmal hatte Dakota sogar einen Vorhang gefertigt für Hangamehs Schlafkammer. Sie hatte den Zwirn aus Pflanzenfasern selbst gedreht und die einzelnen Fäden mit Zweigen, Rinde, Blättern und Beeren bestückt – Hangamehs Kammer hatte die ganzen Sonnentage über wie ein blühender Wald geduftet. Sie hatte selten so gut geschlafen wie in dieser Zeit.

Dakota war kein Kind, das in der Nacht vor seinem Wiegenfest plötzlich hektisch wurde und die Nacht arbeitend verbrachte. Sie hatte ihre beiden Geschenke für gewöhnlich schon einen Monat vor dem Fest fertig und wartete dann ungeduldig, bis es endlich so weit war, alles herschenken zu dürfen. Morgens war sie die Erste, die aus dem Nest sprang, noch vor Sonnenaufgang. Dakota war nicht oft so aufgeregt.

Hangameh gab sich ihrerseits viel Mühe, aber trotz der gemeinsamen Jahre benahm sie sich unbeholfen und steif. Zuneigung zu empfinden war eine Sache, sie zu zeigen eine ganz andere. Als Dakota noch sehr klein gewesen war, lag sie eines Abends in ihrem Nest, ließ sich noch von Hangameh zudecken und fragte nach Rem. Hangameh fürchtete sich vor den Fragen des Kindes, abends vor dem Schlafengehen. Als würde sich das Kind darauf vorbereiten, nun die ganze Nacht über die Welt und ihre Fugen nachzudenken.

»Warum hast du Rem nichts geschenkt? Magst du ihn nicht?«

»Doch, natürlich.«

»Du hattest nur was für mich.«

»Ja. Gefallen dir die Farben? Du kannst damit tun, was du möchtest.«

»Keine Studien?«

»Nein, keine Studien. Was du willst.«

»Das würde Rem sicher auch gefallen.«

»Die Farben kann er im Wasser nicht verwenden, sie waschen ab. Und Papier geht kaputt.«

»Muss ein Geschenk lange halten?«

»Nein«, sagte Hangameh zögerlich. Sie mochte nicht, wie Dakota sie sah, als jemanden, der zum Wiegenfest nur ein Geschenk zu vergeben hatte.

»Du hast recht. Ich schenke ihm auch etwas. Schlaf jetzt.«

Am nächsten Morgen hatte Dakota die Sache selbst in die Hand genommen. Die Töpfchen, die Hangameh für das Kind mit Pflanzenfarbe gefüllt hatte, trug sie an den Strand hinunter. Statt Papier um Papier mit Bildern von grünen Drachen, dem Meer und dem Teil von Leotrim zu füllen, den sie kannte, bemalte sie Rem. Alle Farben, die Hangameh gekocht hatte, aus Löwenzahn hatte sie gelb gemacht, aus Brennnesseln grün, aus Hagebutten ein sattes Rot, rieb sie mit beiden Händen auf den Wasserdrachen, der geduldig aushielt, bis alle Töpfchen leer waren. Hangameh meinte, zu sehen, wie der Wasserdrache lächelte, doch das war Unsinn. Drachen konnten nicht lächeln.

»Sieh mal!«, hatte Dakota gerufen und gelacht. Richtig gelacht.

»Schön«, hatte sie geantwortet. Mehr wusste sie nicht zu sagen. Dabei war es wirklich schön gewesen. Rem war so bunt wie vier Drachen zusammen. Als er am Nachmittag abtauchte, verschwand auch die Farbe. Dakota schien das nicht im Mindesten zu betrüben.

Hangameh konnte kaum glauben, dass Dakota morgen sechzehn werden würde. Sie bezweifelte, dass Dakota ihr in diesem Jahr etwas schenken würde. Seit Ambros Abreise hatte sie noch weniger gesprochen als sonst. Es lag Abschied in der Luft. Hangameh ahnte, dass sie bald wieder so einsam sein würde wie vor diesem Tag am Strand. Hangameh hatte einen Wasserschlauch, getrocknetes Obst, Brot, verschiedene Kräuter und Pökelfleisch vorbereitet. Sie betrachtete im Kerzenschein die Sachen, die sie für Dakota hergerichtet hatte. Nähen konnte sie inzwischen ziemlich gut. Das Leder ließ sie von einem Gerber machen, aber sie war in der Lage, alles selbst zu verwerten. Ein letztes Mal hatte sie einen Umhang gefertigt, einen, der warmhielt und Dakota hoffentlich gut schützte. Hangameh wagte nicht, zu hoffen, das Kind möge am Ende seiner Reise zu ihr zurückkehren. *Ich würde es nicht,* dachte sie verbittert.

Der Morgen brach an wie so viele andere zuvor. Unbekümmert. Die ersten Sonnenstrahlen erhellten die Höhle vorsichtig, als wären sie sich nicht sicher, hier richtig zu sein. Das Meer lag ruhig da, die Wellen plätscherten gemächlich an den Strand, monoton. Hangameh legte ihre Decke beiseite, streckte sich aus und wischte sich mit beiden Händen die Tränen aus dem Gesicht. Die Nacht war lang und schlaflos gewesen, das Alleinsein groß wie der nächtliche, wolkenlose Himmel. Hangameh fachte das Feuer neu an. Sie hörte das Geräusch nackter Füße auf Stein.

»Willst du, dass ich gehe?«, fragte Dakota. Sie starrte auf die Habseligkeiten, die Hangameh zusammengetragen hatte.

»Nein. Aber ich werde dich nicht aufhalten, wenn du es möchtest.«

»Wo soll ich hin? Ich weiß nicht einmal…«

»Hier ist immer Platz für dich«, sagte Hangameh hastig. Die Hoffnung war wie ein hungriger Wolf, der Biss war schmerzhaft.

»Ich möchte wissen…«, begann Dakota und Hangameh verstand nur zu gut. Dakota wusste weder, wer sie war, noch wo sie herkam oder hingehörte. Sie hatte lediglich ihren Namen. Hangameh musste das genügen, doch Dakota hatte eine Wahl.

»Du solltest vielleicht mit Krywult sprechen.«

»Wem?«

»Dem *Broder* von Rem. Das könnte aufschlussreich sein.«

Dakota sagte nichts. Hangameh sah es ihr deutlich an, sie hatte sich nie Gedanken um Rems *Broder* gemacht, sie lebte hier an der Küste und weil keine anderen Kinder da waren, mit denen sie hätte Vater-Mutter-Kind spielen können, musste Rem eine große Lücke füllen. Er war in ihrem Kopf und in ihrem Herz *ihr Smok.* Nicht der eines anderen.

Dakota schluckte. Sie versuchte, die Tränen zurückzuhalten, doch Hangameh hatte den Schmerz in ihrem Gesicht gesehen. Sie ahnte, dass jetzt ein guter Augenblick wäre, das Kind in den Arm zu nehmen und zu trösten, doch in ihrer Unbeholfenheit wusste sie nicht wie. Sollte sie dem Kind, das sie hier aufgenommen hatte und das inzwischen größer als sie war, unbeholfen die Arme um den Leib schlingen?

»Gut«, stieß Dakota hervor und nickte.

»Wo du auch hingehst, du musst Licht ins Dunkel bringen. Auch wenn du dich fürchtest«, sagte Hangameh leise.

Dakota presste ihre Lippen aufeinander und ließ nicht erkennen, ob sie verstanden hatte. Sie sammelte alle Dinge vom Boden auf und hastete in ihre Kammer.

IN DEN HÖHLEN

Ambro war in jedem Haus gewesen, in jeder Kammer. Selbst bei seinem verhassten Lehrer Pan Domdar. In seiner Verzweiflung wäre er sogar froh gewesen, ihn zu sehen. Ein bekanntes Gesicht. Doch auch seine Truhen waren ausgeräumt und seine Wohnstatt war ein hastig verlassener Ort der Unordnung. Ambro wunderte sich darüber, wie viel Zeug die anderen Menschen besaßen, Nippes und Unnützes. Und er wunderte sich erst recht darüber, was sie mitnahmen, wenn sie in Eile ihr Heim verließen. Pan Domdar besaß das Brettspiel Olin. Ambro kannte es, er hatte während der Dunkeltage in den Höhlen ganze Abende damit zugebracht, mit seinem Vater um die *Dracheneier von Olin* zu spielen. Die fein verzierte Schachtel, in der das schwarz bemalte Brett und die rot glänzenden Spielsteine aufbewahrt wurden, blieb in den Höhlen. Das war etwas, das man bei Kerzenschein spielte, in einer Winterstatt, wenn es draußen rau und kalt war. Niemand nahm das Spiel mit nach Hause. Ambro fand, es gehörte in die Höhlen und nahm es Pan Domdar übel, dass er das Spiel besaß. Ambro erkannte auf den ersten Blick, dass es nicht dasselbe Spiel war, das er schon viele Male mit seinem Vater gespielt hatte.

Das Brett und die Edelsteine musste Pan Domdar mitgenommen haben. Der hölzerne Deckel, den man in die Schachtel hineinschieben konnte, auf dem der Drache Olin in sattem Rot aufgemalt war, lag am Boden. Entzwei gebrochen. Die leere Spielschachtel lag in einer der Truhen. Leer in leer. Ambro versuchte, sich vorzustellen, was hier vorgefallen sein mochte. Norwin schnüffelte nur und sagte nichts zu alldem. Er roch die verschiedenen Bewohner von Burry und ihre Angst. In jedem Baumhaus derselbe Geruch, eine Mischung aus kalter Asche und Urin.

Schweigend machten sich die beiden auf den Weg zur Winterstatt. Ambro kannte den Weg gut und ging doch zögerlich. Er fürchtete sich vor dem, was er vorfinden würde. Irgendetwas sagte ihm, dass die Bewohner von Burry, seine Mutter, seine Nachbarn und auch die Nutztiere nicht da sein würden.

Ambro und Norwin ließen das kleine Tannenwäldchen hinter sich, das Ambro jahrelang der liebste Spielplatz gewesen war. Nun war es gespenstisch still, kein Vogel meldete sich, kein Eichhörnchen nahm Reißaus vor ihnen, diesige Feuchtigkeit hing zwischen den Ästen wie ein riesiges Spinnennetz und Ambro war selten so froh gewesen, die Bäume und das stille Moos hinter sich zu lassen. Sie gingen bedrückt über die Brücke. Der Neun-Drachenkopf-Fluss strömte ruhig dahin, Norwin unterließ es, nach den Fischen zu schauen, auch wenn er großen Hunger hatte. Auf der Anhöhe stieg eine Rauchsäule empor.

Ambro rannte los. Norwin nicht. Er schnüffelte. Halb Burry musste hier gewesen sein. Und ein Feuer. Das Gras war verbrannt. Norwin sah sich um. Das Tannenwäldchen stand da, als wäre nichts geschehen. Auch in Burry war kein Heim verbrannt, nur die roten Bänder, die signalisierten *Hier leben Menschen,* waren zerrissen. Für die Feuerdrachen war es eine Warnung *Hier darfst du kein Feuer geben.* Aber etwas hatte hier Feuer ausgebracht. Norwin richtete sich auf und sah sich um. Er wusste nicht, was er zu entdecken hoffte. Vielleicht einen jungen Feuerdrachen, dem ein Malheur passiert war, der seine Drüsen noch nicht im Griff hatte. In den Himmelsbergen hatte er das oft erlebt. Junge Toddler mit Schluckauf und nicht selten gab es kleine Unfälle in der Nacht. Manch ein Drachenkind quälte sich mit Bauchweh, weil es das Feuergas versehentlich geschluckt hatte. Die Ammen massierten dann wehe Bäuche, tupften Muttermilch auf Verbrennungen und flüsterten tröstende Worte.

Moun, dachte Norwin sehnsüchtig. Sie war seine Amme gewesen, klug und fürsorglich. An seinem Schlüpftag begrüßte ihn Cedella, sie war die wichtigste Amme in der ganzen Schluft, sie untersuchte alle Drachenkinder als erstes. Sie zog Beine lang und Flügel auseinander, prüfte Augen, Ohren und Nasen. Drachenkinder, die zu klein, kränklich oder schwach auf der Lunge waren, holte sie in ihr Nest und päppelte sie so lange auf, bis sie wie die anderen Nestlinge groß genug waren, um die Schluft verlassen zu können. Bei Wasserdrachen kam es regelmäßig vor, dass ihre Lungen nicht richtig ausgebildet waren. Cedella steckte diese Drachenkinder einige Tage in die Quelle des Lebens. Dort begann alles, wie die Mutter immer sagte. Die Väter lagen dort für eine Nacht mit ihrem Ei und dem Wasser wurden heilende Kräfte zugeschrieben. Cedella behielt alle Drachenkinder unter ihrer Obhut, bis sie fand, sie seien stark genug, ihr Nest zu verlassen. Norwin blieb von allen Toddlern am längsten bei ihr. Sie fühlte sich verantwortlich für ihn, ohne den Bruch seines Eies verschuldet zu haben. Sie behandelte ihn wie einen Wasserdrachen und steckte ihn ebenso in die Quelle, in der Hoffnung, das Wasser möge auch bei seinem deformierten Flügel helfen. Tagelang probierte sie ihre ganze Heilkunst an ihm aus. Doch halfen ihre Salben und Kräuter nur bei Koliken, bei Verbrennungen und Schnupfen. Sein Flügel blieb deformiert. Schweren Herzens gab Cedella ihn an Moun ab. Sein Platz im Nest der ersten Amme wurde von anderen mehr gebraucht. Schließlich war sein Zustand nicht lebensbedrohlich. So war er zu Moun gekommen. Sie hatte sich um ihn gekümmert, bis sein Vater Olafur ihn abholen kam. Wenn er nachts nicht schlafen konnte, holte Moun ihn aus dem Toddler-Nest, in dem er mit bis zu zehn weiteren kleinen Drachen lag, zu sich und verknäult wie kleine Katzen schliefen sie in einem Nest. Nur sie beide. Sie roch immer nach Haselnuss und Brennnesselpaste. Moun hatte eine ausgezeichnete Nase. Wenn ein Nestling sich vor ihr versteckte, aus Scham, dann fand sie ihn mit ihrer Nase und irgendwo im Berg wurden dann Worte geflüstert: »Ich habe meine Dunen schon wieder in Brand gesteckt. Ich lerne das nie!«

»Doch, bestimmt. Hab Geduld.«

»Norwin!«, brüllte Ambro. Der Drache schreckte zusammen, er war mit seinen Gedanken weit weg gewesen und huschte nun die Anhöhe hinauf, auf allen Vieren. Er sah die verkohlte Birke, auch die Heckenrosen waren verbrannt. Ambro stand vor einem Grab und starrte hinunter.

Die Trommeln und Flöten für die nächtliche Zeremonie lagen auf dem Boden verteilt, den ganzen Weg hinunter bis zur Brücke, als hätten die Bewohner von Burry sie vor Schreck fallen lassen, um überstürzt davonzulaufen.

»Graum«, sagte Norwin leise.

»Ja«. Ambro ging in die Hocke und betrachtete neugierig die Überreste von der alten Graum. Erkennen konnte man sie wahrlich nicht mehr, aber wer sollte es sonst sein? Der beißende Geruch nach Verbranntem stieg ihm in die Nase. Ambro atmete durch den Mund. Der Geschmack von Asche legte sich auf seine Zunge.

»Ich war noch nie bei einer Feuerbestattung, aber ich bin mir sicher, so soll das nicht aussehen.« Ambro wusste, dass die Erddrachen eine Grube ausheben und – nachdem alle wieder gegangen waren – diese schließen mussten. Doch der Erdhaufen, der dafür vorgesehen war, lag unangetastet da. Die Drachen waren nicht mehr dazu gekommen, ihre Arbeit zu beenden.

Ambro zog den Kragen seines Leinenhemdes über Mund und Nase, der Gestank war schlimmer als damals in der Schmiede, als die Glocke entstand.

Norwin schob mit der linken Pfote etwas Erde in das Grab.

»Ja, das sollten wir zu Ende bringen.«

Mit bloßen Händen schob Ambro die lose Erde in das Loch zurück und bald hatten sie die verkohlten Reste der alten Graum bedeckt.

Als sie fertig waren, stand Ambro auf und blickte Richtung Burry. Er war verschwitzt, schmutzig und müde. So müde. Dort unten, hinter dem Tannenwäldchen, gab es keine weiteren Rauchsäulen, aber er entdeckte den Streifen verbrannten Grases, der den Hügel hinabführte und erst kurz vor der Brücke endete.

»Die Brücke ist aus Holz, die würde gut brennen«, sagte er, mehr zu sich selbst als zu Norwin.

»Wir müssen zu den Höhlen«, sagte Norwin. Er klang so müde, wie sich Ambro fühlte.

Norwin ging voraus. Ambro konnte den Blick nicht abwenden und sah im Gehen immer wieder zurück.

»Meinst du, die Rosen erholen sich wieder?«

»Vielleicht«, brummte Norwin.

»Woher weißt du, wo unsere Winterstatt ist, du warst noch nie hier«, sagte Ambro, der mindestens zehn Schritte hinter Norwin ging.

»Ich kann sie riechen.«

»Wen?«, brüllte Ambro und holte seinen Drachen mit einem kurzen Sprint ein. »Meine Mutter?«

»Nein. Tara.«

***

Einen halben Sonnentag waren sie unterwegs gewesen. Die Höhlen waren leer. Kein Mensch, kein Drache war hier. Ambro mochte die Stille nicht. Dieser Ort war sein Zuhause, so vertraut wie seine Kammer im Baumhaus. Ja, größer, aber dennoch so vertraut. Manche der Höhlen lagen direkt unter der Erdoberfläche und es drang Licht herein, als hätten Maulwürfe alle paar Schritte einen Lichtschacht gegraben. Die Wände waren nass, das stetige Geräusch von fließendem Wasser begleitete die Bewohner in jeden Winkel, in jede Sackgasse. Ambro kannte jeden unterirdischen See, insgesamt gab es hier sechs, er kannte jeden Stollen, in den er hineinpasste. Einzig die Tunnel, die nur die Erddrachen benutzten und die er hätte krabbelnd erkunden müssen, waren tabu. Er hatte es seiner Mutter geschworen, bei allen Lichtern und dem kauzigen Hipp – dem Hüter der Winterstatt –, dass er die Tunnel der Erddrachen nicht erkundete. Hipp war der Erste, der in den Spättagen nach dem Rechten sah, und der Letzte, der in den Frühtagen den Kehraus machte. Es durfte ja kein Mensch vergessen werden, da unten. Der Erddrache Hipp schien überall und gleichzeitig zu sein. Ambro hatte sein Versprechen nur deshalb gehalten, weil Hipp immer dann aufgetaucht war, wenn er versuchte hatte, es zu brechen.

Norwin ging dem Geruch, den er in der Nase hatte, zielstrebig nach. Tara hatte Angst gehabt, als sie hier war.

Und sie war nicht allein gewesen. Sie oder jemand anderes hatten den Geruch der Grabstelle, Feuer und Tod, mitgebracht. Dieser Geruch war schon einige Tage alt und blass, doch er rührte von einem Drachen her. Von einem, den Norwin nicht kannte.

Ambro stolperte Norwin mehr nach, als dass er ging. Er brauchte viel länger als Norwin, um sich an das Dunkel der Höhle zu gewöhnen, eine Fackel, die er entzünden könnte, hatte er auch noch nicht gefunden. Es roch muffig und lange nicht so vertraut und heimelig, wie es das sollte. So, als wäre jemand Fremdes hier gewesen, jemand, der seinen Geruch da gelassen hatte und das Gefühl, in etwas sehr Privates eingedrungen zu sein.

Norwin blieb abrupt stehen und richtete sich auf. Ambro wollte weiter.

»Los, komm!«

»Schau.«

»Das ist eine Höhlenmalerei. Die hat es doch überall.«

»Die hier ist neu.«

Ambro, der schon eilig einige Schritte vorausgegangen war, kam zurück. Er konnte im Dunkeln kaum etwas erkennen. Nur so viel, dass Norwin recht hatte, die Farbe war frisch. Ambro wollte seine Mutter finden, da waren ihm neue Bilder an den Höhlenwänden herzlich egal.

»Das ist eine Nachricht«, sagte Norwin.

Ambro war noch immer müde. Der Kopf tat ihm weh, der Hals war wund, wovon auch immer, er war dreckig, weil er mit bloßen Händen einen Erdhügel in ein Grab geschaufelt hatte und es kam ihm vor, als wäre er schon ein ganzes Jahr auf den Beinen. Er wollte schlafen und nie wieder Wörter denken oder gebrauchen, er wollte seine Mutter bei sich haben und dass alles wieder so war wie früher.

Er atmete einmal, zweimal tief ein. Er hatte immer noch den Geruch von Feuer in der Nase. »Ich brauche eine Fackel«, sagte er und stampfte davon. Norwin setzte sich auf seine Hinterläufe und in seiner typischen Art legte er die Ohren nach hinten, drückte den Rücken durch und starrte das Gemälde an der Höhlenwand an. Im Dunkeln. Norwin sah sehr gut im Dunkeln.

Ambro schien es ein halbes Leben her zu sein, dass er hier gewesen war, hier in diesen Höhlen, mit seinem Vater, der fordernd und groß über ihm stand: »Du musst das können!« So ein Satz ließ keinen Widerspruch zu. Heute war er froh darum und flüsterte ein leises »Danke« in die Dunkelheit.

Doch damals hatte er aufmüpfig gefragt: »Wozu muss ich Feuer machen können? Wir haben doch Aidar!«

»Er wird nicht immer da sein«, hatte der Vater geantwortet.

Ambro überlegte, ob der Vater geahnt haben mochte, dass er einmal auf sich gestellt sein würde, auf diese Weise.

Ambro kam zurück, nach einer gefühlten Ewigkeit. Er hatte eine Fackel gefunden und entzündet. Norwin ahnte, dass sie Ambros Feuersteine und seine Geschicklichkeit im Umgang mit ihnen noch oft brauchen würden. Etwas sagte ihm, dass eine dunkle Zeit anbrach. Als Ambro seinen *Smok* erreicht hatte, starrten sie im Feuerschein auf die Malerei an der Wand.

»Das hat nicht meine Mutter gemacht«, sagte Ambro, als wäre damit alles geklärt.

»Nein«, brummte Norwin, *»das war Tara«* und wies auf die Pfotenabdrücke in der noch feuchten Farbe.

»Drachen können nicht schreiben«, maulte Ambro trotzig. Irgendwo ganz hinten in seinem Kopf dachte er kurz, dass er Norwin das Lesen und Schreiben beibringen könnte, aber dafür war jetzt keine Zeit und der Gedanke verschwand wieder.

»Sie hat nichts geschrieben und dennoch eine Botschaft hinterlassen.«

»Was ist das da oben?«, fragte Ambro und deutete auf einen schwarzen Flecken über dem Gemälde.

Norwin antwortete nicht sofort. Er wandte sich an Ambro, aufgerichtet war er inzwischen ein ganzes Stück größer als sein *Broder* und konnte ihm nur noch in die Augen sehen, wenn er auf allen Vieren stand.

»Ich glaube, Tara hat versucht, einen Drachen zu malen. Einen dunklen Drachen.«

»Das sind doch Märchen«, sagte Ambro verächtlich, doch die Angst kroch schon wieder in seine Glieder. Langsam, vom Magen ausgehend, wie kleine, giftige Tentakel griff sie um sich, diese verfluchte Angst. Ambro hatte schon mehrfach versucht, am Abend lange genug wach zu bleiben, um die Erwachsenen zu belauschen, wenn sie am Feuer die wirklich spannenden Geschichten erzählten. Immer war er für alles zu klein. Aber wenn es um den irren Drachen ging, flüchtete er regelrecht in den Schlaf. Von Feuer, das sich über das Land erstreckte, von Nord nach Ost, wollte er nichts hören. Er hoffte, dass es nur eine Geschichte war, eine erfundene, um die älteren Kinder zu erschrecken.

»Das da«, sagte Norwin und berührte mit seiner linken Pfote beinahe die Felswand, *»sind die Himmelsberge. Und das«,* seine Pfote wanderte nach rechts, *»sind die tiefen Berge.«*

Ambro kannte die Symbole sehr wohl, die Zacken für die Himmelsberge und das V, das gemeinhin benutzt wurde, um die Canyons der *tiefen Berge* darzustellen. Seine Mutter unterschrieb sogar ihren Namen mit einem kleinen, schwungvollen V über dem i. Hätte seine Mutter diese Nachricht hinterlassen, sie hätte sie in ihrer typischen Art signiert. Hier, im Höhlengeflecht der Winterstatt von Burry, gab es ein Dutzend Bilder, die seine Mutter in den Dunkeltagen an die Wände gemalt hatte. Farbenfroh und detailgenau. Der Vater flüsterte ehrfürchtig, jedes Mal wenn er ein neues Gemälde von ihr entdeckte: »Sie ist eine Künstlerin.« Freilich hatte Tara im Gegensatz dazu nur die auffallendsten Merkmale an die Wand gemalt. Auch von Himmelsrichtungen schien sie keine Ahnung zu haben.

Ambro steckte die Fackel in eine der Halterungen an der Wand und setzte sich auf den kalten Steinboden. Mit umschlungenen Knien starrte er Taras Botschaft an.

»Woher kennst du all diese Symbole?«, fragte Ambro.

Norwin schwieg zunächst. Er wusste nicht, ob das etwas war, das er erzählen durfte von daheim. Schließlich murmelte er: *»Die Väter markieren die Eier.«*

Norwin kratzte mit einer Kralle seiner linken Pfote eine Blüte in den Steinstaub am Boden.

Ambro erkannte sofort das Zeichen für den gemeinen Goldregen – dem Baum, der im *gelben Wald* am häufigsten vorkam und Olafurs Heimat seinen Namen gab.

Ambro betrachtete nachdenklich seinen *Smok.* Es gab so viel, das er nicht von ihm wusste. Norwin verwischte seine kleine Zeichnung wieder und Ambro erinnerte sich daran, warum sie eigentlich hier waren.

»Es ist was Schlimmes passiert.«

Norwin brummte zustimmend. Auch er setzte sich auf den Boden, berührte mit der Nase Ambros Schulter. Ambro kraulte seinem Drachen gedankenverloren die Nüstern.

»Wo sollen wir jetzt hin? In die tiefen Berge, die Heimat meiner Mutter? Oder doch zu den Himmelsbergen?«

Norwins Herz schmerzte. Seine Heimat. Er wollte *Himmelsberge* rufen, blieb aber still. Das war nicht seine Entscheidung. Wieder dachte er an Moun, seine Amme, die fast wichtiger für ihn war als seine Mutter.

»Ich verstehe die Botschaft nicht.« Ambro klang weinerlich und trotzig zugleich. So, als wollte er sagen: »Tara, du hättest dir etwas mehr Mühe geben können«, so als wäre es ihre Schuld, dass sie nun hier saßen und nicht weiterwussten.

»Wir sollten etwas schlafen«, meinte Norwin.

Ambro kannte sich gut aus und musste seine Wohnstatt nicht suchen, aber diesmal war es anders. Die Höhlen waren feucht und dunkel, zu still. Sie hießen ihn nicht willkommen wie sonst. Während der Dunkeltage war es warm und stickig, die Gänge voller Leute und Drachen, große wie kleine, es wurde geschäftig eingeräumt und vorbereitet. Wie Ameisen wuselten sie durch das Erdreich, vollbepackt, und jeder hatte eine Aufgabe. Jetzt bedrückte es Ambro, dass die Tunnel so niedrig waren. Er versuchte, sich an seinen Vater zu erinnern, an die Art und Weise, wie er ging. War er hier gebückt gegangen? Die Tunnel waren zu klein, zu niedrig, zu eng für einen Erwachsenen.

Er fühlte sich einsam und erschöpft, als er endlich in seiner Kammer ankam. Er trat aus dem Verbindungstunnel in die große Höhlung, die Decke rückte nach oben wie der Sternenhimmel. Ambro hatte nie gefragt, wer die Lichter an die Höhlendecke gemalt hatte, aber die Sternbilder kannte er natürlich. Da waren der Eisriese Lone und natürlich der Feuerdrache Olin.

»Ich vergesse immer, wie der da heißt«, murmelte Ambro, ohne auf das dritte Sternbild zu zeigen, das an der Decke

zu sehen war. Die Müdigkeit war schwerer als sein Kummer.

Norwin blickte nach oben, studierte kurz die Bilder und brummte schließlich: *»Da hinten, das ist Roko, der Ältere.«*

Ambro steckte seine Fackel in eine der Halterungen an der Wand und kletterte in sein Nest. Die Nester waren alle noch da. Runde Gebilde aus weichen Zweigen, Moos und Rosshaar. Die Nester seiner Eltern, die der anderen Kinder, zwei Dutzend fast. Aber die Schlafdecken fehlten, die waren versorgt und aufgeräumt in irgendwelchen Truhen. Nein, die Truhen waren ausgeräumt. Die Menschen von Burry hatten mitgenommen, was sie tragen konnten. Und jeder brauchte doch eine Schlafdecke für die Nacht. Norwin legte sich zu Ambro. Sie würden sich gegenseitig wärmen, wie unter freiem Himmel auch.

VERLOREN

Pan Domdar war, wie alle anderen auch, in blinder Angst davongelaufen. Hätte ihn jemand gefragt, wovor er weglief, Pan Domdar hätte keine Worte dafür gehabt. Denn das war er: verwirrt und verloren. Gegenwart und Vergangenheit vermischten sich zu einem Brei aus Schmerz und Schuld. Sein Herz schlug, einer Faust gleich, sein Innerstes. Schlag um Schlag, immer dieselbe Stelle. Ein hohles Sehnen. Seine Schwester war fort.

Pan Domdar hieß mit Vornamen Odd. Niemand nannte ihn so, nicht einmal sein *Smok*. Er murmelte seinen eigenen Namen vor sich hin, wie um sich zu erinnern, dass er so hieß. Es war nicht ungewöhnlich, nur mit Familiennamen angesprochen zu werden. Odd stammte nicht aus Burry, sondern aus Arlie. Dort wusste man sehr wohl, dass er der erste Domdar war, der erste Sohn seines Vaters. So wie Odilia die erste Tochter seiner Mutter war. Sie trug den Familiennamen der Mutter, so wie es Brauch war. Hier in Burry kannte niemand den Namen seiner Schwester und er war nur der Lehrer der Flieger. Pan Domdar.

»Odd. Odd. Odd«, sagte er und trug sein Bündel, seine wenigen Habseligkeiten, die er mitgenommen hatte, vor sich her, an seine Brust gedrückt. Erinnerungsstücke an seine Schwester hatte er mitgenommen, aber nichts zu essen. Eine Decke hatte er mitgenommen, Kleidung, unnütze Spielsteine, aber kein Wasser.

Pan Domdars Drache versuchte, ihn noch zu lenken, griff ihn, trug ihn, flog mit ihm tagelang, versuchte erst, ihr altes Dorf zu finden, das sie in Schande verlassen hatten. Doch die Verwirrung griff um sich, bald wusste auch der Drache nicht mehr, wo sie waren, wo sie hinwollten, wo sie herkamen. Er spürte den Kummer seines *Broders* so sehr, dass es seiner wurde und sie gemeinsam umherirrten, ohne Ziel und Herkunft.

Pan Domdar verlor sich in Erinnerungen. In den alten Schmerz mischte sich neuer und hätte Norwin geahnt, was seinen alten Lehrer plagte, er hätte ihm längst verziehen.

Pan Domdars Schwester war mit einem Fehler geboren worden. Man sah ihn zu Anfang nicht. Sie war ein hübsches Ding mit blauen Augen und fröhlichem Gemüt. Sie war kaum ein Jahr alt, da passierte es: Ihr Körper verkrampfte, Hände, Füße, ihr Gesicht. Sie wand sich im Schmerz. So schlimm, sie konnte nicht einmal schreien. Wenn der Krampf nachließ, war sie wieder Odilia. Neugierig und lieb, fröhlich und freundlich. An manchen Tagen krampfte sie sieben- oder achtmal. An anderen Tagen überhaupt nicht. Ihre Eltern schleppten sie zum Seher, zur Kräuterfrau, zu Wunderheilern und Scharlatanen, keiner wusste Rat. Sie wurde älter und größer und folgte Odd überallhin. Sie fragte: »Odd, Odd, Odd. Wo gehen wir hin?« Und er zeigte ihr die Wildblumen am Fluss. Er zeigte ihr Schlangennester im Wald und Flughunde in dunklen Höhlen. Er zeigte ihr Quallen am Strand und gold glitzernde Steine in der Steppe. Jedes Geheimnis, das er kannte. Aber er kannte nicht ihres. Sie krampfte und er blieb bei ihr, erzählte Geschichten, streichelte ihre Hände, bis der Schmerz nachließ, sorgte dafür, dass sie ihre Zunge nicht verschluckte, und lachte nicht, wenn sie sich eingenässt hatte.

Nach einem wirklich schlimmen Tag fragte er sie wie zum Trost: »Willst du das Meer sehen?« Und sie nickte, sie flogen gemeinsam an die Küste, blieben tagelang dort, schliefen unter freiem Himmel und redeten sich ein, alles sei gut. Anfangs hatte sie es nicht gestört, dass das Meer giftig, ein unwirtlicher Ort war. Vielleicht sah sie sich selbst darin. Leidend und nicht gesund. Eine Weile dachte Odilia, dass es so sein musste. Sie und das Meer. Aber da war ihre Kraft noch ungestüm. Ihre Hoffnung glaubte an Veränderung. *Neuer Tag, neues Glück.*

Sein Leben war ein langer, gerader Weg. Er folgte dem Vater in die Riege der Hüter, wurde Flieger, wurde Lehrer, wurde selbst Vater. Sie ging ihm hinterher, weil sie ihren Weg nicht sehen konnte. Die Mutter ging ins Feuer, der Vater ging ins Feuer, Odilia blieb in der Obhut ihres Bruders. Niemand im Dorf wollte sie als Gefährtin. Jeder Mensch kann nur eine Weile lang sehen und warten. Wenn dann nichts passiert, verlangt das Glück nach einer Tat.

»Neuer Tag, neues Glück«, hatte sie immer gesagt. Jeden Morgen. Irgendwann waren ihre Schmerzen so schlimm, dass ein neuer Tag kein Glück mehr brachte. Es kam der Tag, da war sie nicht mehr die Odilia, die Odd kannte. Odd meinte, der Anblick des Ozeans würde seine Schwester trösten, er meinte, es ginge ihr dort besser. Er begleitete sie immer öfter dorthin. Doch einer wie er, der keinen Tag seines Lebens Schmerzen gelitten hatte, wusste nichts davon, wie das Gift des Wassers wirkte. Wie es sich in die Gedanken einschlich und einen leichten Weg suggerierte. Odilia hatte keine freundlichen Worte mehr, ihr Gesicht blieb eine schmerzverzerrte Fratze. Odilia meinte wohl, das Gift und sie gehörten zusammen, als sie ihren Entschluss fasste. Alles veränderte sich, bis auf das Meer.

Sie hatte trotz ihres Leidens greifen, sprechen und gehen gelernt. Langsamer als andere Kinder, aber sie konnte es. Dann, nach einem Anfall, blieben ihre Hände merkwürdig verkrümmt. Odd musste sie füttern, weil sie keinen Löffel mehr halten konnte. Er musste sie anziehen und waschen. Er bemerkte bald, dass sich ihre Zehen ebenfalls verkrümmten und in die Fußflächen hinein bogen. Sie konnte nicht mehr gehen, ihr Drachenmädchen trug sie, wohin sie wollte. Doch meist blieb sie zu Hause, kauerte auf dem Boden, krabbelte vom Nest zum Feuer und zurück. Ihren letzten Verlust bemerkte Odd nicht: Sie erwachte morgens, doch ihre Welt blieb dunkel.

Sie flog mit ihrem Drachenmädchen allein davon und dann hinaus aufs offene Meer. Odilia liebte das Meer, zu Anfang tat sie das wirklich. Die Weite, den Horizont, selbst den Geruch. Als wäre dort alles möglich. Das hatte sie lange geglaubt. Am Strand sitzen und hinaussehen hatte ihr lange gereicht und Hoffnung gegeben. Als sie dort keine Hoffnung mehr fand, flog sie hinaus und das Drachenmädchen ließ los. Es ließ einfach los und kam ohne *Siostra* zurück. Pan Domdar ging mit Fäusten auf die Drachin los, prügelte und beschimpfte sie. Schlug ihr auf Kopf und Hals und Körper, bis er nicht mehr konnte. Sie wehrte sich nicht.

In seiner Wut hatte er keine Zeit, über die Hüter nachzudenken, und später war es nicht mehr wichtig, ob sie Odilia gesehen hatten, und wenn ja, warum keiner der Hüter hinausgeflogen war. Sie war tot. Odilia hatte ihn verlassen und der Rest war unwichtig. Er fragte nicht, *wie* weit die Drachin seiner Schwester geflogen sein musste, um das zu tun, was sie getan hatte.

Der Rat der Fünf beriet sich über die Sache. Über ihn, über seine Prügelattacke. Er, Odd Domdar, sollte sich entschuldigen. Es war das Leben seiner Schwester und ihre Entscheidung. Nicht seine. Ihr *Smok* tat, worum sie gebeten worden war. Sie traf keine Schuld.

Pan Domdar erinnerte sich, in Wut und Verzweiflung, dass auch er losgelassen hatte. Diesen kleinen Drachen mit dem deformierten Flügel. Der wahrlich nicht darum gebeten hatte, losgelassen zu werden, der nichts mit seinem Schmerz und Verlust zu tun hatte. Irgendetwas war passiert. In seinem Kopf. Dieser Drache, gerade mit seinem *Broder* verbunden, sah aus … er sah aus, wie Flugdrachen aussehen. Wie alle seine Drachenschüler.

Er hatte ihn an Odilia erinnert. Plötzlich, schmerzlich an sie erinnert. Und er hatte losgelassen.

Pan Domdar hatte sich damals nicht entschuldigt, er war in der Nacht davongeschlichen wie ein Verbrecher. Seine Schwester war fort, es war ihre Entscheidung gewesen. Sie war von ihm gegangen. Es gab nichts, wofür er sich entschuldigen müsste. Der Trotz lenkte seine Gedanken. Seine Entscheidung war es, zu gehen. Seine Gefährtin zu verlassen, die beiden Kinder zu verlassen. Arlie loszulassen.

Etwas Dunkles flog über den Himmel, er glaubte, es gälte ihm. Schuld sah so aus. Er war jetzt zwei Abbitten schuldig. Pan Domdar weinte. Er saß im feuchten Gras, sein Drache war bei ihm, zusammengesunken, mit hängendem Kopf, bereit, sich ins giftige Nass zu stürzen, sollte sein *Broder* es verlangen.

»Nein«, sagte der. »Ich will nicht noch ein Leben schuldig sein. Ich habe genug angerichtet.«

Die Chronistin kam zu ihm. Ihr innerer Kompass hatte sie wieder einmal gelenkt. Sie wurde gebraucht. Die Landschaft um sie herum war karg, die moosbewachsenen Felsen waren feucht, der Himmel hing wolkenverhangen tief, kein Strauch, kein Baum bot Schutz. Da musste man doch alle Hoffnung verlieren. Hangameh setzte sich zu ihm, starrte wie er aufs Meer hinaus, als wäre dort die Antwort zu finden oder gar keine nötig. Odd Domdar schwieg. Er wusste, was ihre Ankunft bedeutete.

»Ich kann etwas für dich tun«, sagte sie.

»Was?«

»Ich kann dich vergessen lassen. Du kannst neu anfangen, wenn du willst.«

Odd dachte darüber nach, schloss die Augen und atmete tief ein. Seine Haare, seine Haut waren taunass. Ihm war klar, wenn er hier liegenbliebe, wäre er am Morgen nicht mehr am Leben. Seit dem Tod seiner Schwester trug er den Gedanken mit sich herum, ihr zu folgen. So, als wäre es ein Leichtes, den Ausgang aus einer dunklen Höhle zu finden.

»Ich verdiene keinen Neuanfang. Ich muss etwas tun. *Für* jemanden, statt immer nur dagegen.«

»Du bist dem Tode nah. Holosch sieht dich schon.«

»Ich weiß.« Er wusste es wirklich. Der Ausgang lockte. Einfach hinausgehen und aller Schmerz wäre endlich von ihm genommen. Im Grunde verstand er ihre Tat. Auch wenn er seiner Schwester übel nahm, dass sie ohne ein Wort des Abschieds gegangen war.

»Soll ich bei dir bleiben? Bis zum Schluss? Ich kann deine Hand halten.«

»Würdest du das tun?«

»Ja.«

Hangameh griff nach seiner kalten Hand. Hoffnung war etwas Merkwürdiges.

»Was würdest du denn tun, wenn du könntest … für wen?«, fragte Hangameh leise. Sie kannte die Antwort natürlich. Das waren diese Dinge, die sie einfach wusste. Manchmal.

»Ich habe sie geschlagen und eine Mörderin genannt.«

Hangameh nickte, als wäre sie dabei gewesen. Sie streichelte seinen Handrücken.

»Geht es dem kleinen Drachen gut? Kann er fliegen?«, fragte Odd und wirkte dabei wie ein kleiner Junge. Einer, der weiß, wo Wildblumen wachsen. Einer, der seiner Schwester glitzernde Steine schenkt.

»Nein, er fliegt nicht. Aber er ist ziemlich groß inzwischen.« Hangameh hätte ihm ein paar Dinge über Norwin erklären können. Norwin wusste, wie man fliegt, ohne je geflogen zu sein. Diese eine Sache hatte er Ambro voraus: Er sah an sich keinen Mangel, keinen Fehler, kein Unvermögen. Er konnte anderen Drachen beim Fliegen zusehen, ohne Neid. Sie hoffte, dass Ambro seinen *Smok* irgendwann so annehmen konnte, wie er war. Norwin musste nicht fliegen können, um ein gutes Leben zu führen. Seine Mutter hatte ein Stück ihrer Haut auf den

Bruch seines Eies gelegt, sie hatte es sich aus ihrem Körper gebissen und ihn selbst ausgebrütet. Wenn so viel Liebe nicht wie Fliegen war, was dann?

Hangameh wusste nicht, ob Odd das in dieser Situation verstehen würde.

»Ich werde hier nicht sterben«, sagte Odd. Er ließ Hangamehs Hand los. »Ich muss nach Arlie.«

Hangameh wies ihm die Richtung. Sie ging zu seinem Drachen hin, schob ihre Hände unter seinen Kopf, den er hängen ließ, als hätte ihn jeder Lebensmut verlassen. Die Haut unter dem Maul war rau, sie spürte seinen Lebenspuls, schwach nur, unter der Haut. Sein Herz schlug noch, sie spürte es wie ein Rauschen, wie Meereswellen an einem lauen Tag. Sie hob seinen Kopf hoch, sah ihm in die Augen und flüsterte ihm einige Worte zu. Worte, die nur ihm galten. Sie streichelte mit einer Hand seine Nüstern, er atmete ihr ins Gesicht. Sie drückte ihn weiter nach oben, über ihren eigenen Kopf. So, als müsste der Drache nur wieder seinen Stolz finden, dann wäre sein Lebenswille auch wieder da. Er richtete sich auf, breitete die Flügel aus und probierte vorsichtig, ob sie ihm noch den Dienst erwiesen. Scheu, fast schüchtern, hob er ab. Er zog seine Pfoten dicht an den Körper heran und ließ sich von einer Böe höher tragen.

»Er weiß noch, wie es geht«, sagte Hangameh und lächelte. »Manche muss man daran erinnern, es gibt Drachen, die vergessen das.«

Odd Domdar verstand nicht, was sie meinte, es war auch einerlei. Er wollte nach Arlie zurück. Ob es noch da war? Das Drachenmädchen seiner Schwester.

Hangameh sah den beiden noch eine Weile nach. Der Drache hatte seinen *Broder* vorsichtig ergriffen und trug ihn heim, er kannte die Richtung wieder, und Hangameh hoffte, dass seine Kräfte ausreichten, um sicher anzukommen. Sie hoffte auch, dass es in Arlie eine Seele gab, die verzeihen konnte. Es brauchte nur eine, der Rest würde nachfolgen.

Hangameh kehrte noch vor der Dunkelheit in ihre Höhle zurück. Als sie die Treppen hinabstieg, kam sie an den Käfigen vorbei, die Dakota gebaut hatte, um diverse Vögel darin zu halten. Sie hatte versucht, sie abzurichten. Mit mehr oder weniger großem Erfolg. Manche hielt sie auch nur, weil sie hübsch aussahen. Hangameh hatte sie gewähren lassen, auch wenn sie abgerichtete Vögel für unnütz hielt. Sie hatte ihre Methoden, um Nachrichten zu übermitteln. Sie hatte vier Scheiben. Plötzlich, einem Impuls folgend, fragte sie sich, wo diese geblieben waren. Seit Dakota bei ihr lebte, hatte sie die Scheiben nicht mehr benutzt. Zum einen, weil sie dem Kind nicht erklären wollte, was es damit auf sich hatte, und zum anderen hatte Dakota ihre Vögel. Es war also nicht nötig, ihr alle Geheimnisse anzuvertrauen.

Wenn Dakota einen von ihren Vögeln mit einer Nachricht losschickte, kam diese auch an. Meistens jedenfalls. Hangameh glaubte nicht, dass Dakota eigene Methoden hatte. Sie glaubte, es wäre Glück. Dakota hatte ein Händchen für Tiere, es funktionierte. Selbst der kleine Buntspecht, der sie kixend begrüßte, tat, was Dakota verlangte. Dieses kleine Ding. Hätte Hangameh Vögel gehalten, ihre Wahl wäre auf größere, robustere Tiere gefallen.

»Na ja«, sagte sie leichthin. »Ich weiß, warum ich Drachen mit meinen Anliegen betraue.«

Hangameh fragte sich, wann sie die Tiere zuletzt gefüttert hatte. Gestern? Heute früh schon? Ohne recht darüber nachzudenken, öffnete sie die Türen. Alle fünf Käfige. Der Buntspecht lebte in einem ausgehöhlten Stück Baumstamm. Spechte sind Höhlenbrüter.

»So wie die *Mutter aller Wasser* auch«, sagte Hangameh und stutzte. Nun redete sie schon mit sich selbst. Das war Dakotas Angewohnheit. Nie ihre.

Hangameh ließ die Vögel frei. Das Pärchen Papageientaucher, das Moorschneehuhn und den Basstölpel. Dann machte sie sich auf die Suche nach ihren vier Scheiben. Irgendwo mussten die doch sein.

AUFBRUCH

Norwin schlief. Ambro nicht.

Der Drache schnaufte tiefe und gleichmäßige Atemzüge. Ambro saß bei Kerzenlicht konzentriert über einer Liste. Er versuchte, seine Gedanken zu ordnen und herauszufinden, was jetzt das Wichtigste war. Schwarze Tinte tropfte von seinem Federkiel auf sein Pergamentblatt, während seine Hand auf neue Impulse wartete, um weiterzuschreiben. Ambro kniff die Augen zusammen und starrte den Tintenklecks an. Die Beine taten ihm weh, er saß schon eine Weile im Schneidersitz, mit dem Rücken zu Norwin, um das Licht der Kerze von ihm abzuschirmen und vornübergebeugt, als könnten seine Gedanken ohne Umweg direkt aufs Papier tropfen.

Er musste seine Eltern finden. Das waren zwei Punkte auf der Liste, er war sich ziemlich sicher, dass seine Eltern nicht zusammen waren, als alle von Burry flohen. Er musste herausfinden, was passiert war. Ob die Ereignisse mit Nev – und damit verbunden mit Ambros Einmischung in die Chronik – zu tun hatten. Diese Sorge nagte an ihm. Wie eine Ratte an wundem Fleisch. Ambro war der Kartograf von Leotrim. Nein, eigentlich war er es noch nicht, Hangameh hatte gesagt, dass er viel zu lernen hatte. Die Sternbilder und die Orientierung an ihnen, natürlich. Ambro wusste nichts über die Sterne als ihre Namen, er kannte kaum alle Sternbilder. Ebenso wusste er nichts über Entfernungen: Flügelschläge, Fuß und

Meilen. Nichts über die Höhe der Berge, die Tiefe der Seen. Ambro wusste gar nichts. Er seufzte schwer.

»Das alles dauert Jahre«, murmelte er. Hangameh hatte ihm eine Karte gegeben beim Abschied. Darin war verzeichnet, was sie über Leotrim wusste, und das war herzlich wenig. Ambro erschrak beim Anblick – auf ihn kam sehr viel Arbeit zu.

***

In den Winterhöhlen verschob sich das Leben. Es spielte keine Rolle, ob es Tag oder Nacht war. Es gab die Dunkelheit und es gab Fackellicht. Das musste reichen.

Als Norwin erwachte, war es dunkel um ihn herum und Ambro war fort.

Norwin wusste, wo er war und die Dunkelheit ängstigte ihn nicht. Er folgte geschmeidig seiner Nase, die ihn zu Ambro und zu frischem, klarem Wasser führte. Norwin hatte schrecklichen Durst und steckte seinen Kopf bis zu den Ohren in das blau schimmernde Wasser. Er trank und trank, bis sein Bauch gluckste und er Atem holen musste. Ambro kicherte. Er schürte am Ufer des unterirdischen Sees ein kleines Feuer und an einem dreibeinigen Gestell hing ein gusseiserner Topf. Daneben stand ein Bottich aus Holz, gerade groß genug, um einem Kind ein Bad zu ermöglichen.

»Wenn deine Mutter das sehen könnte ...«

»Wie ich freiwillig ein Bad nehme?«

»Ja.« Norwin kicherte auch.

»Dreckspatz würde sie sagen.«

»Und recht damit haben.«

Mit zwei Stofflumpen hob Ambro den Topf an und schüttete das erhitzte Wasser dampfend in den Holzkübel.

»Ich will kein Dreckspatz sein, wenn ich sie wiedersehe«, sagte Ambro und schöpfte kaltes Wasser aus dem Süßwassersee, der sich schillernd vor ihm ausbreitete. Norwin trank nochmals, diesmal langsamer. Er betrachtete sich neugierig im Wasser. Die Höhlendecke spiegelte sich in bunten Farben im See. Ambros Feuer und die drei entzündeten Fackeln reichten nicht, den ganzen Saal zu erhellen. Irgendwo verlor sich das Wasser in Dunkelheit. Doch Norwin fürchtete sich nicht, im Gegenteil. Er fühlte sich sehr an die Himmelsberge erinnert, auch wenn dort die Farben noch prächtiger, die Höhlen noch größer und die Seen tiefer gewesen waren. Nur das Wasser schmeckte gleich. Norwin wollte abtauchen und alles erkunden. Dafür, dass er kein Wasserdrache war, über keine Kiemen und Flossen verfügte, war er ein sehr guter Schwimmer. Er konnte im Wasser ein Seil erkennen, handgelenkdick, das zur nächsten Halle gespannt war. Ein Mensch würde sich daran entlang hangeln, zur Orientierung, aber ein Drache würde seinem Instinkt folgen und einfach losschwimmen. Norwins Nüstern zuckten. Er spreizte seine Flügel leicht vom Körper ab und mit einem Satz war er im Wasser, tauchte unter, genoss die Kühle, die ihn umschloss. Seit der Quelle, seiner frühesten Erinnerung, mochte er Wasser. Er schwamm kraftvoll ins Dunkel hinein, solange er die Luft anhalten konnte. Das Seil interessierte ihn nicht. Er schloss die Augen, horchte in sich hinein, ob die Stimme von Moun noch da war, die da sagte: »Schwimm du deine Runden. Im Wasser ist die Sache mit deinem Flügel egal.« Und es stimmte. Norwin tauchte wieder auf, kam langsamen Schritts ans Ufer zurück und schüttelte sich wie ein Hund das Wasser von den Schuppen.

»Hast du dich entschieden?«, fragte Norwin.

»Ja, wir gehen in die tiefen Berge. Die Familie meiner Mutter lebt da. Sie wird dort Zuflucht suchen.«

»Und Vater?«

»Ich habe lange über das Bild nachgedacht. Heute Nacht habe ich sogar davon geträumt.«

Ambro zog sich aus und stieg in die Wanne. Er hatte ein Stück Seife gefunden, seine Mutter sollte keinen Grund haben, zu schimpfen: »Du machst immer alles nur halb.«

Das Wasser war angenehm lauwarm und Ambro schrubbte als Erstes gründlich sein Gesicht.

»Was hast du geträumt?«, fragte Norwin und kam langsam näher.

»Mein Vater stammt aus dem gelben Wald. Tara weiß das. Aber sie hat nicht den gelben Wald gemalt.«

Norwin dachte kurz darüber nach. Wenn Tara es hierher geschafft hatte, um eine Nachricht zu hinterlassen, was war dann mit all den anderen? Norwin war Taras Geruch gefolgt und hatte die Höhlen gefunden. Außer ihrem Geruch war da noch einer. Kein menschlicher Geruch, von niemandem aus Burry.

»Was immer hier passiert ist«, sagte Norwin, *»dieser Ort bot ihnen keinen Schutz und Tara ist nicht mehr hier.«*

Ambro drehte sich zu Norwin um, kniete im warmen Wasser und hielt sich am Rand des Bottichs fest. Norwin sah den Lockenkopf seines *Broders* und sein seifiges Gesicht bis zur Nase herauslugen.

»Was sollte meine Mutter in den Himmelsbergen? In der Not rennt man doch nach Hause!«

»Wie willst du die tiefen Berge finden? Warst du je dort?«

»Ich habe eine Karte. Von Hangameh. Ich bin der Kartograf von Leotrim.«

»Aber doch erst in ein paar Jahren.«

»Nein, jetzt.«

***

Norwin hatte Zweifel. Und er spürte, dass Ambro sich seiner Sache nicht so sicher war, wie er vorgab, zu sein. Nachdem er gebadet hatte, räumte er die Sachen auf, die er benutzt hatte, löschte die Fackeln und zusammen verließen sie die Höhlen, als wären es die Frühtage. Draußen erwartete sie Regen und Wind.

»Die Tage werden spät«, dachte Norwin. Ambro nickte stumm.

***

Ambro durchsuchte die Räume des Sommerbaumhauses erneut. Seine Eltern waren fort, er kam sich wie ein Eindringling vor. Er hörte seine Mutter förmlich schimpfen: »Lass die Finger von Sachen, die dich nichts angehen.« Diesmal suchte er mit dem Augenmerk darauf, was er für seine Reise brauchen konnte. Die Schuhe, die seine Mutter für ihn angefertigt hatte, wog er lange in der Hand. Seine Füße hatten inzwischen eine dicke Schicht Hornhaut und Schwielen. Er konnte aber noch nicht behaupten, lange Strecken gewöhnt zu sein. Was wusste er schon davon, was nun auf ihn zukam? Er würde nicht in wenigen Tagen wieder zu Hause sein. Ambro erinnerte sich sehr gut daran, wie er auf dem Weg zu Hangameh mit einer offenen Wunde, die harmlos mit einer erlaufenen Blase begonnen hatte, kämpfen musste. Wenn sie ihn nicht zusammen mit Dakota versorgt hätte … er streifte die Lederschuhe über. Er mochte das Gefühl nicht, es kam ihm vor, als hätte er schwere, hölzerne Klötze an den Füßen.

»Ich werde mich schon daran gewöhnen …«, murmelte er. Er fragte sich kurz, ob Hangameh es wissen würde, wenn ihm etwas geschah. Ob sie käme, um ihn zu retten. Er dachte dabei weniger an wunde Füße als vielmehr an tiefe Erdspalten, in die er hineinfiel.

In der Kammer der Eltern fand er den Tornister des Vaters: ein viereckiger Holzrahmen, bespannt mit Bärenfell und ausgestattet mit zwei Lederriemen, um ihn bequem auf dem Rücken tragen zu können. Der Vater benutzte das Ding nie. Wenn er loszog, trug er seinen Mantel, einen Wasserschlauch und seinen Gehstock. Mehr brauchte er nicht.

In der Speisetruhe fand Ambro Mutters wertvollsten Besitz: einen Block Salz. Er wusste, es waren vor seiner Abreise zwei gewesen. Zwei große Blöcke. Der Vater war Bäcker und wurde mit Salz bezahlt und die Mutter sparte, legte beiseite, was ging – für schlechte Zeiten. Salz war wertvoller als Gold. Irgendwer musste einen Block aus der Holzkiste genommen haben. Ambro nahm einen Lederbeutel und packte das Salz ein. Das waren eindeutig schlechte Zeiten. Er kippte sogar die letzten bröseligen Körner in seinen Beutel und verschnürte alles mit einem schmalen Lederband. Seinen Wasserschlauch füllte er mit Vaters letztem Wein, vermischt mit Wasser. Um gesund und bei Sinnen zu bleiben. Zum Schluss plünderte er Mutters sonstige Vorräte: all das Trockenobst, das letzte Brot und die in Fett gebackenen Insekten. Es schien, als wäre jeder Topf nur zur Hälfte geleert – als hätte seine Mutter auf ihn gewartet, bewusst Vorräte für ihn hinterlassen. Der Tontopf mit den Honig-Heuschrecken war sogar noch fast voll. So packte er Pfeffer-Grillen, Mehlwürmer, aber auch Nüsse und einige Äpfel ein.

Der Tornister wog schwer, als Ambro losging. Norwin bot an, das Gewicht für ihn zu tragen. Aber Ambro fand, dass es seine Aufgabe war. Er fühlte, dass es eine lange Reise werden würde. Er sah sich alles noch einmal genau an, seine Linde, die Holzbrücke über den Fluss, das Tannenwäldchen, das ihm so vertraut war wie seine Handinnenfläche. Die Sonne war schon auf ihrem Weg zur Nacht, als Ambro endlich nicht mehr zurücksah.

NACH DIR KOMMT NIEMAND MEHR

Krywults Vater war ertrunken, da war er noch ein Bübchen mit einem nutzlosen *Smok* gewesen, ein Nichts. Allein. Rem war die ersten Wochen nicht aus dem Wasser gekommen, aus Angst, er könnte augenblicklich trocknen. Die Reise ans grüne Meer von Trim war mühselig für ihn gewesen, auch wenn für die Wasserdrachen wegen der raschen Austrocknungsgefahr nicht die Regel galt, dass der Vater sein Drachenkind zu Fuß, auf seinen Schultern, nach Hause tragen musste. Rems Vater hatte gutes Salz bezahlt, um Rem innerhalb eines Sonnentages, in salzwassergetränkten Tüchern, vom Fuß der Himmelsberge bis zur Küste von einem Flugdrachen fliegen zu lassen, aber das hatte den kleinen Drachen so verstört, dass er sich monatelang weigerte, auch nur eine Pfote an Land zu setzen.

***

Das Meer hatte schon viele Opfer gefordert. Es war giftig und gefährlich. Es machte etwas mit den Menschen, es rief sie in die Tiefe.

Krywults dichte, kurze Locken und sein verschmitztes Jungengesicht täuschten. Wer ihn sah, nahm an, dass ihn das Unheil noch nie getroffen hatte. Sein Gesicht wirkte glatt und arglos. Doch er trug einen großen Kummer mit sich herum, gut versteckt. Rem war der Einzige, der hinter diese Maske sehen konnte.

Wo steckt er nur wieder?, fragte sich Krywult. Nicht wirklich zornig, eher zurückgewiesen. Sein *Smok,* so nah er ihm war, näher als irgendein Mensch in diesem Dorf, näher als seine Mutter oder seine Schwester, hatte die Möglichkeit, im Wasser zu verschwinden, für Stunden abzutauchen. Krywult musste es hinnehmen, er konnte seinem *Smok* schlecht folgen. Er fragte ihn auch nicht, was er tat oder wohin er schwamm. Wozu? Rem war ein Wasserdrache, das war sein Lebensraum, sein Zuhause, warum sollte er auch den ganzen Tag bei Krywult verbringen wollen? Andere Männer, andere Frauen, allesamt mutiger als Krywult, setzten sich in ihre Boote, in die kleinen *Drachmaster,* die sie selbst gebaut hatten, gerade groß genug für eine Person. *Nussschale* sagte Krywult abfällig dazu. Mit einem Drachen hatten diese Boote nichts gemein, völlig egal, ob das Segel eine Rückenflosse darstellen sollte oder nicht. Er hatte keinen Drachmaster gebaut, er war der Einzige im Dorf, der keinen Fuß in ein Boot setzte, der sich nicht aufs Meer traute. Jeder musste zumindest die Mutprobe bestehen. Krywult hatte sich geweigert und so musste er den Preis bezahlen. Sein *Smok* Rem konnte von ihm weg, wann immer er wollte. Und er nutzte jede Gelegenheit, um wegzukommen. Wenn Krywult ihn rief, hörte sein *Smok* ihn, die Verbindung zwischen ihnen war stark, trotz vieler Flossenschläge Entfernung konnten sie *mowaren.* Doch es dauerte manchmal einen halben Tag, bis Rem den Weg nach Kusten zurückgelegt hatte. Und Krywult fragte sich, in der geheimen Kammer seines Herzens, in der er den großen Kummer verbarg, was seinen *Smok* so weit wegtrieb. Immer wieder. Wohin oder zu wem?

***

Krywult meinte, sich zu erinnern, dass es früher eine Zeit gegeben hatte ohne diese lange Distanz. Aber es spielte auch keine Rolle. Es war eben so. Für heute hatte er sein Tagwerk als Salzträger getan, der Rücken tat ihm weh. Auch das war einfach so. Er arbeitete als Träger seit dem Tag, als der Vater ertrunken war, um seine Mutter und seine Schwester zu unterstützen. Selbst die Schule hatte er aufgegeben. Anfangs hatte er noch versucht, die Schulaufgaben in den Abendstunden zu erledigen, war aber meistens am Esstisch eingeschlafen. Wie oft hatte seine Mutter ihn abends völlig erschöpft in sein Nest getragen? Unzählige Male. Inzwischen war er ein kräftiger Mann, klein geblieben, ja, wer so schwer trug, konnte nicht in die Höhe wachsen. Aber seine Arme und Schultern waren kräftiger als die der meisten Männer im Dorf, er hatte sich den Ruf eines guten und besonnenen Trägers erarbeitet. Jeden Tag ging er den Weg zu den Salzteichen, noch vor Sonnenaufgang, so musste er das Meer nur einmal am Tag sehen. In der Dunkelheit konnte er so tun, als wäre es nicht da. Die Menschen im Dorf Kusten hielten sein Verhalten für Angst. Es war aber nicht nur Angst, die ihn von der Küste wegtrieb, sondern auch seine Wut. Und die Wahrheit über den Vater. Wäre das Meer wie ein Drache oder ein Mensch, so könnte er es anbrüllen und ihm seine ganzen Vorwürfe an den Kopf werfen wie eine schwere Faust. Als Kind hatte er in stürmischen Nächten dagegen angebrüllt, bis er heiser war, bis er vom Regen durchnässt und vom Fieber hingestreckt wurde. Wieder war es seine Mutter, die ihn heimtrug in sein Nest und ihn sorgenvoll ansah und sich fragte, was ihr Kind so plagte. Sie hatte ihren Gefährten verloren, ihre Kinder den Vater. Sie hatte getrauert, leise und allein. Sie verstand sein Geschrei nicht, seine Wut. Sie fand es fast unerträglich, wie er sich zur Schau stellte, mit geballten Fäusten und roten Wangen. Selbst Rem hatte sie gefragt: »*Was soll das?*« Doch der Drache, damals noch ein junger, ungestümer Wildfang, hatte geschwiegen. Aus Loyalität zu seinem *Broder*. Die Mutter gab das Fragen auf, Rem würde nie so einen Verrat begehen, das sah sie ein. Es war dumm von ihr gewesen, überhaupt zu fragen. Aber Rem hatte Krywult von den Fragen und den Sorgen erzählt und so hatte Krywult beschlossen, nicht mehr zu brüllen, nicht mehr in stürmischen Nächten an die Küste zu kommen und seiner Wut freien Lauf zu lassen. Sein glattes, argloses Gesicht war hart antrainiert. Er ging zur Arbeit, ließ die Schulaufgaben sein und schwieg fortan. Die Wut aber blieb.

***

Es war später Nachmittag, Krywult machte sich auf den Heimweg, an der Küste entlang, wie jeden Tag. Arbeiter wie er hatten einen Trampelpfad in die Wiese gestampft, auf ihrem Weg zu den Salzteichen. So musste Krywult nicht sehen, was um ihn herum geschah, sondern nur auf seine Füße und den ausgetrockneten Weg starren. Das Salz, das er und seine Arbeitskollegen an den Schuhen hatten, trugen sie weit, und wo sie gingen, starb alles Grüne. Gras und Sträucher wurden braun, selbst Bäume starben über Nacht, wenn man nur eine Pfanne Abwasser in der Nähe der Wurzeln vergoss.

Krywult ging nicht an den Rand der Klippe und er sah grundsätzlich nicht nach unten. Die Klippen waren hier so hoch wie nirgends. Ihm wurde schon schlecht, wenn er sich nur auf fünfzehn Schritte dem Abgrund näherte. Andere machten sich einen Spaß daraus, mit einem Becher Tee in der Hand auf den moosbewachsenen Steinen zu sitzen, die Beine über den Rand hängen zu lassen, als säßen sie daheim am Feuer. Es galt als Mut- und Kraftprobe, hinauszuklettern und sich einem Klimmzug gleich am Felsrand herabhängen zu lassen. Es war Jahrzehnte her, seit das letzte Mal jemand bei so einem *Spaß* abgestürzt, gegen die Felswand geschlagen und auf dem schmalen Strandstück gelandet war. Krywult verstand den Sinn einer solchen Mutprobe nicht. Was hatte man davon, mutig, aber tot zu sein? Und so starrte er, während er heimging, vor sich auf den Boden, aber nicht nach rechts zum Meer hin, er schaute nicht nach den wenigen Fischerbooten. Sie interessierten ihn nicht. Früher, als sein Vater noch lebte, hatte er viel Zeit damit verbracht, den Horizont abzusuchen und das Boot seines Vaters an der Farbe seines Segels zu erkennen. Aber jetzt ... wäre sein *Smok* Rem nicht gewesen, er wäre schon lange fortgegangen. Hätte ein Bündel gepackt, Mutter und Schwester zurückgelassen, den toten Vater und die geflüsterten Worte hinter seinem Rücken. Meist war es Mitleid, nicht Spott. Der Spott wäre ihm lieber gewesen. Er wurde behandelt wie ein rohes Ei, als würde er ebenso ertrinken, wenn man ihn nur zu rau ansprach. Die Menschen von Kusten behandelten ihn, als wäre er immer noch ein Bübchen. Inzwischen kam noch die unausgesprochene Forderung dazu, er möge sich endlich eine Gefährtin wählen. *Sonst kommt nach dir niemand mehr.* Seine Schwester hatte schon drei Kinder und er noch nicht einmal eine Frau. Er stampfte den Pfad entlang, tief atmend, was nicht half. Der schwere Geruch des Meeres prickelte in der Nase. Er empfand dieses Fisch-Algen-Salz-Gemisch viel schlimmer als die heißen Quellen, die nach faulen Eiern rochen. Eine Tagesreise von hier gab es heiße Quellen, das einzige Wasser, das er mochte. Das

Wasser war so heiß, dass es schmerzte. Er mochte diesen Schmerz, nur dort entspannte er, nur dort ließ die Wut nach, weil etwas anderes weh tat als sein Herz. Nur dort fühlte er sich für ein paar Augenblicke frei von Kusten und der Art und Weise, wie die Menschen ihn sahen.

»Rem?«, fragte er, ohne aufs Meer zu sehen. Es dauerte einen Moment, bis dieser antwortete.

»Hier!« Krywult spürte, dass sein *Smok* in der Nähe war. Nicht einen halben Tag entfernt. Heute nicht.

»Treffen wir uns bei der Schaukel?« Krywult lächelte. Nun begann der gute Teil des Tages, endlich.

***

Dakota hatte sich noch vor Sonnenaufgang auf den Weg gemacht. Sie fühlte sich nackt und schutzlos ohne Hangameh, ohne Rem. Sie hatte zu essen und zu trinken dabei, sie war warm angezogen. Was Hangameh ihr mitgeben konnte, hatte sie sorgsam eingepackt. Da stand sie nun und sah sich um. Jede Richtung schien gleich weit, unendlich weit zu sein, es hätte keinen Unterschied gemacht, das Ende der Welt zu suchen oder ein kleines Fischerdorf namens Kusten. Dakota hatte noch nie davon gehört. Hangameh hätte es sich ausdenken können, sie in die Irre führen, sie einen großen Bogen gehen lassen können, der am Schluss wieder hierher führte. Zurück nach Mora. Aber eine derartige List lag ihr fern, sie hatte leise und ernst gesprochen, den Weg erklärt, ihr Worte beigebracht, die sie schützen sollten. Dakota zweifelte daran, dass Worte irgendwen schützen könnten. Irgendwen außer Hangameh. Zum Schluss hatte sie das Bündel genommen, die Kapuze tief ins Gesicht gezogen und ihre

Ziehmutter auf die Stirn geküsst zum Abschied. Danach gab es kein Zurück mehr. Sie stieg die Treppen hinauf, die in Stein gehauene Wendeltreppe, und stand an der Küste, um sie herum die Wiesen von Leotrim, die nach Schafdung rochen, unter ihr das Meer, das alles verschlang, was es in die feuchten Arme bekam. Da stand sie und weinte. Sie wusste nicht genau warum. Niemand zwang sie, zu gehen, gleichzeitig war sie sicher, dass sie nicht bleiben konnte, und es war wohl dieses Zerrissensein, das ihr die Wangen befeuchtete und den Schädel schmerzen ließ. Vielleicht war es auch ihr Herz, wer wusste das schon zu sagen?

Nach Norden sollte sie gehen, das hatte Hangameh gesagt. Weiter als bis zum *Launigen Vincent* war sie nie gekommen. Dakota ging langsam und bedächtig, sie musste über vieles nachdenken. Sie ging an der Küste entlang, Kusten war eins der Dörfer nahe am Hafen und so lange das Meer rechter Hand lag, war sie auf dem richtigen Weg. Sie hätte auch die Treppe hinuntersteigen und am Strand entlanglaufen können, doch sie wollte nicht von Rem gesehen werden. Sie fragte sich, ob der Wasserdrache irgendwo da unten war, ob er ahnte, dass sie nach Kusten marschierte, ob er ihre Gedanken kannte, Krywult aufsuchen zu wollen. Und was sollte sie ihm nur sagen? Hangameh hatte eine Andeutung gemacht, dass er der Richtige wäre, um ihr zu helfen. Und Hangameh wusste Dinge. Dinge, die nicht in der Chronik standen. Sie hatten nie darüber gesprochen, Dakota nahm wortlos hin, wenn Hangameh ankündigte: »Es kommt jemand.« Oder: »Es passiert etwas.«
Dakota fragte sich, ob Hangameh schon seit Jahren wusste, dass Krywult und sie zusammenfinden sollten, und es

hinausgezögert hatte. Absichtlich. Das würde sie ihr sehr wohl zutrauen.

Dakota sah den *Launigen Vincent* den halben Morgen lang auf sich zukommen. Natürlich war sie diejenige, die sich bewegte. Er stand still auf seiner Felseninsel, ein kleines bisschen abseits von Leotrim, wie ein Zuschauer, und rührte sich nicht. Dennoch ergriff sie das Gefühl tief drinnen, er würde zu ihr kommen. Erst als sie direkt vor ihm stand, getrennt durch den tiefen Abgrund und das Meer zwischen ihnen, kam ihr das erste Mal der Gedanke, wie weit Rem jedes Mal schwamm, um sie zu sehen. Es war schon Mittag und sie hatte das Hafendorf immer noch nicht erreicht. Er mochte schneller schwimmen, als sie gehen konnte. Aber die Strecke blieb sehr, sehr weit. Dakota starrte den Leuchtturm atemlos an. Hier zu sein erfüllte sie mit Zuversicht. Als könnte alles noch gut werden. Der Gedanke, alle Antworten zu finden, schlich sich in ihr Gemüt, und damit auch die Vorstellung, zurück zu Hangameh zu gehen. Sie war sich absolut sicher, dass es nicht die Angst vor der Welt da draußen war, die ihr diesen Gedanken einbrachte, sondern der ehrliche Wunsch, bei ihr sein zu wollen. Sie nahm sich vor, dieses Gefühl zu bewahren, immer daran zu denken, dass sie nicht im Groll gegangen war und auch nicht, um von Hangameh wegzukommen. Sie hatte ihr ein gutes Zuhause gegeben. Es war nicht nur Dankbarkeit, die sie empfand. Das war Liebe.

SIEK

Ambro und Norwin waren inzwischen einen Mond lang unterwegs. Doch dieses Mal war alles anders. Hangameh hatte sie förmlich angezogen, vielleicht war es auch der *Launige Vincent* gewesen, so genau konnte Ambro das nicht sagen. Ihr Weg war vorgegeben, so erschien es ihm, es hatte keine Abweichungen, keinen Zweifel gegeben.

Nun meinte er, nicht vorwärtszukommen, nicht zu wissen, wo er hinging oder ob die Richtung stimmte. Hätten die Lichter ihm nicht jede Nacht bestätigt, dass sie nach Westen kamen, er hätte vermutet, sinnlos im Kreis zu gehen.

Er wusste nicht, ob er die richtige Entscheidung getroffen hatte. Er war nie in den *tiefen Bergen* gewesen und auch wenn er seine Mutter sehr vermisste, so kreisten seine Gedanken immer wieder um die Himmelsberge. Er rief sich die plumpe Zeichnung von Tara ins Gedächtnis, die Zacken. Nachts, in seinen Träumen, schlossen ihn diese Zacken ein wie ein Zaun, einmal um ihn herum. Er konnte nirgends hin. Er hoffte, sein Bauchgefühl würde ihm den Weg weisen, doch nichts gab ihm Gewissheit. Kein Baum, kein Strauch, keine Pflanze.

Je weiter sie sich von Burry entfernten, umso artenreicher wurden Flora und Fauna und somit auch ihr Angebot an Nahrung. Die beiden entwickelten eine Routine, die an ein altes Ehepaar erinnerte. Sie kamen ohne viele

Worte aus. Norwin suchte mit seiner Nase nach Wasser, das war jeden Tag das Wichtigste. Er fischte wie ein Bär und schlug die Lachse einfach mit der Pfote ans Ufer. Nicht selten sah Ambro seinem *Smok* dabei zu, wie er in einem Flusslauf hockte und das, was er gefangen hatte, augenblicklich auffraß. Nicht, weil er so hungrig gewesen wäre, sondern weil er es unnötig fand, den Fisch zu kochen oder gar zu braten.

Ambro benutzte seine Angelschnur und war nur mäßig erfolgreich damit. Norwin legte seinem *Broder* abends wortlos einen Lachs, den er für ihn gefangen hatte, neben das Lagerfeuer und Ambro wusste, dass der Drache schon satt war.

Ambro machte abends ein Lagerfeuer, er suchte das Holz dafür zusammen, mit seinem Messer hobelte er Holzspäne und schließlich schlug er seinen Feuerstein so geschickt an den Pyritstein, dass er nur zwei oder drei Versuche brauchte, bis er einen Funken geschlagen hatte, der die Späne entzündete.

Die Hasenjagd verlief besser für Ambro, der Vater hatte ihm gezeigt, wie man eine Falle aufstellte, danach war nur noch Geduld erforderlich. Ansonsten lebten sie von den Dingen, die sie fanden. Ambro aß regelmäßig die Blätter von Linden, weil ihn das an zu Hause erinnerte und er meinte, dass ihm das Glück brächte. Norwin hatte eine Vorliebe für Gräser und einige andere Pflanzen, er fraß Brennnesseln und Gänseblümchen, die fleischigen Zapfen der Eibe sowie Hagebutten. Ambro mochte lieber Lauch, Kamille oder Löwenzahn. Sie aßen, was sie fanden und hatten selten Hunger. Wäre die Sorge um die Eltern nicht, dachte Ambro, sein Leben als Kartograf sähe genau so aus und er wäre zufrieden damit.

Eine ganze Zeit lang trafen sie keinen Menschen und keinen Drachen. Die Dörfer, die sie passierten, waren so leer wie Burry. Ambro konnte sich mit jedem weiteren Dorf weniger vorstellen, dass das mit Nev zu tun haben konnte. Hier war etwas Größeres im Gange. Wie in Burry sahen sie verbrannte Erde und verlassene Baumhäuser. Norwin wunderte sich wiederholt, dass es zwar Spuren von ausgebrachtem Feuer gab, aber kein Heim war niedergebrannt. Die Menschen waren eilig davongerannt, aber offensichtlich unverletzt. Jedenfalls blieb die alte Graum die einzige Tote, die sie sahen. Nicht Holosch ging um, sondern etwas anderes.

Schließlich erreichten sie den Ort Siek. Ein Grenzstein, oben abgerundet und mit dem eingravierten Namen, wies darauf hin. Siek bestand aus drei einsamen Kühen und einer Gans. So schien es zumindest.

»Die Nutztiere sind noch da«, sagte Norwin und schnüffelte. Die Graugans kam auf ihn zugewatschelt, furchtlos und ein bisschen frech. Sie breitete die Flügel aus und quietschte ihren Gänselaut wiederholt in Norwins Richtung, als wollte sie einen Rivalen verscheuchen. Norwin richtete sich unbeeindruckt auf und die Gans überlegte es sich anders. Sie gab sofort Ruhe.

Der Ort lag in einer kleinen Senke. Die Dorfbewohner hatten die Senke mit Ziegelsteinen umsäumt und an mehreren Stellen mit fünf Treppenstufen ausgestattet, um bequemer nach unten zu gelangen. Der Marktplatz mit seinem Brunnen, dem überdachten Rondell und zwei mannshohen Schaukeln war von Ahornbäumen und Kastanien umgeben. Ambro überschlug die Größe des Marktplatzes und schätzte Siek auf über fünfzig Bewohner. Er hörte allerdings nur Vogelgezwitscher und das Rascheln der Blätter im Wind. Ambro fröstelte. Die Dunkeltage rückten näher und er machte sich allmählich Sorgen, ob er es vor dem ersten Schnee zu den *tiefen Bergen* schaffen würde. Wenn nicht, würde er woanders überwintern müssen. Es war unmöglich, im ärgsten Schneetreiben so eine Reise zu überleben. Er machte sich um sich selbst Sorgen, er wusste aber auch nicht, wie gut Norwin Kälte und Schnee vertrug. Ob er in den Himmelsbergen draußen herumgetollt war? Wieder etwas, das er seinen *Smok* fragen musste.

Norwin antwortete nur wortkarg, wenn es um die Himmelsberge ging. Zum einen, weil er Heimweh hatte, zum anderen, weil er sich wie ein Verräter fühlte, wenn er von der Mutter und den Ammen erzählte. Er wusste nicht genau, woher dieses Gefühl kam. Niemand hatte ihm ein Sprechverbot erteilt. Er hatte keine Ermahnungen zum Abschied erhalten, niemals über die Mutter und sein Zuhause zu sprechen. Und trotzdem ... er erinnerte sich noch gut an das Gefühl, das er hatte, als er zum ersten Mal einen Mann in der Halle der Eier sah. Der Mann überlegte nicht lange, schnappte sich ein Ei, als hätte es seinen Namen gerufen, und dann wurde er von den Ammen wieder hinausgeleitet. Trotzdem, obwohl die Szene nur ein paar Atemzüge lang gedauert hatte, meinte er, einen Eindringling in seinem Heim gehabt zu haben. Einen Fremdkörper. Seine Berge, das war etwas, das er verteidigen musste. Prompt war Moun gekommen, als ob er Trost gebraucht hätte, und hatte ihn zurück in sein Nest geschleppt. Er hatte sich die Ei-Auswahl nicht oft angesehen. Dabei war auch er einmal so ausgewählt worden.

»Schnee macht mir nichts«, sagte Norwin. Ambro fuhr erschrocken herum. Er hatte sich immer noch nicht daran gewöhnt, dass seine Gedanken nicht ungehört blieben.

»Ähm«, stotterte er, *»mir schon.«*

»Ich weiß«, sagte Norwin. *»Wir finden schon einen Unterschlupf für die Dunkeltage.«*

Ein flatterndes Geräusch mischte sich in das Blätterrauschen. Die beiden sahen nach oben. Da der Ahorn schon dunkelrot trug, sah man es nicht auf Anhieb. Doch da waren noch rote Bänder. Ambro fand den Anblick schön, es rührte ihn zu sehen, wie die Bänder flatterten und der Baum gleichzeitig seine Blätter verlor, sie flogen davon wie bunte Regentropfen. Er legte den Kopf schief und betrachtete das Schauspiel.

»Wer seid ihr?«, fragte eine Frauenstimme. Wieder fuhr Ambro erschrocken herum.

Die Frau, die sich sehr nah an ihn herangeschlichen hatte, stützte sich auf einen gebogenen Gehstock. Ihr Haar war grau, ihre Haut voller Altersflecken, ihr Blick war freundlich. Sie lächelte.

»Ambro«, stotterte Ambro. »Ich bin Ambro Gulur und das ist mein *Smok* Norwin.«

»Gilan«, sagte die Frau und verbeugte sich. Das hatte Ambro vergessen. Hastig legte er seine Rechte auf seine Brust und tat es ihr nach.

»Wo sind alle?«, fragte er.

»Geflohen.« Gilan lächelte immer noch. Ihr fehlten zwei Zähne, oben.

»Seid ihr zwei hungrig?«

Sie drehte sich um und ging langsamen Schritts davon. Sie humpelte und stützte sich mühevoll auf den Gehstock.

»Kommt, kommt. Ambro und Norwin. Kommt nur mit. Ich habe eine Suppe auf dem Feuer.«

»Sagst du uns, was passiert ist?«, rief Ambro ihr nach.

»Nach dem Essen«, sagte sie.

***

»Nur wir Alten sind noch da«, sagte Idris. Sie hatten ihre Mahlzeit beendet. Norwin hatte sich satt niedergelegt. Die anderen vier Drachen kuschelten sich an ihn, so warm war ihm schon lange nicht mehr gewesen. Er hatte ganz vergessen, wie es war, an einen Drachen gelehnt zu schlafen, welche Hitze von Nestbrüdern ausging. Die vier behandelten ihn, als hätten sie schon seit ihrem Schlüpftag beieinandergelegen. Norwin schnaubte wohlig. Er konnte auch mit geschlossenen Augen zuhören.

Ambro sah an den Ohren seines Drachens, dass Norwin nicht schlief. Er konnte das gut; so tun, als ob er gar nicht da wäre und dennoch alles um sich herum wahrnehmen, aufsaugen. Um später darüber zu reden, was er über das Gehörte dachte.

»Was ist passiert?«, flüsterte Ambro. Er hatte seine Gemüsesuppe aufgegessen. Nichts gegen Fisch oder Gräser. Aber eine warme Mahlzeit wie diese, das war fast wie daheim an Mutters Tisch.

»Etwas Dunkles hat uns heimgesucht«, sagte Gilan. Im Schein des Feuers sah sie jünger aus, weicher.

»Wir glauben, dass es ein Drache war.« Idris hielt die Hand seiner Gefährtin.

»Ein dunkler Drache«, fügte sie an.

Sie saßen am Feuer von Gilan und Idris, auf Baumstämmen, und starrten in die Glut. Das andere Paar, wohl

Nachbarn von den beiden, schwieg. Ängstlich sahen sie aus. Sie saßen nah beieinander, in eine Decke gewickelt und zitterten. Ambro konnte nicht sagen, ob vor Kälte oder Angst. Die Drachen lagen hinter den Baumstämmen, im Dunkeln. Ambro hörte sie ruhig atmen. Es waren Feuerbringer, alle vier.

»Erzähl mir deine Geschichte«, sagte Gilan mit sanfter Stimme. Ambro überlegte kurz. Es wäre unhöflich, eine Geschichte am Feuer auszuschlagen. Mittendrin anzufangen schien ihm unsinnig und so erzählte er den übrigen Menschen von Siek und vier schlafenden Drachen von seiner Verbindungszeremonie mit Norwin, er ließ nicht aus, dass er geweint hatte beim Anblick von Silván. Er erzählte ihnen von dem Schäfer Manon und dem *Launigen Vincent,* von Nev und seinem Drachen NevNev. Wie lange hatte er an die beiden nicht gedacht?

»Du denkst immer an sie«, flüsterte Norwin mowarisch in die Erzählung hinein und Ambro nickte nur, während er weitererzählte. Er ließ natürlich Yari nicht aus, im Gegenteil. Er versuchte, das Haus zu beschreiben, die Inneneinrichtung auf Rollen, die nötig war, weil Yari hierhin und dorthin lief wie ein launisches Kleinkind. Er versuchte, zu erklären, dass Yari immer in Bewegung war und ihr Innenleben sich deshalb auch bewegen musste. Für Ambro war das ganz logisch. Nev hatte ihm erzählt, dass er Yari manchmal angebunden hatte, damit sie sich nachts, wenn er schlief, nicht verirrte. Natürlich, er wollte morgens auch nicht dauernd an einem anderen Ort aufwachen. Da war er sehr egoistisch gewesen. Es blieb unausgesprochen, doch Ambro hatte es ohne Worte verstanden: Nev wollte nicht, dass Yari im Dunkeln umherlief und womöglich unwissend die Küste von Leotrim erreichte. Wer wusste denn, wie schlau sie war? Ob sie über die Klippen lief und

ins Meer stürzte? Aber den Teil ließ Ambro aus. Er hatte nur seinen Gerechtigkeitssinn, aber keine Worte dafür, dass man ein Wesen wie Yari nicht anbinden durfte. Seine Zuhörer staunten mit offenen Mündern, von einem Geschöpf wie Yari hatten sie noch nie gehört. Ambro ärgerte es, dass er nicht wusste, was sie war oder wie sie laufen konnte, ohne Füße zu haben. Er hatte keine gesehen. Allein deshalb musste er Yari wiederfinden – um dieses Rätsel aufzulösen. Dass er der Kartograf von Leotrim werden würde, so wie Hangameh das wollte, schmückte er ein bisschen blumiger aus, als es tatsächlich war. Bis jetzt hatte er nur eine halbfertige Karte von Leotrim und einen großen Fundus voller Angst und Zweifel bei sich.

»Darf ich deine Karte sehen?«, fragte Idris. »Vielleicht kann ich helfen.«

Ambro holte die Karte aus seinem Tornister. Sie ließ sich rollen, da sie aus Schafshaut-Pergament gefertigt war. Idris studierte die Karte und Ambro Idris. Er roch wie frisch geschlagenes Holz und seine Haut war so dunkel wie die Rinde eines Olivenbaumes. Er war dünn und sehnig. Ambro betrachtete seine dichten, buschigen Augenbrauen, in die sich ein paar graue Haare eingeschlichen hatten. Er sah die tiefen Furchen um seine Mundwinkel, er musste sich am Morgen rasiert haben, aber seine Haut war schon wieder von einem dunklen Schatten bedeckt. Idris hatte lange, dünne Finger, er sah geschickt aus und kräftig. Was er wohl tat? Die Hände seines Vaters waren breit und klobig, immerzu weiß vom Mehl. Wenn Ambro an die Hände seines Vaters dachte, sah er immer auch einen Batzen Teig vor sich, den der Vater knetete, als ob dieser etwas Böses getan hatte. Idris war größer als Olafur, hatte breite Schultern, und als ob er sich dafür schämen würde, ging er leicht nach vorn gebeugt, um sich kleiner zu machen. Er war viel jünger als Gilan.

Als hätte Gilan Ambros Gedanken gehört, sagte sie: »Ich bin nicht so gut zu Fuß.« Sie hob ihr Gewand ein Stück an und gewährte Ambro einen Blick auf ihren linken Knöchel. Sie musste sich, vor vielen Jahren schon, einen Bruch zugezogen haben, der nie richtig verheilt war.

»Idris bleibt bei mir. Egal, was sich noch am Himmel zeigen mag.« Er lächelte bei diesen Worten, sah aber nicht auf. »Du bist hier«, sagte er und zeigte mit seinem kleinen Finger auf eine Stelle. Ambro nahm Tinte und Feder aus dem Tornister und trug »Siek« in seine Karte ein. »Du musst dich südwestlich halten, wenn du in die *tiefen Berge* willst.«

»Ich habe meine Geschichte erzählt. Nun seid ihr dran.«

»Etwas Dunkles flog über den Himmel, dort brannte es und hier.« Gilan wies mit den Händen in die Dunkelheit. Ambro nickte, als würde er sehen, was sie meinte.

»Die Menschen kamen angerannt, von den Feldern, aus dem Wald, und brüllten vor Angst. Die Drachen sagten: »Beruhigt euch«, aber keiner hörte auf sie, als seien sie plötzlich böse geworden. Da oben war einer, der Feuer gab, und hier unten trugen alle Mitschuld.«

Gilan ließ die Worte wirken, Ambro machte ungeduldig eine Geste mit der Hand.

Weiter, weiter.

»Sie rannten davon. Nicht zusammen, jeder für sich, in alle Richtungen.«

»Und du? Ihr?«

»Diese beiden hier sind meine Eltern«, sagte Idris. Seine Mutter schluchzte laut.

»Und ich bin, wie gesagt, nicht so gut zu Fuß.« Gilan klang müde.

»Nur wir sind noch da. Ich hoffe, die anderen kommen wieder, wenn sie merken, dass der Dunkle schon lange weitergeflogen ist. Er hat uns nichts getan.«

Die Mutter schluchzte wieder, als wollte sie Idris Lügen strafen. Schließlich war ihr Leben nicht mehr dasselbe wie zuvor.

»Bleibst du hier? Bei uns?«, fragte Gilan.

Ambro schüttelte den Kopf. »Ich muss meine Eltern finden.« Und nach einer Pause fügte er leise an: »Und dann werde ich der Kartograf von Leotrim.«

***

Sie blieben doch einige Tage in Siek.

Die beiden Alten redeten wenig und Ambro kümmerte sich nicht um sie. Er sah, wie Idris sie morgens aus dem Baumhaus die Treppe heruntertrug und sie abends, wie Kinder, in ihr Nest brachte. Den Rest der Zeit saßen sie herum, aneinander geklammert, als würden sie ohne einander umfallen. Vermutlich musste Holosch sie zusammen holen, weil es sie einzeln gar nicht gab.

Ambro fand das befremdlich.

»Was weißt du übers Altsein?«, fragte Norwin. Nicht böse oder abfällig.

»Was weißt du darüber?«, fragte Ambro zurück.

»Zu Hause…«, fing er an und korrigierte sich, *»bei meiner Mutter hatte ich viele Nestbrüder und -schwestern. Und die Ammen. Manche von ihnen sind wirklich alt. Ganz grau und zahnlos.«*

»Und?«

»Sie erzählten gute Geschichten.«

Ambro hörte den Schalk in Norwins Stimme und kicherte.

»Ich mag gute Geschichten.«
»Am liebsten über Silván.«
»Ja.«

Ambro ging mit Idris in den Wald, hackte, sägte und schälte Holz, wie Idris es ihm zeigte. Der Mann war fest davon überzeugt, dass die Bewohner von Siek bald zurückkommen würden, und dann ginge alles wieder seinen normalen Gang. Daher arbeitete er weiter, als wäre nichts geschehen.

Am Nachmittag hatte Ambro Blasen an den Händen. Er biss die Zähne zusammen, als Idris ihm wortlos einen Verband umlegte. Sie verstanden beide, dass Ambro nicht zum Waldarbeiter taugte. Er zog die Nase hoch und Idris wischte ihm mit schwieligen, rauen Händen übers Gesicht.

»Es reicht für heute«, sagte er leise. Die Geste erinnerte Ambro sehr an seinen Vater und zu den brennenden Handflächen kam noch Scham hinzu, weil er den ganzen Tag lang nicht an ihn gedacht hatte. Über der Arbeit hatte er alles schlicht vergessen. Seine Mutter, seinen Vater, seinen Auftrag für Hangameh.

Am Ende des Tages fühlte Ambro sich so erschlagen, als wäre ein dicker Baumstamm auf ihn gefallen und hätte ihn wie einen Nagel in die Erde gerammt. Er konnte sich beim Abendbrot kaum noch wachhalten. Aber er wurde belohnt. Nicht nur mit einer warmen Suppe, sondern auch mit einer Geschichte. Am Feuer wurden immer Geschichten erzählt und Ambro sehnte sich danach, müde, aber froh, in die Flammen zu starren und zu lauschen. Seine Mahlzeiten hätte er mit Salz bezahlen können. Seine Gastgeber wussten nichts von seinem Schatz und es war besser, sich den Tagelohn zu erarbeiten. Wer wusste, wofür er sein Salz noch benötigte. Ambro hatte gearbeitet und sich das Hasenfleisch in der Suppe sowie eine Geschichte verdient.

»Was für eine Geschichte möchtest du hören?", fragte Idris mit rauer Stimme.

Ambro hätte nach Mora, der Schildkröte, fragen können. Doch er sagte: »Erzähl mir von Silván.«

»Es gibt eine Höhle, ganz in der Nähe. Silván hat dort ein Menschenleben verbracht, zusammen mit einem Mädchen namens Bark. Ihre Zwillingsschwester hieß Birk. Wusstest du, dass Silván immer in der Nähe der Familie bleibt? Viele glauben, er würde jedes *übrige Kind* zu sich, in seine Höhle, holen. Aber das stimmt nicht. Über ganz Leotrim sind Höhlen verteilt, die Silván ein- oder sogar mehrfach bewohnt hat.«

Ambro schüttelte stumm den Kopf. Er erinnerte sich mit heißen Wangen an seine eigene Angst bei seiner Verbindungszeremonie. Er war sich damals sicher, Silván würde ihn verschleppen. Gegen seinen Willen, weit weg von seinen Eltern. Und nun? Saß er hier in Siek am Lagerfeuer mit den Alten, dem Rest eines Dorfes, das es nicht mehr gab und vermutlich auch nie mehr geben würde. Da konnte Idris so zuversichtlich sein, wie er wollte. Ambros Eltern waren weit weg und wäre es nach seinem Willen gegangen, er würde zu Hause bei Mutter und Vater sitzen und das Einzige, worüber er sich ärgern oder ängstigen müsste, wären die mündlichen Prüfungen bei Pan Harbor im Drachenkundeunterricht.

»Ist das eine Geschichte über Zwillinge?«, fragte Ambro. Idris schüttelte den Kopf. »Nein«, sagte er. »Es geht um Silván.«

»Kann ich die Höhle sehen?« Norwin sprach mowarisch, er sprach zu Ambro, nicht zu Idris. Ambro gab die Frage weiter, stellte sie, als wäre sie seine eigene, und sah seinen Drachen fragend an. *»Warum willst du sie sehen?«*

Idris schwieg, er sah, dass Ambro und Norwin miteinander sprachen, und ihn ging das nichts an. Daher wartete er geduldig, bis Ambro sich wieder ihm zuwandte.

»Ich weiß nicht«, fing Norwin an, *»ich glaube, ich muss dort hin.«*

Ambro nickte stumm, ohne zu verstehen, und gab Idris mit der Hand ein Zeichen, er solle weitererzählen.

»Ich kann euch die Höhle zeigen. Aber erst erzähle ich die Geschichte. Die Mädchen haben versucht, ihre Eltern und den alten Drachen zu täuschen. Sie tauschten die Plätze, sodass jede das heimische Feuer und die Nestwärme der Mutter genießen konnte.

Die Eltern wussten Bescheid. Silván natürlich auch. Sie ließen den Mädchen den Betrug durchgehen. Am Schluss wusste es das ganze Dorf. Nur die Zwillinge ahnten nicht, dass ihnen keiner auf den Leim ging. Wie hätten sie es auch ahnen sollen? Alle spielten mit.«

Ambro lächelte, das war eine Geschichte nach seinem Geschmack.

»Kanntet ihr die Zwillinge?«, fragte Ambro die beiden Alten und kam sich im selben Augenblick dumm vor. Er hatte angenommen, das Mädchen Bark wäre als letzte *Übrige* bei Silván gewesen. Und er wusste von seinen Eltern, dass schon lange kein *Übriger* mehr bei Silván gelebt hatte. Er musste schon eine Weile allein gewesen sein.

Idris antwortete für seine Eltern, sehr nachsichtig.

»Ach, die Zwillinge, die haben ihr Leben gelebt und sind gestorben. Ebenso ihre Kinder und Kindeskinder. Eine Geschichte lebt so lange, wie man sie am Feuer erzählt.«

Ambro nickte, er verstand sehr wohl, was Idris meinte. Der redete weiter.

»Also, Silván hat das Mädchen Bark zu sich genommen. Es gibt einige, die behaupten, ihren Namen auf einer seiner Schuppen gesehen zu haben, sie sagten auch, dass über dem A ein i-Punkt gewesen wäre.«

»Als wären sie eins«, flüsterte Ambro und Idris nickte. Er lächelte verschwörerisch.

»Hast du das auch gesehen? Du bist ihm doch begegnet«, sagte Idris. Er hockte Ambro gegenüber, das Feuer ließ sein Gesicht glühen. Ambro kam es vor, als wären sie allein, nur sie beide und Silván. Gern hätte er nach Idris' Händen gegriffen.

»Nein. Leider nicht«, sagte Ambro. Er erinnerte sich an den Tag, als er Silván gesehen hatte. Über der Erinnerung lag große Aufregung und Angst. Es war so viel passiert seither. »Silván war nicht der Typ geselliger Drache, der zulässt, dass man seine Namen liest.«

Idris lachte schallend. »Ja, das stimmt allerdings.« Sein Lachen klang laut und herzlich, kam tief aus dem Bauch. Als er wieder ernst wurde, zeigte er mit der Hand nach Norden. Es war finstere Nacht, Ambro sah in der Ferne überhaupt nichts, nur die Lichter über ihnen und die Schatten von ein paar Bäumen. Eine leichte Brise strich durchs Geäst. Die Blätter fielen leise und langsam zu Boden. Die Spättage hatten es nicht eilig.

»Der Vulkan dort, mit dem Doppelkegel, wurde nach den beiden Frauen benannt. Der große Kegel heißt Bark, der kleine daneben Birk.«

»Wann ist der Vulkan zuletzt ausgebrochen?« Ambro hatte bei Tag natürlich den Berg mit den zwei Gipfeln in der Ferne gesehen, aber nicht gewusst, dass es ein Vulkan war.

»Als die Zwillinge noch Kinder waren. Sie haben es vorausgesagt und ihr Dorf gerettet. Sie haben ja dauernd dort gespielt. Sie suchten nach Höhlen und Eingängen. Als hätten sie es geahnt. Angeblich sollen sie sogar in den Krater hineingeflogen sein.« Idris ließ an der Stelle unausgesprochen, dass Birk eine Feuerbringerin war und nicht nur sprichwörtlich gern mit Feuer spielte. Sie hatte so allerhand angestellt, furchtlos und oft waghalsig. Früher, als die Bewohner von Siek sich noch auf dem Dorfplatz getroffen hatten, um die Wette schaukelten, Met tranken und Geschichten erzählten, da hörte man die Namen der beiden Frauen oft. Die lustigen Geschichten der Mädchen und natürlich die Heldentaten der Frauen. Die Geburt dieser Zwillinge war das Aufregendste, was den Menschen hier je passiert war.

»In den Krater?«, fragte Ambro atemlos. Selbst Norwin hob den Kopf, um Idris anschauen zu können.

»Man kann doch nicht in einen Vulkan hinein …«, fing Norwin an. Ambro machte »Pscht« und wedelte ungeduldig mit der Hand, Norwin solle still sein.

»Du kennst die Geschichte über Olin?«, fragte Idris und lächelte. Was für eine Frage. Gilan legte schweigend Holz nach. Funken stoben in die Nachtluft und verteilten sich wie Glühwürmchen.

Ambro nickte aufgeregt. Jedes Kind kannte Olin. Man nannte ihn den *Vater des Feuers.* In Ambros Lieblingsgeschichte stahl Olin der *Mutter aller Wasser* einige Eier und versteckte sie vor ihr. Er vergrub sie über ganz Leotrim verteilt und aus jedem wurde ein Vulkan. In den Erzählungen war das der Grund, warum die Erde Feuer spuckte, in jedem Vulkan wohnte eine Drachenseele. Ambro liebte diese Geschichte, so wie er auch das Brettspiel um Olins *Dracheneier* liebte. Die roten Spielsteine waren aus Jaspis und Ziel war es, so viele Spielsteine von den anderen zu erbeuten wie nur möglich.

»Bark und Birk waren von dem Vulkan besessen«, fuhr Idris fort.

»Wegen dem Doppelkegel?«

»Nein, ich glaube, sie wollten beweisen, dass wirklich eine Drachenseele darin steckt.«

»Wenn, dann zwei«, rief Ambro und untermalte seinen Ausruf noch mit zwei ausgestreckten Fingern. Idris lachte laut. »Zwei, die eins sind«, sagte er, mehr zu sich selbst als zu Ambro. Idris lächelte Gilan an, sie griff nach seiner Hand. Sie lächelte nicht. Ambro konnte nicht sagen, ob wegen ihrer fehlenden Zähne oder weil sie Idris' Frohsinn einfach nicht teilte.

»Ja, zwei. Natürlich. Die beiden Mädchen sagten voraus, dass der Vulkan ausbrechen würde, zweimal. Und das tat er.« Idris sah mit zusammengekniffenen Augen zu dem Doppelvulkan hin. Keiner konnte sagen, ob er erloschen war oder ob es wieder passieren würde. Er wusste nur, aus den Geschichten der Alten, dass es ein grauer Vulkan war. Die Lava, die aus dem Krater austrat, glühte nicht rot, sondern war eine schwarzgraue, zähe Masse, die langsam floss und nicht sehr weit.

»Niemandem ist was passiert?«, fragte Ambro.

»Nein, niemandem.«

»Wo sind die Leute hin?«

Idris grinste. »Na, hierher«, sagte er und breitete gönnerhaft die Arme aus, so als wäre es seine Idee gewesen. Er lachte wieder.

»Ist dir nicht aufgefallen, wie feucht es hier ist, wie viele Bach- und Flussläufe durch dieses Tal fließen? Diese Gegend ist eine Sieke. Wo ist man sicherer vor Feuer als hier?« Idris amüsierte sich prächtig über Ambros Staunen.

Ambro schüttelte den Kopf. Wie hätte er auf diesen Zusammenhang kommen sollen? Zudem, dieser Ort mochte sicher sein und weit genug weg im Angesicht eines ausbrechenden Vulkans. Doch die Bewohner von Siek waren davongelaufen vor etwas Dunklem am Himmel. Idris' Fröhlichkeit erstarb. Vielleicht hatte er denselben Gedanken gehabt. Er wechselte das Thema.

»Die Geschichte von Bark endet nicht mit dem Vulkanausbruch. Das Erstaunlichste ist Jello.« Idris machte eine Kunstpause und grinste schelmisch. Er erzählte diese Geschichte gern und Ambros Staunen freute ihn. Er fiel regelrecht in eine Geschichte hinein, lebte darin, als wäre er selbst der Held.

»Jello?«, fragte Ambro brav. Norwin spitzte die Ohren, hob den Kopf und hörte sehr aufmerksam zu. Er spürte: das hier war wichtig.

»Bark hat sich frei gemacht von Silván. Eines Tages färbte sich der Himmel…«

»LILA!«, ergänzte Ambro und sprang auf. Er ging um das Feuer herum und setzte sich nah zu Idris auf dessen Baumstamm, so als müsste er seine Lippen sehen, um die Worte zu hören.

»Ein neues *übriges Kind.* Zwei zur gleichen Zeit. Ich weiß nicht, ob das je vorher schon mal passiert ist. Ich kenne keine weitere Geschichte wie diese. Nun, der Vater starb. Angeblich wusste er nicht einmal, dass seine Gefährtin schwanger ging.«

»Und dann?«

»Der Vater des *Übrigen* war nicht in den Bergen, wählte kein Ei aus. Bark war schon erwachsen. Nicht alt, aber schon selbst Mutter. Und das Oberhaupt des Dorfes. Der Himmel färbte sich und sie wusste, was das bedeutete. Sie ließ Silván frei.«

Ambro staunte mit offenem Mund. Bevor er alle Fragen formulieren konnte, die ihm auf der Zunge lagen, fuhr Idris fort. Er nahm Ambros Hände in die seinen und erklärte ihm leise, was da passiert war.

»Er hätte einfach gehen können. Einer wie er hat größere Verpflichtungen als du und ich. Er war ja nie unfrei bei ihr. Aber sie gab ihn frei, um ihren Platz herzugeben für ein anderes Kind. Sie hatte ja ihre Schwester. Und sie hatten so oft die Plätze getauscht, dass ihr der Feuerdrache ihrer Schwester so vertraut war wie Silván. Erst da flog der Schwindel auf.«

»Aber ...«, begann Ambro. Idris winkte ab. »Das ganze Dorf wusste, dass die beiden dauernd ihre Plätze wechselten. Die Frauen dachten aber bis dahin wirklich, sie wären so geschickt in ihrem Täuschungsspiel, dass keiner ihren Betrug bemerkt hätte, über die Jahre. Kannst du dir vorstellen, wie sie ausgesehen haben mussten, als ihnen das ganze Dorf sagte: »Wir wissen es!«

Ambro nickte, lächelte und dachte an seine Mutter, der er überhaupt nichts vormachen konnte. Er konnte sich sehr gut vorstellen, wie es sein musste, einem ganzen Dorf von Müttern gegenüberzustehen. Ambro kicherte.

Idris sprach weiter. »Sie blieb in ihrem Dorf, blieb das Oberhaupt. Obwohl sie eine *Übrige* war. Sogar noch, als Silván fort war. Er verließ Bark, um in einem anderen Teil von Leotrim Jellos *Smok* zu werden.«

Idris machte eine Pause, er schien erschöpft. Norwin legte sich nachdenklich ab, er musste das Gehörte sacken lassen, nachdenken und herausfinden, warum ihm Silván so viel bedeutete. Ihn beschlich immer noch das ungute Gefühl, er hätte den alten Drachen für immer verloren. Aber Idris hatte schon recht. Silván lebte durch die Geschichten weiter. Wenn er je seine Mutter wiedersähe, könnte er sie fragen.

Er kam nicht auf den Gedanken, dass auch Hangameh derlei Dinge wusste.

»Ich werde dir helfen mit deiner Karte«, sagte Idris. »Ich kenne die Gegend, die Namen der Flüsse und der Berge, die umliegenden Dörfer und ihre Geschichten. Das musst du alles aufschreiben. Du musst es festhalten.«

Ambro verstand sehr gut, worauf Idris hinauswollte. Wenn er den Vulkan in seine Karte eintrug, dann musste auch Platz für seine Geschichte darin sein. Hangameh schrieb Fakten und Tatsachen auf. Er hatte mehr Möglichkeiten. Ambro nahm sich vor, nicht nur Orte und Gegebenheiten von Leotrim zu notieren, sondern auch seine Geschichten. Und natürlich alles über Silván.

DAKOTAS WEG NACH KUSTEN

Die Alten, die Ahnen, sprachen davon, dass sie jeden Tag hinausgefahren wären, unabhängig von Tag und Witterung. Aber erinnern, wirklich erinnern, konnte sich in Kusten niemand mehr. Die Männer und Frauen fuhren hinaus, vielleicht drei oder vier Mal pro Mondphase. Nur bei gutem Wetter, nur in Gruppen. Vier saßen in einem Boot, begleitet von ihren Drachen im Wasser, beobachtet von den Hütern im Hafen. Die ängstlichen Seelen unterdrückten den Drang, sich umzudrehen, den Hütern zu winken, zu brüllen: »Hier bin ich!«

Die Zeit war noch nicht reif für einen, der größere Boote baute, stabiler und sicherer als die Einmaster. Veränderung brauchte Zeit. Krywult hatte vielleicht den Grundstein gelegt für eine neue Zeit. Sie nahmen ihm übel, dass er sich gegen die Fischerei, gegen das Meer entschieden hatte. Dabei beneideten sie ihn, weil sie alle annahmen, die Männer und Frauen von Kusten, einer wie Krywult würde die Stimmen nicht hören.

Natürlich arbeiteten auch andere als Salzwirker, aber aus einer Not heraus, sie brauchten zu essen, sie mussten ihre Familien ernähren und das Meer warf nicht mehr genug ab. Diese Menschen hatten sich nicht gegen ihren Beruf, gegen ihre Väter gestellt. Sie trugen ihr Fischerhemd aus schwerem Segeltuch noch immer. Krywult nicht. Er hatte alles, was seinem Vater gehört hatte, abgelegt.

Das Meer schien seinen eigenen Atem zu haben aus Fisch und Tang und Salz und stinkend zu hauchen: *Komm zu mir.*

Jeden Tag mussten sie widerstehen. Ein ganzes Dorf musste es aushalten. Das Leben und die Gefahr und das Rufen des Holosch. Die Zeit war noch nicht reif für einen, der sagte: »Genug. Wir bauen jetzt nur noch Gemüse an.« Dabei entstand der Gedanke in manch einem von ihnen. Sie wollten weg vom Strand. Weg aus dieser unwirtlichen Gegend. Jeder wartete auf den anderen, er möge den Anfang machen, den Vorschlag bringen, nur ein Stück weiter ins Landesinnere zu ziehen, mehr Ochsen und Pferde anzuschaffen, statt unnütze Boote zu bauen und die Lichter zu bitten, wohlwollend auf sie hinabzublicken.

Die Alten erzählten gerne Geschichten von vollbusigen Frauen, die breitbeinig gingen, mehr seitlich als nach vorne, wie Krabben. Rotwangige Frauen, die mit ihren Zähnen klapperten, als wären es Scheren. *Klapp klapp.* Die Kinder lachten bei der Vorstellung, ihre eigenen Mütter könnten so gewesen sein: waghalsig und tapfer, eine von denen, die Fische noch an Bord ausnahmen, um zu prüfen, ob der Fang auch gut war. Die Messer glitten in Bäuche und Gedärm quoll heraus. Eine gute Fischerin konnte mit einem Handgriff alle Innereien herausreißen, eine geschmeidige Bewegung. Sie fütterte ihren Drachen, zum Dank für seine Arbeit. Ein guter Fischerdrache fand die Schwärme und umkreiste sie, wie ein Hütehund seine Herde. Der Drache fraß zuerst. Damals war das so.

Heute trugen die Fischerdrachen ihre Beute im Maul nach Hause, an den Strand. Es wurde nichts mehr vergeudet.

Die Kinder aßen, ohne zu murren, was im Eintopf verkocht wurde. Jetzt saßen die Männer tagelang am Strand, knüpften Netze, werkelten an ihren Drachmastern, reparierten alte, bauten neue, immer wieder neue. Und kein Boot war wirklich nötig. Die Ausfahrten waren selten geworden. Die Frauen zogen sich zurück, gingen wieder geradeaus, nicht mehr wie Krabben, und erarbeiteten den Taglohn mit Salz. Sie klapperten nicht mehr. Sie kochten, verpackten, bezahlten mit ihrer Gesundheit. Die Hände der einstigen Fischerinnen waren nun rau. Trocken und blutig vom Salz.

Einer wie Krywult, der weiß von alldem nichts, das dachten die Männer. Sie schwiegen von der Angst, von der Einsamkeit am Strand, vom Versagen.

Hinauszufahren, das war, wie an der Küste, direkt an der Klippe zu stehen und darauf zu warten, dass der Wind bei diesem Streich half und blies, das Wasser seines dazu tat, zog, hinabzog, und Holosch selbst einen über die Klippe schubste, als wäre er ein Knabe, der Spaß daran hatte, wenn andere litten.

Die Männer taten es. Sie warfen ihre Netze aus, versenkten ihre Reusen, prüften, ob das Meer noch etwas für sie hatte. Was wusste einer wie Krywult davon?

So viel. Er hatte Wachs in den Ohren. In den Nächten, um schlafen zu können.

***

Dakota war umgeben von der moosbewachsenen Küste, dem rauen Wind und dem lauten Tosen der Wellen. Sie traf niemanden. Sie sah in der Ferne zwei Schafherden und ihre schweigsamen Hüter, die einen weiten Bogen um sie machten. Die Hunde trieben ihre Herden von der Küste weg und Dakota machte keine Anstalten, ihnen näherzukommen. Ab und zu sah sie schmutzige Wildpferde, die vor ihr davonrannten. *Eigentlich sehr hübsche Tiere,* fand Dakota, *wenn sich nur jemand die Mühe machen würde, die Grasflecken aus dem Fell zu waschen und die Kletten aus der Mähne zu zupfen.* Gerne hätte sie eins der Pferde gestreichelt. Wenn Hangameh auf ein Wildpferd zuging, wich es nicht zurück. Dakota hatte das diverse Male beobachtet. Hangameh streichelte dann die Nüstern und flüsterte Worte, die Dakota nicht verstand.

Am Ende des Tages kam sich Dakota vor, als hätte sie eine schlimme Krankheit, und fragte sich, ob von ihr ein so schlimmer Geruch ausging, dass alle Lebewesen, die sie traf, vor ihr Reißaus nahmen. Mit ihren Vögeln war es ihr nie so ergangen, die ließen sich pflegen und streicheln, manch einen ihrer Spechte trug sie auf ihrer Schulter herum während der Arbeit. Aber im Archiv war sie auch nie einsam oder ängstlich gewesen.

Als sie Kusten näherkam, stiegen die Hügel sanft an, vereinzelte dünne Bäume trotzten der giftigen Umgebung. Die Landschaft war ein Teppich aus grün und gelb und totem Rot.

Oben an der Küste, ein ganzes Stück weg von der Kante, war das Dörfchen Kusten gelegen, gerade einmal zwei Dutzend Eichen waren groß genug, um ein Baumhaus zu tragen. Die anderen Bäume und Sträucher sahen krank aus, leidend. Wären alle Bäume gesund gewesen, hätte Kusten die Bezeichnung *Eichenhain* verdient. Doch so war es nur ein weiteres Dorf an der Küste, das ums Überleben kämpfte. Dakota vermutete, dass die Menschen hier auch während der Sonnentage in den Höhlen wohnten. Sie fand eine ins Gestein gehauene Treppe und begann mit dem Abstieg. Die Stufen waren ausgetreten und vermutlich sehr alt. Je weiter sie hinabstieg, umso karger wurde das Gestein. Oben wuchsen noch Moos und Seegras, sie sah sogar einige Nistplätze von Vögeln. Als sie etwa die Hälfte des Abstiegs geschafft hatte, verschärfte sich der Geruch nach Salz, sie sah nichts Lebendiges mehr.

Es war schon dunkel, als sie den Hafen erreichte. Drei Holzstege ragten ins Wasser hinein, die Boote schaukelten sachte, angebunden an pilzförmige Poller. Eine natürliche Landzunge aus schwarzem Stein umfasste in einem großen Bogen den Hafen wie eine schützende Hand. Auf der Piermauer saßen einige Männer in typischer Fischerkluft, in schweren Jacken aus Segeltuch, im Schein einer Fackel. Sie gaben vor, ihre Fischernetze zu prüfen und zu reparieren. Doch dafür war es inzwischen zu dunkel. Dakota schnappte nur Wortfetzen auf und vermutete, dass sie sich gegenseitig von den wildesten Abenteuern auf See erzählten. *Richtige Seebären,* würde Hangameh jetzt sagen. Dakota sah sie förmlich lächeln. Sie fragte sich, ob einer von ihnen Krywult war. Sie ließ die Kapuze auf, nahm all ihren Mut zusammen und die neu gewonnene Zuversicht und ging auf sie zu. Ihre Schritte klangen ungewöhnlich laut auf dem hölzernen Steg. Sie übertönten fast ihr Herz.

Als sie vor den Männern zum Stehen kam, berührte sie mit der rechten Hand ihre Brust, dort wo das Herz saß, deutete eine Verbeugung an und begrüßte sie höflich, wie Hangameh es ihr beigebracht hatte: »Hala, ihr Männer von Kusten. Ich suche einen Fischer namens Krywult.« Die Männer verstummten. Im Fackellicht sahen sie nur ein blasses Gesicht und wunderten sich sehr. Es kamen selten Fremde nach Kusten.

»Alles für die Lichter«, fügte Dakota unsicher hinzu. Sie kam sich seltsam unbeholfen vor, weil sie nicht wusste, ob die Parole, die ihr Hangameh eingebläut hatte, wirklich Wirkung zeigen würde.

»Hala«, sagte einer der Männer und stand auf. Auch er legte eine Hand auf die Brust und verbeugte sich leicht. »Du kommst im Namen der Chronistin?«, fragte er.

»Li-jus«, bejahte sie und hoffte, er möge ihre Unsicherheit nicht hören.

»Wir haben nur einen Salzträger in Kusten, der Krywult heißt. Der Fischer ist schon lange tot.«

»Wo finde ich den Salzträger?«

»Auf dem Dorfplatz, bei der Schaukel.« Der Fischer, sehr groß und bärtig, aber nicht unfreundlich, kam einen weiteren Schritt auf sie zu, neugierig starrte er ihr ins Gesicht.

»Habt Dank, guter Fischer«, sagte sie und eilte davon.

Die Männer sahen ihr nach, einer puffte den anderen an, mit dem Ellenbogen in die Rippen, und schon war entschieden, dass sie dem fremden Mädchen auf den Dorfplatz folgen wollten.

Dakota stieg die Treppe wieder hoch und ging auf den Feuerschein zwischen den Bäumen zu. Sie hatte schnell gefunden, wonach sie suchte. Das Rondell in der Mitte des Dorfplatzes war hell erleuchtet. In der Feuerschale loderten die Flammen hoch. Kusten musste eine geschickte Dorfgemeinschaft haben, sie hatten insgesamt drei Schaukeln auf dem Dorfplatz, eine kleine mit Seilen für die Kinder und zwei große mit Haltestangen aus Holz und einer Achse, die den Überschlag zuließ. Dakota platzte gerade in einen Wettbewerb. Es wurde paarweise geschaukelt, natürlich gab es auch Einzelwettbewerbe. Zu zweit auf einer Schaukel, das war die Königsdisziplin. Die Umstehenden trugen Fackeln, die Schaukelnden wurden mit Pfiffen und Johlen und Stampfen angefeuert, höher und höher zu schaukeln. Wer den Überschlag schaffte, hatte gewonnen. So waren die Regeln. Hangameh hatte ihr von dieser Freizeitbeschäftigung erzählt. Sie selbst hatte noch nie auf einem Schaukelbrett gestanden, sie befürchtete, ihr Magen sei nicht robust genug dafür. Ihr wurde schon vom Zusehen schlecht. Dakota mischte sich unter die Zuschauer und versuchte, zu erkennen, welcher von ihnen Krywult war.

Da tippte ihr jemand auf die Schulter. Der Bärtige von vorhin. Er war nicht einmal ins Schwitzen geraten beim Treppensteigen. Er lächelte und wies ihr den Weg Richtung Rondell. Am Feuer, deutlich abseits des Trubels, stand ein Mann, der lustlos in den Flammen herumstocherte. Rem, der am Boden lag, hatte die Vorderpfoten übereinandergelegt und hob den Kopf, als er sie erkannte. Er starrte sie unverhohlen an. Dakota hob die Hand zur Brust und kam sich dumm vor, da sie Rem noch nie so begrüßt hatte. Sie ging auf Krywult zu und bemerkte kaum, dass der Wettbewerb zu Ende war. Ohne Überschlag. Wie still es wurde. Der Wettbewerb interessierte niemanden mehr.

»Ich bin Dakota«, sagte sie, als würde das alles erklären. Aber es erklärte nichts. Rem hatte das Mädchen mit keinem Wort erwähnt. Nicht einmal an es gedacht hatte er in Gegenwart seines *Broders.* Rem hatte das Mädchen verschwiegen, er hatte es verheimlicht, wie ein Mann eine Geliebte verheimlicht. Krywult sowie Dakota wurde das im selben Augenblick klar. Vorwurfsvoll sahen beide den Drachen an. Rem wich ihrem Blick aus.

»W-was w-willst du von mir?«, fragte Krywult unwirsch. Kywult hatte den Meeresatem. Er roch nach Fisch und Grog.

Sie schob sich die Kapuze aus dem Gesicht und zeigte ihr rotes Haar und ihre helle Haut. Sie zeigte ihre Verletzlichkeit und ihren Kummer. Sie dachte nicht nach, bevor sie sprach, daher verließen die Worte unerlaubt ihr Seelenhaus. »Das Meer hat meine Eltern genommen, zumindest glaube ich das. Ich weiß nicht genau, woran ich mich erinnere und was nur ein Traum ist.«

Sie flüsterte und Krywult starrte sie mit offenem Mund an.

Er wusste nichts zu sagen. Ob es ihr merkwürdiges Aussehen war oder die gesprochenen Worte, irgendetwas machte ihn wieder zum Bübchen. Der Vater war zur Klippe gegangen und Krywult, der damals noch auf seinen Kindernamen hörte, lief dem Vater nach. Er wusste, laut brüllen half nicht. Wenn der Vater strammen Schrittes ging, dann ging er. Er wartete nicht, hielt nicht an, drehte sich nicht um. Der Junge musste schneller laufen, um ihn einzuholen, um mit ihm zu gehen. Der Vater hatte an der Klippe gestanden, an der höchsten Stelle von Kusten. Der Horizont war weit, die schroffe Felswand ragte tief hinab, der Wind trieb ein wildes Spiel mit den Haaren, mit dem Mantel und dem Gemüt. Der Vater hatte sich kurz umgedreht, ein einziges Mal, und er hatte Morin gesehen. Seinen Jungen Morin, das kleine Bübchen. Und er war trotzdem gesprungen.

Später hatte er stotternd gesagt: »Gefallen … W-W-Wind.« Und meinte doch: »W-w-warum?« Das Rauschen des Meeres übertönte das Warum und machte *Wusch.* Es wusch über den Vater und das Warum hinweg. Das Stottern blieb Krywult in allen Wörtern, die mit W begannen. Morin nannte ihn niemand mehr. Nicht einmal Rem. Er war kein Kind mehr. Mit dem Vater hatte er seinen Kindernamen verloren.

Das Meer hat ihn genommen. Die Worte rauschten durch seinen Kopf. *Das Meer hat ihn mir weggenommen.* Der Vater hatte oft an der Klippe gestanden, so sagte es die Mutter. Nur das eine Mal war er nicht wiedergekommen.

Das Meer hatte ihn nicht zurückgegeben. Es gab niemanden zu beerdigen, kein Feuer am Ende.

»Ein Unfall«, sagten die Leute, wenn Krywult in Hörweite war. »Feigling«, wenn er ihnen den Rücken zukehrte. Er dachte es selbst, vom Vater, von sich. Er war dem Wasser seither ferngeblieben, um den Vater zu strafen. Der hatte ihn alleingelassen mit einem Namen, der nichts mehr wert war. Krywult war kein Fischer, er war Salzwirker. Die meiste Zeit arbeitete er hart als Träger.

Salz in die Wunde, Vater.

»Das Meer gibt nichts zurück«, sagte Krywult. Das Mädchen nickte.

»Ich weiß. Ich will wissen, woher ich kam. Diesen Ort wird das Meer nicht verschlungen haben.«

»W-wer w-weiß das schon? Alles ist möglich, dort«, sagte er und wies mit der rauen Hand unbestimmt zum Horizont.

»Es gibt niemanden, den ich sonst fragen kann.«

»W-was fragst du denn?«

»Ich glaube ... ich will übers Meer, sehen, was dahinter ist. Es muss was geben.« Und wie zu sich selbst antwortete sie weiter: »Das Boot kam nicht die Küste entlang, das weiß ich sicher.«

»Ich habe kein Boot, keinen Drachmaster, ich kann nicht segeln, nicht fischen, ich bin nicht am Meer geboren.« Die Lüge kam ihm schwer über die Lippen. Natürlich war er am Meer geboren. Er war Morin Krywult, der Sohn des Fischers. Er kratzte sich an der Nase, zupfte am linken Ohrläppchen und schaffte es nicht, ihr in die Augen zu sehen. Er bemerkte das Grau darin sehr wohl. Grau wie Asche. Er kannte niemanden mit grauen Augen.

Sie wurden angestarrt. Da war Neugier zu spüren, aber auch unausgesprochen die Frage nach der Erlaubnis. So, wie man nicht uneingeladen das Haus eines anderen betrat, kam man nicht unangemeldet in ein Dorf, das nicht die eigene Heimat war. Fremdheit war schon immer mit Angst besetzt. Krywult wurde wütend. Er nahm Dakota bei der Hand und mit nach Hause. Er lief kopflos zum Baumhaus, wo er mit seiner Mutter lebte.

»Warum musst ausgerechnet du das Mädchen aufnehmen?«, fragte seine Mutter, die sorgenvoll beobachtete, wie er seine Sachen zusammensuchte. »Ich finde, wir sollten das in der Gemeinschaft mit dem Rat entscheiden …«

»Sie kam zu mir«, fuhr er sie an. Es tat ihm sofort leid, dass er seine Mutter angebrüllt hatte. Immerzu machte sie sich Sorgen um ihn, was bedeutete, er gab ihr dauernd Grund dazu. Daher sagte er so ruhig wie möglich: »Sie ist noch nicht großjährig. Sie kam zu mir, es ist meine Pflicht, sie in Obhut zu nehmen. Ist bestimmt nicht für lange, Mama.«

Dagegen konnte sie nichts sagen. Für Dakota wäre im Baumhaus sicher noch Platz gewesen, doch Krywult eilte zur Küste, zu den Höhlen. Es war zwar noch nicht nötig, die Winterstatt zu beziehen, die Tage waren erst spät, noch nicht dunkel, aber dort würden sie mehr Platz und weniger Ohren um sich herum haben. Seine Mutter kam nach und richtete wortlos ein Nest für das Mädchen her. Sie wollte so sehr, dass ihr Sohn sich endlich eine Gefährtin wählte, dass es ihr sogar gleich war, dass es sich um ein eigentümliches Mädchen mit roten Haaren handelte.

»Warum hat sie keinen *Smok?«*, fragte die Mutter noch.

»Sie hat doch einen!« Er wollte »Rem« antworten, weil das die Wahrheit war. Entschied sich dann aber für eine Lüge. »Ihr *Smok*, ein W-wasserdrache, ist momentan im Dienst von der Chronistin.« Hier in Kusten war es bisher nur einmal vorgekommen, dass Hangameh nach einem Drachen schicken ließ, das war eine große Ehre und Gesprächsthema für Jahre gewesen.

Die Mutter fragte nicht weiter.

SMILLA

Smilla konnte nur nachts reisen. Ihre Tara war sonnenscheu und wie alle Erddrachen hatte sie eine empfindliche Haut. An Sonnentagen bekam sie leicht Sonnenbrand. Smilla hatte das schon bei anderen Erddrachen beobachtet: Die schuppige Haut löste sich in Lappen vom Körper und die offenen, großflächigen Wunden heilten schlecht, entzündeten sich dauernd und konnten sogar zum Tod eines Drachens führen. Smilla fürchtete sehr um ihr Drachenmädchen und ging nur dann tagsüber, wenn es regnete und der Himmel wolkenverhangen war. Es war mühselig, so voranzukommen. Sie ging zwar schwanger, doch das war nicht das Problem; ihr Tag- und Nachtzyklus kam völlig durcheinander, wenn sie bei Sonnenuntergang losmarschierten und sich bei Sonnenaufgang ein Erdloch buddelten, falls sie keine geeignete Höhle fanden, um dort, von feuchter Erde bedeckt, zu schlafen. Es gab viele unterirdische Höhlen, ein weit verzweigtes System, doch Smilla wollte schnell vorankommen, auf dem direkten Weg. Zudem war sie noch nie eine so weite Strecke unter Tage gegangen, sie zweifelte daran, den Weg zu finden. Das fehlte noch: Sie und ihr *Smok* verirrten sich hoffnungslos, während Ambro und ihr Gefährte heimkehrten, die Nachricht fanden, aber sie nicht. Bei allen Lichtern, das konnte sie nicht riskieren.

Die Sorgen um ihre Familie begleiteten Smilla überallhin. Auch in ihre Träume. Sie hatte von Olafur geträumt.

Als sie mit Ambro schwanger gegangen war, hatte sie einen ähnlichen Traum gehabt von ihrem Gefährten, wie er das Ei in der Halle der Mutter auswählte. Dieses Mal meinte sie, das Ei hätte rötlich geschimmert. Sie sah Olafur, wie er lächelte. Und die Himmelsberge verließ. Er war auf dem Rückweg, da war sie sicher.

Als sie erwachte, war es später Nachmittag, noch zu früh, um weiterzugehen. Also suchte sie Wasser und etwas, das Tara und sie essen könnten. Smilla hatte plötzlich Lust auf merkwürdige Dinge und gab ihrer Tochter die Schuld dafür.

»Wenn du erst da bist«, schimpfte sie mit ihrer Bauchwölbung, »dann werde ich dir dauernd Fencheltee zu trinken geben!« Smilla schüttelte sich. Wie konnte man Lust auf Fenchel haben und sich gleichzeitig ekeln? Wenn sie nur daran dachte, musste sie beinahe schon wieder spucken.

Wie jeden Tag nach dem Aufwachen murmelte sie halblaut vor sich hin: »Bitte, finde meine Nachricht.« Smilla hatte aus Ambros Kammer eins seiner Papierstücke genommen und mit ihrer kleinen, geschwungenen Schrift eine Nachricht hinterlassen. Sie war sich sicher, einen Drachen gesehen zu haben. Wegen eines dunklen Schattens, wie andere geschrien hatten, wäre sie nicht so überstürzt geflohen. »Holosch« hatten manche gerufen. Doch Holosch gab kein Feuer.

Smilla hatte einen Drachen gesehen und auf den Zettel geschrieben, dass sie zu ihren Ahnen floh, in die *tiefen Berge.* Dort hatte ihr Volk schon manche schlimme Zeit ausgestanden. Dürre, lange Dunkeltage, Regen. Manche der Alten sagten, sogar einen Krieg hätten sie hier abgewartet. Aber das mochte ein Märchen sein.

Smilla hatte einen sehr großen, schwarzen Drachen gesehen, der Feuer ausgab, wie sie es noch nie erlebt hatte. Smilla kannte Aidar, natürlich. Aber er hatte einen gutmütigen Charakter. Mutwillig gäbe er nie einen solchen Feuerball aus. Smilla dachte an die Schmiede, an die Feuerdrachen dort, die den Ofen anheizten, bis sich die verschiedenen Materialien rot glühend vereinten. Es stank, es rauchte, die Hitze waberte und ließ den Blick verschwimmen. Doch wirkte das immer kontrolliert und gewollt. Die Arbeiter trugen ihre Schürzen, hatten Werkzeug und Kanäle, um die flüssige Glut zu lenken, wenn sie eine Glocke fertigten. Hinterher spielten die Drachen mit den Kindern, ließen Rauchkringel aus der Nase qualmen und erschreckten die Kleineren mit tanzenden Flammen. Ihr Ambro hatte Tage damit zugebracht zuzusehen, wie man aus Feuer, Erde und Luft etwas Neues formte. Sie aber meinte, Zerstörung und Wut gesehen zu haben am Himmel. Der Drache war groß gewesen, sie hatte nie zuvor einen so großen Drachen gesehen. Natürlich musste auch sein Feuerstrahl dementsprechend gewaltig sein, das war nur logisch. Sie wusste, was sie gesehen hatte, aber sie ließ den Gedanken nicht zu: Der Drache gab Feuer neben dem Tannenwäldchen, auf einer Wiese, neben dem Dorf Burry. Mit etwas weniger Angst hätte sie angenommen, dass ein Feuer auf einem Feld für einen Drachen eine Einladung sein musste.

Smilla kannte die Geschichte von dem Drachen, der den Verstand verloren und die Menschen angegriffen hatte. Der niedergebrannte Hafen. All die Opfer. Aber das war eine Geschichte, die ihre Großmutter am Feuer erzählte, um sie zu erschrecken. Smilla hatte nie ein Wort davon geglaubt. Ihre Großmutter hatte sie auch ermahnt, immer schön brav zu sein: »Sonst pinkeln dir die Flugdrachen auf den Kopf!« Das hatte das alte Weib gesagt. Sie hatte gekichert. Ein schwarzer Drache … nur eine Geschichte. Und doch, sie hatte eine Nachricht geschrieben, die darauf lautete. Sie konnte es selbst kaum glauben und fragte sich immer wieder: War das nur ein Traum, eine Täuschung?

Schließlich war es Nacht, sie war auf einer Grablegefeier gewesen, schwanger obendrein. Vielleicht spielten ihre Sinne mit ihr ein makaberes Spiel. Smilla hatte sich noch nie so sehr gefürchtet. Das Leben endete im Feuer. Aber doch nicht so. Das war ja, als würde einem aus dem Nichts ein Stein auf den Kopf fallen. Pech.

Die anderen hatten, wie sie, ihre Instrumente fallen lassen und waren gerannt. Tara war plötzlich weg gewesen.

»Wo warst du nur?«, schimpfte sie mit ihr, als sie sich wiederfanden. Es war schon fast Morgen. Tara war nicht feige. Noch nie. *»Ich bin in die Höhlen gelaufen, ich habe mich gefürchtet«,* sagte das Drachenmädchen leise.

»Ich weiß«, sagte Smilla schlicht. Sie verstand das. Sie hatte selbst Angst gehabt und war nach Hause gelaufen. Taras Zuhause waren die Höhlen, sie war ein Erddrache. *Sie konnte nicht anders,* dachte Smilla. »Du darfst nicht weglaufen«, sagte sie zu ihrem Smok. »Ich brauch dich doch!«

Smillas Zettel lag auf dem Tisch, zwischen dem Essgeschirr, von einem Stein beschwert. Sie zweifelte und schalt sich selbst. Dort war er nicht gut zu sehen, er war nicht vor Regen geschützt, überhaupt war sie sehr kopflos davongerannt und nun konnte sie nicht einfach zurück. Oder?

Nein, sie war zu weit von Burry entfernt. Sie musste zu ihrer Mutter, dort wäre sie sicher, bei ihr und den Tanten, bei ihrer Schwester. Dort konnte sie ohne Gefahr einem Kind das Leben schenken, wenn es soweit war. Bei einer

Geburt waren immer mindestens fünf Frauen anwesend. Eher mehr. Als Smilla Ambro bekam, waren alle Frauen aus Burry bei ihr, es war ein großes Fest. Es wurde getanzt und gesungen, wenn sie vor Schmerz brüllte, taten es die anderen Frauen auch. Erst als sie ihren Sohn im Arm hielt, wurde es leiser. Die Frauen summten ihre Lieder, die Kreise, die sie tanzten, wurden größer und größer. Bis Smilla allein war mit ihrem Sohn, der Amme und ihrem Gefährten. Ambro war in der Nacht gekommen, der Himmel war wolkenlos und klar gewesen.

»Ich kann das nicht alleine«, murmelte Smilla.

Smilla war nicht die Einzige, die eine Nachricht geschrieben hatte. Ihre Nachricht war auch nicht die einzige, die noch ungelesen dalag; es gab noch eine. Saul, der Seher, war immer noch in Burry, als es passierte. Er und seine vier Scheiben. Smilla war bei ihm gewesen, weil sie sich Sorgen um Ambro und Norwin gemacht hatte. An dem Tag, als Saul ihr sagte, dass sie ein Mädchen bekommen würde, hatte der Lehrer Pan Domdar im Fliegerunterricht einen Drachen, der nicht fliegen konnte, losgelassen. Von der höchsten Plattform des Amberbaumes. Saul war Norwin nie begegnet. Er *sah* auch nicht, was passierte. Seine Kunst reichte nicht so weit. Doch er sah, welche Auswirkungen das auf Smilla haben würde. Er sah auch ihre unfreiwillige Reise voraus und war vorbereitet. Als der dunkle Drache Feuer spie, hatte er sein Zelt abgebaut, es auf seinem Karren verstaut und sein Pferd aus dem Stall geholt. Sein Drache flog weit über ihm, sah den anderen, den Dunklen kommen und versuchte, das Schlimmste zu verhindern. Er drängte ihn ab, weg von Burry, weg von den Menschen, die gerade einen Menschen aus ihrer Mitte verabschiedeten.

Saul floh nicht, er schnalzte mit der Zunge und fuhr von dannen, so wie er jedes Dorf verließ, wenn seine Arbeit getan war. Er sah nach oben, rief seinen Drachen und verschwand.

Doch wie Smilla hoffte er, jemand möge seine Nachricht sehen, er hatte keine Ahnung, wie viele dieser Fenster mit den vier Scheiben noch im Umlauf waren. Manchmal schrieb er eine Nachricht und bekam Antwort, manchmal nicht. Der alte Holzrahmen, dessen Farbe schon abblätterte, hielt vier Scheiben in seiner Mitte. Eine Scheibe deutete dem Betrachter die Zukunft, die nächste die Vergangenheit. Die dritte Scheibe zeigte die Gegenwart, die vierte und erstaunlichste war ein Spiegel. Für Saul war die vierte Scheibe die wichtigste, er prüfte darin, ob und wie er sich veränderte, ob er alterte, ob mit ihm alles in Ordnung war. Die Gegenwart barg noch ein Geheimnis: mit der Scheibe, die das Jetzt zeigte, ließen sich Nachrichten übermitteln. Saul nahm meistens Pflanzenfarbe, wenn die nicht zur Hand war auch geschwärztes Öl und schrieb mit dem Finger auf das Glas: »Nerina ist frei. Die Menschen haben Angst!«

Hangameh besaß vier Scheiben. Ihr Holzrahmen war in einem besseren Zustand als der von Saul. Der Rahmen war rötlich braun, das Glas hatte, ähnlich wie der *Regenbogen von Mora,* verschiedene Farben. Doch war ihr Fenster in Leinen eingeschlagen und lag im Archiv, gleich neben einem Buch über die Familie der Eula Tull. Dakota hatte es dort hingelegt, nicht ahnend, was sie da weggeräumt hatte. Die Nachricht mit runden, bauchigen Buchstaben war zugedeckt. Ungesehen.

***

Olafur kehrte nach Burry zurück. Aidar war den weiten Weg geflogen, hatte nachts kaum geschlafen und war unendlich erschöpft. Er setzte seinen *Broder* vorsichtig ab, kaum berührten seine Pfoten das saftige Gras. Gleich neben dem Tannenwäldchen, das Ambro so mochte, legte er sich langgestreckt nieder.

»Ruh dich aus, ich bringe dir Wasser und etwas zu essen.«

Olafur wusste nicht genau, warum er seinen Drachen so angetrieben hatte. Als er sich umsah, ahnte er es. Aidar ruhte aus und Olafur folgte den Spuren. Er fand das Grab der alten Graum mit Abdrücken in der Erde, die von einem Kind stammen mussten. Hand- und Fußabdrücke. Daneben die Pfoten eines Drachens, der noch nicht ausgewachsen war. Er sah die Brandspuren, die zur Brücke führten, er fand die Nachricht, die Smilla ihm hinterlassen hatte. Er sah den schwarzen Vulkanstein sofort, er hatte ihn ihr schließlich geschenkt. Damals, als er aus den Himmelsbergen kam und sie mit Ambro schwanger ging, da hatte er ihn ihr mitgebracht. Dieses Mal hatte er auch einen Vulkanstein mitgebracht. Er schimmerte rötlich. Er ließ ihn in seiner Tasche, umgriff ihn aber mit seiner linken Hand. So fest, dass es wehtat.

In die Winterstatt ging Olafur nicht. In angespannter Unruhe wartete er ab, er musste Aidar schlafen lassen. Die Reise war anstrengend für ihn gewesen.

Er las die Nachricht wieder und wieder. Da stand kein Wort von Ambro.

DER KARTOGRAF

Die Alten waren schlafen gegangen. Wobei *gegangen* so nicht ganz richtig war. Ambro hatte schweigend beobachtet, wie Idris die Ärmel seines Hemdes hochgekrempelt hatte, um erst seine Mutter und anschließend seinen Vater hinaufzutragen in ihre Kammer. Ambro vermutete, dass sie noch sehr wohl gehen konnten und es selbst in ihr Nest schaffen würden, doch die Angst sie so gelähmt hatte, dass sie jeden Lebensmut und Willen verloren hatten und sich nun verzweifelt an Idris klammerten. Ambro fragte sich, ob die zwei Alten sich je davon erholen würden, ob sie je wieder selbstständig leben wollten. Ambro konnte nicht erkennen, dass ihnen etwas Körperliches fehlte. Etwas so Offensichtliches wie Gilans linker Knöchel. Sie hatte Schmerzen, das konnte Ambro sehen. Wenn sie sich unbeobachtet glaubte, rieb sie ihr Bein, vom Knie die Wade nach unten, massierte und drückte daran herum und ihr Gesicht war eine schmerzverzogene Fratze. Idris kam die Treppen herunter und sie setzte ein Lächeln auf, so wie man eine Mütze während der Dunkeltage aufsetzt.

Die beiden saßen noch eine Weile am Feuer, hielten sich an den Händen und flüsterten leise. Ambro hörte nicht hin, es interessierte ihn auch nicht. Er lag bäuchlings auf dem Boden, nah beim Feuer. Die Glut wärmte ihn, das Licht beschien seine Karte und seine Erinnerung. Er hatte vor langer Zeit im Heu gelegen, in diesem kleinen Dorf

Leed, zusammen mit Hangameh und dem Gefühl, das Richtige getan zu haben. Hangameh hatte seine Hand gehalten und ihm erzählt, dass sie ihn bräuchte, weil er überall hingehen könnte. Und sie nicht.

»Es gibt Orte, die verwehren mir den Zugang.« Hangameh hatte leise gesprochen und sie beide ahnten wohl, dass die Nacht bald enden würde. Der Abschied war nah.

»Was passiert dann?«, hatte er gefragt.

»Es fühlt sich wie sterben an«, sagte sie. Für Hangameh war das eine sehr merkwürdige Erklärung, schließlich lebte sie im Glauben, nie sterben zu können oder zu dürfen. Aber sie brauchte irgendein Wort, um Ambro verständlich zu machen, warum sie nicht selbst gehen konnte.

Ambro dachte an den Selbstmörderwald, sein Vater hatte ihm davon erzählt. Wer dort hineinging, froh, am Leben zu sein, verließ den Wald nicht mehr. Irgendeine Kraft, Holosch selbst oder ein böser Geist, trieb die Menschen dazu, sich etwas anzutun.

»Nein, das meine ich nicht«, sagte Hangameh, die seinen Gedanken gefolgt war.

»Ich bin weite Strecken gelaufen und ich habe Drachen gebeten, mit mir zu fliegen.« Hangameh stockte. Als sie fortfuhr, sprach sie noch leiser. »Die Berge machen etwas mit mir.«

Ambro sah Hangameh verständnislos an. Sie sah noch trauriger aus als sonst.

»Es tut weh«, sagte sie. »Es tut ihnen und mir weh, wenn wir versuchen, weiter zu kommen.«

»Weiter?«, fragte Ambro.

»Ich kann nicht hinter die Himmelsberge gelangen, das halte ich nicht aus.«

Sie hatte es laut gesagt. Zum ersten Mal überhaupt. Selbst mit Dakota hatte sie nie darüber gesprochen.

»Mit den Mondbergen ist es ähnlich. Irgendwann werde ich ohnmächtig. Einmal hat mich ein Drache heimgebracht, ein anderes Mal eine Gruppe Zimmerleute auf Wanderschaft. Ich bin die Chronistin. Doch Leotrim will mich nicht in jedem Winkel haben.« Hangameh machte eine Pause, dachte nach, ob sie weitersprechen sollte.

»Auch nach Lone kann ich nicht gelangen. Da ist etwas, das mich abstößt.«

Ambro dachte über ihre Worte nach, bemerkte den schmerzerfüllten Ausdruck in ihrem Gesicht. Da er nichts sagte, fuhr sie fort.

»Ich gebe dir meine Karte. Willst du mir Beine und Augen sein?«

Sie wartete seine Antwort nicht ab, sondern suchte hektisch in einer Tasche, die sie geschickt unter ihrem Gewand verbarg, nach etwas. Es war dunkel in der Kammer, der Mond leuchtete ihnen zwar, aber das Schindeldach verhinderte, dass Ambro allzu viel von Hangamehs Suche sah. Er hörte sie im Heu rascheln. Ambro stand auf und öffnete, so leise er konnte, einen der Holzläden am Fenster. Der Himmel wirkte grau statt schwarz. Bald würde die Sonne aufgehen. Hangameh trat zu ihm.

»Das hier ist eine Karte von Leotrim«, sagte Hangameh leise und rollte ein Stück Pergament auseinander. »Hier sind die Orte verzeichnet, die ich kenne, und Orte, die in meiner Chronik notiert sind.« Hangameh verschwieg Ambro, dass die Karte ein Eigenleben führte. Manchmal notierte sie einen Ort und wenn sie später nachschaute, war der Name wieder verschwunden, ganz so, als gäbe es das Dorf nicht mehr.

»Warst du schon überall?«, fragte Ambro und hatte dabei Drachenwart im Blick, ganz oben. Er kannte Geschichten über Drachenwart, aber niemanden, der je dort gewesen wäre.

Hangameh zögerte. Sie legte ihre Stirn in Falten. »Nein«, sagte sie schließlich. »In meiner Chronik stehen Dinge, die ich nicht geschrieben habe.«

»Was…?«, begann Ambro und besann sich. Die Feder konnte ohne ihr Zutun schreiben.

Ambro sah zu seinem Drachen hin, der zusammengerollt im Heu lag und gleichmäßig atmete. Seine Ohren waren entspannt, der Drache schlief tief und fest.

»Die Zeit ist für mich anders. Da, wo ich bin, ist immer Jetzt. Ich bin da. Aber nie unterwegs. Heute bin ich zum ersten Mal müde, von dem Weg, den ich gegangen bin. Ich war in deiner Zeit.«

»Das verstehe ich nicht«, sagte Ambro.

»Ich auch nicht. Aber so ist es. Ich verbringe nicht Stunden oder Tage damit, an einen Ort zu gelangen. Du wirst heimkehren und Tage dafür brauchen. Ich werde morgen in meiner Höhle sein.«

Ambro hatte von all den Dingen, die Hangameh dort in der Kammer zu ihm gesagt hatte, kaum etwas verstanden. Nun, in Siek auf dem Bauch liegend, dachte Ambro über das Gespräch nach. Darüber, was Hangameh gesagt hatte, was unausgesprochen geblieben war, und wie immer hatte er noch tausend weitere Fragen, aber keine Gelegenheit, sie zu stellen. Er seufzte schwer.

Die Karte stimmte hinten und vorne nicht. Hangameh hatte Orte und Flüsse eingetragen, wo keine waren, und manchmal waren die Schriftarten unterschiedlich. Ambro fragte sich, ob sie schon einmal jemanden mit dieser Aufgabe betraut hatte. Vielleicht war er nicht der erste Kartograf von Leotrim.

»Vielleicht hat die Feder eine eigene Handschrift«, warf Norwin ein.

Ambro erschrak fürchterlich. Norwin kicherte.

»Hör auf damit!«, schimpfte Ambro und drei Drachen hoben den Kopf.

»Ich meine…«, maulte Ambro noch und ließ es dann sein. Die anderen Drachen legten sich wieder ab, doch Norwin kicherte weiter.

»Du solltest eine eigene Karte machen«, war alles, was Norwin an dem Abend noch sagte.

***

Norwin kratzte mit seiner Kralle Linien und Bögen in die Erde. Erst mit der linken Pfote, dann mit der rechten. Es fühlte sich so oder so unbequem an. Also konnte er auch beide Pfoten abwechseln. Ambro beobachtete ihn neugierig, korrigierte dann und wann oder fügte einen neuen Buchstaben hinzu. So waren sie eine Weile beschäftigt. Norwin sah immer wieder auf die Karte, er versuchte sich an den Buchstaben und Namen, die dort standen. Ambro glaubte nicht, dass Norwin verstand, was er da sah oder tat. Er erinnerte sich an seine eigenen Schreibversuche und wie lange es gedauert hatte, bis aus den Linien Buchstaben geworden waren. Und Wörter. Sinnvolle Wörter.

»Bedeutet dieses Wort Mora?«, fragte Norwin.

Ambro nickte, er hörte aber gar nicht richtig hin. Wie damals mit seiner Mutter, lag er auf dem Bauch und übte Buchstaben, dabei kannte er sie schon alle. Er verlor sich dennoch in der Tätigkeit. Viel mehr als beim Holzhacken mit Idris. Das hier war es, was er tun wollte.

»Sieht für mich wie ein Schreibfehler aus.«

Ambro starrte seinen *Smok* fassungslos an.

»Was meinst du denn?« Ambro stand auf, zog die Karte zu sich her und starrte darauf, wie schon viele andere Male.

»Wo soll denn da … und was weißt du denn über Schreibfehler?«

Ambro wusste nicht, wo er mit seiner Empörung anfangen sollte. Er legte den Kopf schief.

»Das ist Schreibschrift«, sagte der Drache.

»Ja«, begann Ambro zögerlich. Er konnte nur Druckbuchstaben, wie es seine Mutter ihm gezeigt hatte. Schreibschrift, das war die hohe Kunst und etwas, das er erst noch lernen musste.

»Könnte auch ein W sein«, meinte Norwin und kratzte ein kleines w und ein kleines r in die feuchte Erde. Mit Kringeln und allem Drum und Dran.

»Wieso kannst du das?«

»Ich male, was ich sehe.« Eine bessere Antwort hatte Norwin nicht. Er sah das kleine W in *Milchwasser* und fand einfach, dass es wie ein schnörkeliges R aussah.

»Könnte wirklich ein Schreibfehler sein.« Ambro war baff. Norwin hatte das gesehen. Nicht er. Norwin war ein Drache und Drachen konnten nicht lesen.

»Zumindest … also, wenn man es ihnen nicht beibringt.«

Ambro nickte nachdenklich. *»Dann bring ich es dir bei. Also richtig. Und wir müssen die Chronistin danach fragen.«*

»Du vermisst sie«, stellte Norwin schlicht fest. Ambro schwieg.

***

Ambro fand, dass sein *Smok* recht hatte, und so begann er am nächsten Morgen mit seiner Arbeit an einer eigenen Karte. Er verstand noch nichts von Maßstäben und arbeitete eher instinktiv als strukturiert. Einen Tag lang ließ er sich von Idris herumführen, Namen von Bergen, Hügeln und Senken nennen, er zeichnete den Flusslauf und die Anordnung der Bäume um den Dorfplatz aus der Drachenperspektive und bedauerte einmal mehr, dass sein *Smok* nicht fliegen konnte. Seine Vorstellung und was er sah, auf zwei Beinen stehend, mussten ausreichen. Norwin setzte sich bald ab, er gab vor, zu fischen. Doch das stimmte nicht. Er beobachtete Ambros hektische Geschäftigkeit, wie er mit roten Wangen hierhin und dorthin rannte im Bemühen, jeden Baum, der eine Behausung war, auch richtig in seiner Karte zu dokumentieren. Als es Abend geworden war und er mit allen Verzierungen, Beschriftungen und Symbolen fertig war, bat er Idris, seinen Drachen loszuschicken, um der Chronistin die Karte zu bringen. Idris willigte ein.

Ambro wusste natürlich nicht, ob die Karte bei ihr ankam. Er wusste es auch danach nie. Im Glauben, das Richtige zu tun, schrieb und schrieb er seine Papierstücke voll. Sie antwortete nicht. Er hoffte auf ein Wort, irgendein Zeichen, und musste doch damit leben, dass dieses Gespräch im Mondlicht alles bleiben würde, was er an Instruktionen bekommen hatte.

Ambro fand seine Arbeit sehr gelungen, allein schon deshalb, weil er immer noch einen Verband um die Hände trug. Den hatte er zwischenzeitlich völlig vergessen, so war er in seiner Arbeit aufgegangen.

»Stell dir vor, wie gut meine Werke erst aussehen, wenn meine Hände verheilt sind und ich ungehindert zeichnen und schreiben kann«, sagte Ambro zu Norwin und nestelte dabei an seinem Verband herum.

Norwin war da pragmatischer. *»Du weißt immer noch nicht, wie du Entfernungen angeben sollst, und Hangamehs Karte ist unvollständig.«*

Das wusste Ambro natürlich. Norwin flog nicht und seine Schritte waren kleiner als die eines Mannes. Ambro seufzte wieder. Er fand, dass er mit einer schweren Aufgabe betraut worden war und, wie so oft, zu wenig Antworten hatte. Es war, als ob er versuchen würde, blind ein Puzzle zu legen. Als er noch sehr klein war, hatte ihm sein Vater ein Puzzle geschenkt. Eines aus Holz. Er hatte mit schweren Ölfarben einen Feuerdrachen auf ein flaches Stück Holz gemalt und es dann in verschieden große Stücke zersägt. In der Winterstatt hatte Ambro ganze Mondphasen damit verbracht, das Bild wieder und wieder zusammenzulegen. Damals hatte er gewusst, welches Bild die Holzstücke am Schluss ergeben sollten.

Ambro entschloss sich, Idris zu fragen. Er wusste alles, so schien es ihm, und anders als noch zu Hause, bekam er hier eine Antwort, wenn er etwas fragte. Seit er unterwegs war, hatte niemand mehr zu ihm gesagt, er sei zu jung für diese oder jene Antwort.

»Tausend Schritte sind eine Meile«, erklärte Idris sogleich. Er wunderte sich nicht, dass Ambro das nicht wusste, sondern sprach freimütig weiter.

»Und zehn Flügelschläge sind auch eine Meile … also, für diejenigen, die fliegen können«, fügte er stockend hinzu. »Aber das Maß gilt für einen ausgewachsenen Drachen. Und für Erwachsene. Du bist noch klein.«

Ambro nickte, das sah er ein. Er musste zwei Schritte gehen, um dem Schrittmaß eines Erwachsenen zu entsprechen. Er war sich sicher, er schaffte am Tag mehr als tausend Schritte. Daher wollte er nun sehr akribisch einer seiner Lieblingsbeschäftigungen nachgehen. Dem Zählen.

Ambro ging gleich an die Arbeit. Um sich nicht zu verzählen, fertigte er mehrere Armbänder aus dünnem Leder an. Er wollte jedes Mal, wenn er tausend Doppelschritte geschafft hatte, ein Band vom rechten Handgelenk auf das linke ziehen. Am Ende des Tages wüsste er dann genau, welche Strecke er zurückgelegt hatte und konnte es in seiner Karte verzeichnen. Das war perfekt. Ambro strahlte Idris dankbar an.

Nach diesem Erlebnis folgte Ambro Idris überallhin, ließ sich alles erklären und fragte unentwegt. Ihm gingen die Fragen nicht aus.

»Wo ist euer Backhaus? Habt ihr eine Mühle, wie heißt der Berg dort? Wo führt der Fluss hin? Gab es im Dorf eine Kräuterfrau?«

Ambro wartete die Antworten gar nicht ab, sondern stellte gleich drei neue Fragen, bevor Idris auch nur Luft geholt hatte.

»Wusstest du«, sagte der schließlich, »dass es eine Flüssigkeit gibt, die dich nach Norden ausrichtet?«

Erst da verstummte Ambro.

»Doch, wirklich. Wenn du nach Süden willst, musst du rückwärts laufen. Du bist dann dein eigener Kompass.«

Idris grinste. Ambro verstand schon, dass das ein Scherz war. Aber er hatte keinen Humor, sondern einen Auftrag.

Das hier war wichtig. Idris grinste nicht mehr.
»Ein Scherz, Kleiner. Nur ein Scherz.«
»Ja, ich weiß«, sagte er. Aber er lachte nicht.

Ambro hatte wenig Verständnis für Idris' Humor. Er bewunderte zwar seine fröhliche Art, er hätte jeden Grund zu verzagen, doch er tat es nicht. Er trug die Verantwortung für drei Menschen, die er liebte. Vielleicht war Ambro doch noch zu jung, um zu unterscheiden, wann jemand fröhlich und wann jemand *zwanghaft* fröhlich war.

»Wieso fliegt ihr nicht?«, fragte Ambro plötzlich. Er hatte Norwin entdeckt, der mit den anderen Drachen herumbalgte, als wären sie allesamt noch Toddler. Er selbst musste sich zu Fuß durch Leotrim bewegen. Er hatte keine Wahl, weil Norwin einen lädierten Flügel hatte. Für ihn kam eine andere Art der Fortbewegung nicht in Frage. Aber diese vier, die letzten Bewohner von Siek, hatten alle einen Drachen. Einen Feuerdrachen, der prima fliegen konnte.

Idris zögerte. Er kniete sich ins feuchte Gras, griff Ambro an den Ellenbogen und zog ihn zu sich heran, so als wäre das, was er sagen wollte, ein sehr großes Geheimnis.

»Meine Eltern haben ihren Platz hier«, sagte er leise.

Ambro antwortete: »Holosch«, weil er sehr gut verstand. Er hatte die alte Graum beerdigt. Dort, wo sie liegen wollte am Schluss. Sein Vater hatte es ihm vor langer Zeit erklärt, Ambro biss die Zähne zusammen und schluckte schwer. Er wollte nicht weinen. Und Idris würde es sicher falsch verstehen. Diese beiden Alten waren ihm einerlei. Er erinnerte sich an die Worte seines Vaters, hatte aber beinahe vergessen, wie seine Stimme klang, und das fühlte sich an, als hätte Holosch ihn geholt.

»Die Toten sind still, die Lebenden nicht. Es geht bei der Zeremonie darum, möglichst viel Lärm zu machen, damit der Holosch dich nicht für tot hält und versehentlich dein Licht mitnimmt«, hatte der Vater erklärt, in seiner typisch ernsthaften Art. Der Abschied eines geliebten Menschen fand immer nachts statt.

»In der Erde ist es dunkel, am Himmel nicht. Selbst in der Nacht sieht man noch irgendwo ein Lichtlein. Immer gibt es Hoffnung.«

Ambro erkannte jetzt, dass der Vater ihm die Welt erklären wollte, seine Fragen beantworten wollte. Das hatte nichts mit Humorlosigkeit oder gar Strenge zu tun. Der Vater war nicht humorlos. Als Ambro ihm sagte, er habe Angst, der Holosch hole ihn oder gar die ganze Familie lange vor der Zeit, da gab der Vater eine Antwort, die von Idris hätte sein können.

»Mach dir keine Sorgen! Ich schnarche nachts viel zu laut. Zu uns kommt er sicher nicht.«

Ambro hatte gekichert.

»Du wartest, bis …?«, fragte Ambro gepresst.

Idris nickte, viel ernster, als Ambro ihn je erlebt hatte. Idris würde hier abwarten, bis seine Eltern vom Holosch geholt werden würden. Sie gaben sich alle Mühe, leise zu sein, fand Ambro. Idris ließ ihn los und starrte mehrere Atemzüge lang vor sich auf den Boden, bis er sich gefasst hatte. »Danach werden auch wir gehen.«

***

Ambro verabschiedete sich. Von den drei Kühen, der Gans, den Alten und den Drachen. Er bedankte sich bei Idris und Gilan für die Gastlichkeit und die Unterweisung. Idris erlaubte sich keine weiteren Scherze.

Für Norwin und Ambro musste es weitergehen.

Ambro kam es vor, als wäre ihm eine Himmelsrichtung abhandengekommen. Früher, als er noch nirgends hinwollte, als die Möglichkeit wegzugehen noch nicht einmal eine Idee war, stand ihm jede Richtung offen. Nun gab es nur noch eine Richtung und ein großes Muss. Er fühlte, dass ihm etwas fehlte, dass er unfrei war in seinen Entscheidungen.

Sie gingen los, um sich die Höhle von Silván anzusehen. Idris hatte ihnen den Weg erklärt.

SPÄTTAGE IN KUSTEN

Es gab drei Familien in Kusten, die das Feuer vererbten, und so war es Leif, der Dakota auf ihre Sichel ansprach. Das Symbol der Feuerdrachen.

»Krywult sagt, dein Drache sei im Wasser und schüchtern. Aber du bist offensichtlich ein Mädchen des Feuers«, sagte er und berührte seine eigene Wange, weil er sich nicht traute, die ihre zu berühren. Er hatte schon lange keine Drachensichel mehr gesehen und schon gar nicht an einem Menschen. Aber er täuschte sich nicht. Leif kraulte seinen grauen Bart.

Dakota schüttelte energisch den Kopf und verstand erst nicht. Sie hatte nicht viele Gelegenheiten, sich zu betrachten, und die Narbe in ihrem Gesicht war so sehr ein Teil von ihr, dass sie nicht darüber nachdachte. Sie nahm sie kaum wahr. Leif streckte die Hand aus, deutete eine Berührung aber nur an.

»Du meinst meine Narbe?«, fragte sie und berührte sie sogleich.

»Narbe, Kind? Das ist ein Feuermal. Dein *Smok*-Mädchen ist nie und nimmer ein Wasserdrache. Erzähl mir keine Märchen.« Leifs Herz pochte ihm dröhnend in den Ohren. Das hier war nicht seine Idee gewesen. Die Familien hatten sich beraten. Zum Schluss hatten sie ausgelost, wer sie ansprechen sollte, und er hatte verloren. Er musste sich eingestehen, dass er vor einem dürren Mädchen mit roten Haaren Angst hatte. Es schüttelte ihn, seine Schultern, sein ganzer Oberkörper zitterte, als würde er sich während der Dunkeltage draußen ohne Mantel aufhalten. Er schalt sich selber einen Dummkopf.

Dieses Mädchen lebte nun schon seit Wochen hier, arbeitete viel und sprach wenig und die Neugier wuchs. Das Wort *Drachensichel* wurde immer öfter von Haus zu Haus geflüstert. Die einen erzählten, sie hätten Höhlenmalereien mit diesem Symbol gesehen, andere behaupteten, es in einem Buch gelesen zu haben. Jeder Bewohner von Kusten hatte seine Bücher zu Hause hektisch durchgeblättert, um als Erster den Beweis erbringen zu können. Einzig die Feuerdrachen schwiegen. Hätte sich Leif die Mühe gemacht, seinen *Smok* Kiron zu fragen, er wäre über die Antwort erstaunt gewesen. Genau genommen war die Drachensichel nicht das Symbol der Feuerdrachen, sondern nur von einem: Olin. Manchmal war die Antwort so offensichtlich, dass man vor lauter Lichtern das Sternbild am Himmel nicht erkannte.

Dakota wusste nicht, was sie sagen sollte. Offensichtlich wusste so ziemlich jeder besser über sie Bescheid als sie selbst. Sie zog ihre Kapuze tiefer ins Gesicht, nahm den Eimer Wasser, den sie gerade aus dem Brunnen gezogen hatte, und ging grußlos davon. Es stimmte. Jeder in Kusten wusste über Dakota Bescheid; sie war das Feuermädchen ohne Drache. Mit der Drachensichel im Gesicht. Nur sie wusste nichts davon. Wieso hatte Hangameh ihr nichts gesagt? Sie musste das Symbol doch auch kennen …

Dakota überlegte, was sie jetzt tun sollte. Am liebsten wäre sie zu Hangameh gegangen, um sie anzubrüllen. »Du hast mich auf all das nicht vorbereitet!«, schimpfte sie laut vor sich hin. Daran hatten sich die Bewohner von

Kusten schon gewöhnt: Das Mädchen redete dauernd mit sich selbst.

Krywult kümmerte sich gut um sie, aber er machte das, was Hangameh lange mit ihr gemacht hatte: Er hielt sie von den anderen fern und nannte es *Schutz.* Seit dem Abend, als sie angekommen war, hatte sie Rem weder gesehen noch gesprochen, und sie fühlte sich so einsam wie noch nie in ihrem Leben. Sie spürte, dass er sie mied, aus Erklärungsnot. Krywult ging hinunter an den Strand, um seinen Drachen zu sehen. Sie fragte sich, wie es für ihn sein mochte, dass sein *Smok* nicht mehr herauf in die Höhle kam, um bei ihm zu sein.

Bei Hangameh hatte sie ihre Aufgaben und Rem gehabt. Hangameh war nicht gut darin, ihre Gefühle in Worte zu fassen. Sie sagte nicht: »Ich bin so froh, dass du da bist.« Sie zeigte ihre Zuneigung anders. Wenn Dakota an ihrem Pult saß und schrieb, streichelte ihr Hangameh kurz übers Haar oder füllte ihr Tintenfass wortlos auf. Manchmal brachte sie ihr, von einer ihrer Reisen, einen neuen Vogel mit. Eine Blaumeise oder einen Gimpel. In manchen Nächten ging Hangameh ins Archiv, zog Bücher und Pergamentrollen aus den Regalen und legte sie mit Absicht am falschen Platz wieder ab. Morgens erklärte sie dann: »Ich habe ein Schriftstück gesucht, aber ohne dich finde ich mich nicht zurecht.«

Dakota lächelte über die Lüge. Aber es schmeichelte ihr, wenn Hangameh behauptete, ohne ihre ordnende Hand nicht zurechtzukommen. Dakota hatte sich gebraucht gefühlt.

Hier gab es Krywult, seinen Kummer und Leute, die sie unverhohlen anstarrten, wenn sie zum Markt ging. Energisch riss sie sich die Kapuze vom Kopf und stellte den Eimer überschwappend ab. Sie atmete tief durch. Sollten die Leute sie doch sehen.

Krywult war bei der Arbeit, er würde erst am Nachmittag nach Hause kommen. Er werkelte nach seiner Arbeit an einem Boot, einem Drachmaster für sie beide, um ihr den Wunsch zu erfüllen, übers Meer zu fahren. Sie ließ den Eimer stehen und rannte zur Küste, rannte zu der Treppe im Gestein, die zum Hafen hinunterführte.

Als sie unten ankam, war sie völlig außer Atem. Einige Fischer verfolgten sie mit den Augen und gaben vor, damit beschäftigt zu sein, ihre Schutzkleidung anzulegen, ihre Netze zu prüfen oder einfach eine Pfeife zu rauchen.

»Glotzt mich nicht so an!«, brüllte Dakota. Sie wusste selber nicht, was in sie gefahren war, woher diese Wut kam. Natürlich wusste sie auch nicht, dass ihre Haare glühten, ihre Haut und die Drachensichel. Es war taghell. Üblicherweise sah man dieses Glühen nur in der Dunkelheit, in der Nacht oder in einer Höhle. Krywult hatte es schon gesehen. Die anderen Bewohner von Kusten nicht.

Dakota rannte weiter, einen Holzsteg entlang, der ins Wasser hineinragte. Ganz am Ende des Stegs ließ sie sich auf die Knie fallen und schluchzte.

»Rem, wo bist du?«, flüsterte sie und zog die Nase hoch. Das Wasser schwappte leise glucksend gegen die Stützen, die den Steg trugen, und Dakota lugte ängstlich über den Rand, als würde hier die Welt enden, dabei hoffte sie nur, Rem möge seinen Kopf aus dem Wasser strecken und wieder gut mit ihr sein.

»Du fehlst mir.«

Rem tauchte nicht vor ihr auf. Dafür sah Dakota sich selbst, gespiegelt im Wasser.

»So sehe ich aus?«, fragte sie ehrlich erstaunt. Norwin hatte ihr damals am Strand gesagt, dass sie glühen würde. Sie war erschrocken davongelaufen. Wenn sie aufgeregt war, spürte sie ein Glimmen in sich, wie bei einem Feuer, dessen Scheite schon heruntergebrannt waren, Glut, versteckt in der Asche. Sie wusste nicht, dass es für andere sichtbar war. Sie wusste nicht, wie sie aussah, wenn das passierte.

»Ja«, sagte Rem, der sich unter dem Steg, unter Dakota tummelte. Er hatte sie rennen sehen und befürchtet, sie würde die Treppen kullernd herunterfallen. Sie brauchte ihn nicht zu rufen, er hatte ja keinen Grund mehr, weit zu schwimmen, um sie zu sehen.

»Weißt du, was eine Drachensichel ist?«, fragte sie leise. Rem zeigte sich immer noch nicht.

»Ja, das weiß ich.«

Die Wut packte Dakota wie ein hungriger Bär. »Und du sagst nichts?«, brüllte sie.

Sie sprang auf, löste den ersten Palstek, der ihr in die Finger kam. Krywult hatte ihr verschiedene Seemannsknoten gezeigt und sie abends lange üben lassen. Jetzt kümmerte es sie nicht, dass sie keinen Drachmaster vom Steg löste, sondern ein kleines Ruderboot ohne Mast.

»Mach das nicht«, flehte Rem. »Das ist zu gefährlich für dich.«

»Ich habe euren Schutz satt!«

Dakota sprang in das Ruderboot und geriet ins Wanken. Prompt schlug sie der Länge nach hin und landete mit der Brust auf der Sitzbank. Das Meer holte das kleine Boot gierig vom Steg weg und Dakota erinnerte sich plötzlich, schon einmal in so einem wankenden Ding gewesen zu sein. Sie rieb sich benommen die schmerzende Brust und drehte sich auf den Rücken. Sie konnte den Himmel sehen und von dem Schaukeln wurde ihr schlecht. Sie hörte Stimmen und Rufe, sie meinte, auch Krywult zu hören, aber der musste doch noch bei der Arbeit sein.

Das Rufen klang drängend, sorgenvoll, als wäre den Leuten nicht einerlei, was mit ihr passierte. Dakota hatte Tränen in den Augen und fragte sich, ob Hangameh in ihrer Eingangshalle saß, mit Blick aufs Meer, und wusste – so wie sie Dinge manchmal wusste – dass sie gerade mit wehem Herzen aufs offene Meer hinaustrieb.

Rem hatte sie völlig vergessen. Und noch etwas hatte sie vergessen: die Hüter des Hafens.

In jedem Hafen hielten zwei Drachen ihre Seewacht. Gewechselt wurde in drei Schichten pro Tag, Feuerbringer sowie Flieger konnten Hüter des Hafens sein. Sie mussten Geduld mitbringen, Disziplin und gute Augen. Die beiden Drachen, die an diesem Morgen an der Reihe waren, saßen auf ihrem steinernen Sockel, oben an der Küste, mit ausgebreiteten Flügeln. Immer bereit, sofort loszufliegen. Dakota hatte sie bisher kaum wahrgenommen, da sie sich den ganzen Tag nicht rührten, und den Wachwechsel hatte sie noch nicht mitbekommen, da die Hüter von Krywults Höhle aus nicht zu sehen waren.

Das erste Mal seit vielen Jahren verließ Videt ihren Platz. Lautlos hob sie ab, flog einen Bogen über den Hafen und überblickte sehr schnell den Tumult; die Menschen am Ufer, die Wasserdrachen, die sich alle aufgeregt im Hafenbecken tummelten, und das kleine Ruderboot, das aus der natürlichen Einfassung der Landzunge hinausgetrieben wurde aufs offene Meer.

Viele Augen starrten zu Videt hinauf, kaum hatte sie ihren Platz verlassen, wurde es ruhiger. Das Wasser sowie die Gemüter. Sie flog tiefer, schwebte einen Moment über Dakota, stieß dann hinab wie ein Raubtier, griff aber sehr zärtlich nach dem schlanken Körper und stieg wieder hinauf. Dakota wehrte sich nicht. Sie war noch nie geflogen. Dachte sie zumindest. Das Gefühl zu fliegen war … vertraut.

Die Wasserdrachen geleiteten das Ruderboot zurück ans Ufer, mindestens fünf oder sechs von ihnen. Dakota verstand die ganze Aufregung nicht. Sie hatte ihre Ruder nicht verloren und Rem hätte nie zugelassen, dass ihr etwas passieren würde. Sie hätte doch zurückrudern können, sobald sie sich von ihrem Sturz erholt hätte, dachte sie. Aber jetzt spielte das keine Rolle mehr.

Rem sah ihr traurig nach. *Das war leichtsinnig von dir,* dachte er. Aber Dakota hörte weder seine Worte noch spürte sie seinen Kummer. Wäre sie ins Wasser gefallen, hätte er ihr nicht helfen können, es wäre zu spät gewesen. Das ätzende Wasser hätte ihr die Haut verletzt, sie wäre ob der Schmerzen so schnell ertrunken, er hätte keine Zeit und keine Möglichkeit gehabt, sie zu retten.

Die Seerettung war klar geregelt. Die Flugdrachen waren für die nahe Küste zuständig, sie konnten schnell reagieren und Menschen auch bei schlechtem Wetter und hohem Wellengang zurückholen. Manch ein begleitetes Boot war in Strandnähe auf dem letzten Stück noch gekippt. Die Wasserdrachen, selbst die ausgewachsenen, taten sich schwer, zu schwimmen und einen Drachmaster zu lenken. Vor allem, wenn das Segel noch aufgespannt war und der Schlagbaum unkontrolliert hin und her wankte. Es brauchte mindestens vier Wasserdrachen, auf jeder Seite zwei, um das Kippen zu verhindern, um ein Boot sicher an den Strand zu geleiten.

Manchmal trieb ein Drachmaster so weit hinaus, dass der Weg für einen Flugdrachen zu weit war, um schnell zu reagieren, und nur dann griffen die Wasserdrachen, die bereits dort draußen waren, vor den Flugdrachen ein. Aber das kam selten vor.

Videt stieg höher und höher. Sie flog noch einen Kreis über den Hafen, als wäre er besonders sehenswert.

»Genießt du die Aussicht?«, fragte Videt. Doch Dakota hatte im Boot auf dem Rücken gelegen, das Drachenmädchen hatte seine Vorderpfoten um ihren Oberkörper gelegt, nun starrte Dakota auf ihre schuppige Brust, während ihr Magen freudige Purzelbäume schlug. Wie konnte Hangameh das nicht mögen? Bisher hatte Dakota angenommen, ihr Magen sei nicht robust genug, um zu schaukeln. Er war vom Fliegen aber ganz begeistert. Sie nahm sich vor, auch das Schaukeln zu versuchen. Dakota berührte mit beiden Händen Videt. Brust, Bauch, Hals, sie konnte es nicht sagen. Sie sah nur blaue, raue Schuppen.

»Oh, Verzeihung«, sagte das Drachenmädchen und ohne sie abzusetzen drehte sie Dakota in ihren Vorderpfoten einfach um, damit sie Kusten und den Hafen sehen konnte. Dakota spürte die Krallen, alle zehn, an ihrem Körper sowie die Kraft, die Videt ausstrahlte, doch ging diese so zärtlich mit ihr um, als wäre sie ein zerbrechliches Püppchen.

Dakotas Brust schmerzte immer noch, doch dass ihr die Luft wegblieb, hatte andere Gründe. Eine Bettdecke aus Daunen lag über dem Himmel, dicke, wattig weiße Wolken, die sich im Wasser spiegelten. Dakota wusste nicht, wo oben und unten war, das war auch nebensächlich. Sie breitete die Arme aus, als hätte sie selbst Flügel und jauchzte vor Freude. Dakota sah die grünen Wiesen um das Dorf und die roten Bänder in den Bäumen. Sie sah die Salzteiche, an denen Krywult arbeitete, und einen toten Pfad an der Küste entlang, der zum Dorf führte. Um die rechteckigen Salzteiche herum wuchs kein Baum, kein Strauch, selbst das Moos war tot und bleich. Dakota bedrückte der Anblick. Sie sah, dass das Abwasser der Teiche ins Meer floss. Am flachen Ufer war das Wasser hellgrün, Dakota konnte den Grund sehen. Je tiefer es wurde, umso dunkler wurde es auch, bis hin zu schwarz. Sie fragte sich, ob die Wasserdrachen dort draußen in völliger Dunkelheit lebten. Sie sah einige Wasserdrachen auftauchen und neugierig zu ihr emporschauen. Dakota winkte vergnügt. Das war mit Abstand der schönste Moment in ihrem Leben. *Fliegen müsste man können. Kein Kummer könnte einem noch etwas anhaben.*

»Unsinn«, sagte Videt. Nicht grob oder herablassend. Aber bestimmt. Dakota wunderte sich nicht, dass Videt sie mowarisch ansprach. Bisher hatte sie nur mit Rem auf diese Weise kommuniziert. Sie wusste nichts von der Etikette, die Menschen und Drachen, die nicht miteinander verbunden waren, einzuhalten hatten. Das Mowaren war etwas, das *Broder* und *Smok, Siostra* und *Smok* miteinander teilten, und das alle anderen ausschloss. Videt kümmerte das nicht, sie flog zurück an ihren Platz. Ganz vorsichtig setzte sie Dakota im feuchten Gras neben dem Steinsockel ab, bevor sie sich ihrerseits niederließ.

Sie sahen einander lange an. Schließlich legte Dakota ihre rechte Hand auf ihr Herz, verbeugte sich und sagte: *»Danke für den Flug.«* Sie sagte nicht *Rettung,* es war nicht nötig, sie zu retten. Doch der Flug war … ja, den hatte sie nötig gehabt, um etwas Wichtiges zu begreifen.

»Du bist Feuer, Mädchen«, antwortete Videt, bevor Dakota weitersprechen konnte. *»Du hast auf dem Meer nichts zu suchen. Ich habe dich schon einmal gehindert, über das Meer zu gelangen. Nochmals rette ich dich nicht, du stures Ding!«*

Das Blau des Drachen war spröde und blass wie ein Stück Stoff, das man über die Dunkeltage auf der Wäscheleine vergessen hat. Die Jahre auf dem Sockel hatten ihren Preis. Videt sah viel älter aus als sie war.

»Beim letzten Mal warst du kleiner«, fügte sie hinzu und schnüffelte an Dakota.

»Nochmals? Beim letzten Mal?« Dakota stand der Mund offen. *»Was meinst du denn?«* Doch sie ahnte es natürlich. Dakota glühte. Ihre Haare, das Feuermal in ihrem Gesicht, ihre Augen. Und jede Sommersprosse. Dakota hatte viele davon.

»Man kann nicht übers Wasser nach Drachenwart. Das weiß doch jedes Kind.«

»Ich nicht.«

»Du weißt nicht viel, hm?«

Dakota dachte nach. *Hangameh?* Nein, Hangameh hätte ihr so etwas Wichtiges gesagt.

»Woher weißt du überhaupt, dass ich da hinwill?« Nicht mal ich weiß das so genau, dachte Dakota. Sie wollte übers Meer, sie wollte Antworten. Genau genommen hatte sie keine Ahnung, wo sie zu suchen anfangen sollte.

»Du bist auf Drachenwart geboren. Im Herzen des Vulkans. Dein Vater dachte wohl, du bist zu zart, um dort zu leben.«

»Mein Va…? Wie kommt man denn nach Drachenwart?«

Dakota schwindelte. Die Muskeln in ihren Beinen zitterten, als wäre sie sehr lange gerannt. Sie sank zu Boden.

»Man muss fliegen. Und sterben. Da willst du nicht hin. Noch nicht.«

Dakota verstand gar nichts und schüttelte den Kopf. Sie legte ihre Stirn in Falten, es schmerzte. Der Mund stand ihr offen, ihre Gefühle und ihre Gedanken weigerten sich, zusammenzuarbeiten.

»Ich bin der Hüter des Hafens. Das ist meine Aufgabe. Das verstehst du?«

Dakota nickte kaum merklich.

»Olin ist der Hüter von Drachenwart. Das ist seine Aufgabe. Das verstehst du auch?«

Dakota schüttelte den Kopf.

»Drachenwart ist eine Vulkaninsel. Der Vulkan bricht immer wieder aus. Es ist ein gefährlicher Ort. Alte Drachen schlafen dort, im Feuer.«

»Alles Leben beginnt im Wasser …«, flüsterte Dakota leotrisch.

Videt ergänzte: *» … und endet im Feuer. Kind, du bist im Feuer geboren. Dein Leben wird im Wasser enden. Dich wird man löschen müssen, am Ende.«*

»Und Olin ist mein Vater?«

Das Drachenmädchen beugte sich zu ihr hinab, nickte kaum merklich mit dem Kopf.

»Ich glaube es, ja. Du trägst sein Mal. Frag mich nicht nach deiner Mutter. Ich weiß es nicht. Ich wäre nicht verwundert, wenn du aus einem Ei geschlüpft wärst«, sagte sie, rau flüsternd.

»Wenn du leben willst, halt dich vom Wasser fern.« Damit nahm sie wieder ihren Platz ein, breitete die Flügel aus und richtete ihre Augen aufs Meer. Die Unterhaltung war beendet.

***

Dakota machte sich auf den Weg zu Krywult. Sie ging langsam, wie benommen. Als sie endlich im Dorf ankam, glühten ihre Haare nicht mehr. Die Drachensichel wirkte wie eine harmlose, kleine Narbe, alles schien wie immer. Krywult kam ihr entgegen, legte ihr wortlos eine Decke um die Schultern und führte sie in seine Höhle. Bis sie dort angekommen waren, fragte er sie nichts.

Kusten summte wie ein Bienenstock, Dakota nahm sehr wohl wahr, dass die Bewohner sowie ihre Wasserdrachen am Ufer im Hafen saßen und sich gegenseitig erzählten, was sie gesehen hatten. Sie zeigten mit dem Finger auf Dakota und selbst dann noch in ihre Richtung, als sie in Krywults Höhle verschwunden war. Seine Mutter und seine Schwester kamen, vermutlich von den anderen losgeschickt, um aus erster Hand zu erfragen, was vorgefallen war. Krywult schickte sie weg. Als es endlich dunkel wurde und merklich leiser, erzählte Dakota Krywult alles.

»Der Feuerdrache Olin ... Das ist doch nur eine Geschichte«, murmelte sie vor sich hin. Dakota fühlte sich wie ein geprügelter Hund, alles tat ihr weh.

»Nichts ist einfach nur eine Geschichte«, sagte Krywult und starrte aus dem Fenster aufs Wasser. Es lag ruhig da, als wäre nichts gewesen.

Rem regte sich, Dakota hatte nicht bemerkt, dass er in einer Nische im Dunkeln gesessen und zugehört hatte. Der Drache war trocken, ebenso der Boden um ihn herum. Er musste lange ausgeharrt haben. Dakota wusste, dass trockene Haut für den Drachen schmerzhaft und obendrein gefährlich war. Er musste schnellstmöglich zurück ins Wasser.

»Wieso wissen wir Drachen, wer dein Vater ist, und Hangameh nicht?«, fragte er.

Dakota schüttelte den Kopf und fing an zu weinen. Sie schluchzte und Krywult tätschelte unbeholfen ihre Schulter. Er hatte keine Ahnung, wie man ein Mädchen tröstete. Seine Mutter und seine Schwester mussten sich ja immer um ihn kümmern, um seine Wut. Er hatte sie nie gefragt, wie es ihnen ging, was sie dachten über den feigen Vater. Dann griff er beherzt zu, wie es seine Mutter immer tat, und drückte Dakota an seine Brust.

Sie versuchte, sich zu erinnern, an Hangameh und ihr gemeinsames Leben. Ja, Drachenwart war in ihrer Karte verzeichnet. Sie konnte sich beim besten Willen aber nicht daran erinnern, dass sie je ein Wort darüber verloren hatte. Ja, Hangameh hatte die Karte oft gedankenverloren angestarrt, aber eher wie jemand, der selbst Antworten wollte.

Als sie sich endlich beruhigt hatte, löste sie sich von Krywult und antwortete Rem: »Weil sie es nicht weiß. Ich glaube, es war nie vorgesehen, dass ich bei *ihr* lande.«

»Du meinst Silván?«, fragte Rem leise. Es mochte Zufall sein, dass Silván eine Höhle an der Küste bewohnte, an der Dakota angespült wurde. Aber sie glaubte es nicht.

Sie dachte an Vincent, den *Launigen Vincent,* sagte aber nichts.

DIE HÖHLENFENSTER

Manche Stellen nannte sie *Schluf* mit langem U. Diese Gänge waren so eng, sie konnte sie nur kriechend passieren. Sie musste durch*schlupfen.* Die Klippen von Mora waren ihr Zuhause, sie kannte dort jeden Winkel, jeden Gang, jeden unterirdischen See und natürlich auch jedes Fenster zum Meer hin. Derlei gab es unzählige. Hangameh hatte sich schon manches Mal versucht vorzustellen, wie Menschen – waren es Menschen? Einer, viele? – mit Hammer und Meißel die Wege ins Gestein gehauen haben mussten. Weit oben, den Blick übers Meer genießend, durch die vielen kleinen, runden Fenster, weil sie die Dunkelheit nicht ertrugen. Die Dunkelheit war beklemmend, Hangameh fühlte sich oft noch kleiner als sie war, wenn sie tief ins Archiv ging, nur mit einer rußenden Fackel ausgestattet. Ihr Archiv war weit verästelt, wie ein Fluss mit vielen, vielen Seitenarmen. In ihrem Kopf hatte sich eine Karte gebildet, eigentlich sogar zwei. Ihre Höhlen, im Dunkeln verborgen, und die Orte oben, über ihr, in der Sonne Leotrims. Sie hatte Ambro nichts davon gesagt, es gab so vieles, was sie ihm zeigen wollte, so vieles was sie ihm sagen wollte. Und die geheimen Treppen, die nach oben führten, die es ihr möglich machten, plötzlich und unvermittelt in einem Dorf zu stehen, waren dabei noch nicht das Aufregendste.

Hangameh suchte ihren Lieblingsplatz auf. Der Weg dauerte einen halben Tag, sie musste mehrere Leitern hinaufsteigen und sich durch enge Tunnel winden. Sie geriet ins Schwitzen, wenn sie durch einen *Schluf* musste. Es gab einen Ort an den Klippen und sie war sich sicher, dass niemand außer ihr diesen Platz kannte … *Dakota,* dachte sie kurz. Die Erinnerung an das Mädchen schmerzte. Sie war nun schon einige Monde fort. *Dakota mag diesen Ort selbst entdeckt und geschwiegen haben. Weil er so besonders ist, dass ihn jedes Wesen, das ihn entdeckt, für sich allein haben will.* Hangameh nannte ihn *Der Regenbogen von Mora.*

Fenster gab es viele, Gucklöcher im Gestein. Die Klippen waren dem beständigen Wind ausgesetzt und der giftigen Gischt. Die Luft roch salzig, fischig und nach Algen. Hangameh berührte beim Gehen immer die Seitenwände mit den Fingerspitzen. Es kümmerte sie wenig, wenn das Meerwasser prickelnd brannte. Ihre Fingerkuppen waren schon seit Jahrhunderten schwielig, vom Schreiben natürlich und von den Felswänden von Mora. Sie hatte durch Zufall herausgefunden, dass sie mit der linken Hand ebenso gut schreiben konnte wie mit der rechten. Eines Abends hatten ihr das Handgelenk, der Unterarm und vor allem der Daumen so wehgetan, dass sie ihre Feder in die Linke genommen und zu schreiben versucht hatte. Ohne einen unnützen Strich oder Kringel schrieb ihre Hand die Worte, das Schriftbild war kleiner und nach links geneigt, aber immer noch ihre Schrift. Nur aus Neugier hatte sie dann versucht, mit beiden Händen gleichzeitig zu schreiben, und war furchtbar erschrocken, dass in ihrer Chronik zwei unterschiedliche Texte entstanden waren. Leotrim hielt viele Wunder für sie bereit.

Es gab da diesen Ort … und Menschen – waren es Menschen? Einer, viele? – hatten die Kunst der Glaserei beherrscht und angefangen, die ins Gestein gehauenen

Fenster mit bunten Glasscheiben auszustatten. Heute gab es das nicht mehr. Hangameh kannte keinen einzigen Mensch in Leotrim, der die Glasherstellung beherrschte. Dieses Wissen und die Fähigkeit dazu mussten irgendwann verloren gegangen sein. Es gab Werkstätten, die mit Obsidian experimentierten. Aber nur mit mäßigem Erfolg. Es ließ sich nicht schmelzen und formen.

Hangameh käme es nicht in den Sinn, zu behaupten, dass dieses Glas ihr gehörte. Es gehörte Mora, sie besaß dieses Glas, dieses Wunder nicht. Ein Dutzend Scheiben, mit Blei eingefasst, jede hatte eine andere Farbe. Wenn man durch die kleine, blaue Scheibe sah, wirkte es fast, als ob das Meer gesund wäre. Hangameh schritt die Reihe ab, besah sich das Meer in rot und gelb und grün. Sie dachte an Ambro und auch daran, was hier passiert sein musste. Wer hatte die Fenster gefertigt, warum hatte er aufgehört? Es wirkte, als sei Leotrim unfertig. Unterbrochen. Sie berührte mit den Fingern das kalte Glas. Es war unten dicker also oben, so als wäre es über die Zeit müde geworden. Irgendwann würde sie Ambro hier herführen, ihn fragen, was er davon hielt. Ihn fragen, ob er mit ihr nach der Antwort suchen wollte.

***

Mora, die Drachenschildkröte, hatte Hangameh gehört, natürlich. Manchmal kam das Mädchen zu ihr, kraulte ihr mit den Fingernägeln den dicken Panzer und blieb einen Nachmittag bei ihr. Nur um nicht allein zu sein. Als Dakota noch bei ihr gelebt hatte, waren die Besuche spärlicher geworden. Mora bewegte sich langsam, sehr, sehr langsam. Sie war alt, aber es war auch das Wetter, das ihr zu schaffen machte. Sie benötigte Wärme. Wenn die Sonne ihren Panzer und darüber ihr Innerstes aufgeheizt hatte, waren ihre Bewegungen geschmeidiger, flüssiger. Sie musste, wenn sie ging, ihren Panzer hochheben, ihr fehlte inzwischen die Kraft für lange Strecken. Mora schlief viel.

Hangameh hatte wenig Mühe, die Drachenschildkröte zu finden. Ja, die Gänge, Tunnel und Stollen waren weit verzweigt. Doch Mora war inzwischen so groß, dass sie alle Schlufs mied. Einmal war sie stecken geblieben. Lange bevor Dakota geboren worden war. Mora hatte jämmerlich gebrummt, viel mehr war ihr nicht möglich in ihrem Elend. Sie hatte keine Menschenworte für ihre Lage. Hangameh hatte sie gefunden und das Gestein, das sie links und rechts am Weiterkommen hinderte, mit einem Hammer weggeklopft, bis sie wieder frei war.

»Arme Mora«, hatte Hangameh gesagt und ihren großen, grünen Kopf getätschelt. Sie war so erschöpft gewesen nach der Aufregung, dass sie an Ort und Stelle einschlief. Hangameh war bei ihr geblieben. Sie sagte, es wären zwei Tage gewesen. Mora hatte keinen Begriff von Zeit, es spielte keine Rolle. Sie schlief, solange sie Schlaf benötigte. Vier oder fünf Mondphasen, wenn nötig.

Mora spürte, dass Hangameh auf dem Weg zu ihr war, sie hörte ihre kleinen Schritte unter Tage. Momentan blieb sie oft in derselben Kammer, nahe der Küste, mit einem großen Fenster. So konnte sie die Sonne sehen, von dem Moment, als sie aufging, bis in den späten Nachmittag hinein. Kaum ein anderer Ort bot so viele Sonnenstrahlen wie dieser. Er lag nicht zufällig in der Nähe des *Regenbogens.*

Hangameh stand bald darauf im Eingang dieser Kammer und wartete auf Einlass. Es wäre unhöflich gewesen, einfach hineinzumarschieren, als wäre dies ihr Zuhause. Mora öffnete ihre Augen, schwarz und rund, alt und wissend. Das war die Einladung: *Ich bin wach.*

Die Bezeichnung *Kammer* war eigentlich nicht ganz richtig. Eine Kammer war ein geschlossener Raum. Und ein Fenster eine eher kleine Öffnung in einer Wand, zu der man hinausschauen konnte. Moras Kammer aber war mehr eine halbe Höhle, eine, in die sie bequem hineinpasste, ohne sich irgendwo zu stoßen, ohne stecken zu bleiben, mit einem fantastischen Blick übers Meer. Das Gestein war auch hier schwarz oder schwarzgrau. Wenn Hangameh daran herumpulte, lösten sich ganze Brocken mit Leichtigkeit.

Hangameh konnte in der Höhle aufrecht stehen, noch überragte die Drachenschildkröte sie nicht. Sie wusste nicht, wer von ihnen beiden zuerst da gewesen war, Mora oder sie selbst. Doch sie erinnerte sich gut daran, dass Mora einmal eine kleine, putzige Schildkröte gewesen war, die sie sogar hochheben und herumtragen konnte. Damals war Mora an warmen Tagen hektisch gerannt, Hangameh hätte ihr Fortkommen beinahe als schnell bezeichnet.

Sie setzte sich an die Kante der Halbhöhle und sah sich um. Die Rundung der Decke glich erstaunlich genau der Rundung von Moras Panzer. Mora konnte sich zweimal zurückziehen, in ihre Höhle und in ihr Inneres.

Sie schauten hinaus aufs Meer, das friedlich dalag, ein seltener Anblick. Eine leichte Brise wehte, die Wellen schwappten gemächlich ans Land, selbst der Geruch war nicht so beißend wie sonst.

Hangameh betrachtete Mora aus den Augenwinkeln. Die Drachenschildkröte war gewachsen. In die Breite, in die Höhe, und sie fragte sich, wann sie das letzte Mal hier gewesen war. Sie schämte sich ein bisschen.

Mora hielt still und wartete darauf, gekrault zu werden. Hinten am Rücken, dort mochte sie die Fingernägel des Mädchens am liebsten.

Hangameh tat ihr den Gefallen. Die leicht gewölbten Hornschuppen erinnerten Hangameh immer an die Erddrachen. Mora hatte viel gemeinsam mit ihnen. Die kräftigen Beine, die Krallen, die Schuppen. Je nach Blickwinkel und Sonneneinstrahlung schimmerte ihr Panzer in einer anderen Farbe. Sie blieb immer grün, doch die Schattierung variierte. Mit viel Licht, früh am Morgen, glänzte ihr Rücken fast so sehr wie das glitzernd grüne Meerwasser an einem schönen Sonnentag. Abends, sobald die Sonne im Meer verschwand, wirkte ihr Rücken wie eine Tanne, dunkel und geheimnisvoll, kurz bevor die Dunkeltage kamen. Es gab auch Momente, da ließ sich Mora von Hangameh füttern und zeigte dabei eine fleischige, rosa Zunge, worüber Hangameh jedes Mal lachen musste. Wenn man ihre Zunge sah, meinte man, es mit einem kleinen Kind zu tun zu haben. Dakota hatte als kleines Kind auch immer den Mund weit aufgesperrt und ihre Zunge herausgestreckt, wenn Hangameh ihr eine Leckerei versprach.

»Ich wünschte, ich hätte dir ein paar Erdbeeren mitgebracht. Die magst du so gern.«

»Die Zeit der Erdbeeren ist vorbei«, sagte die Schildkröte. Sie sprach das, was Hangameh und andere Bewohner von Leotrim »mowarisch« nannten. Eine andere Sprache

konnte sie nicht. Menschen brauchten immer für alles eine Erklärung, eine Bezeichnung. Ein Fenster war ein Fenster, wie immer man es auch nannte. Durch ein Fenster konnte man von außen nach innen schauen. Und umgekehrt. Mora akzeptierte derlei Dinge. Menschen benannten sie. Dann fühlten sie sich besser, sicherer. Eine Welt mit Öffnungen, die keinen Namen hatten, das war wie eine Welt, in der ein Mensch die Gedanken eines Drachen hören konnte, ohne eine vernünftige Erklärung. Das ging nicht. Mora hätte darüber gelacht – wenn ihr Schnabel ein Lächeln zugelassen hätte. Ihre Mundwinkel zeigten ganz leicht nach unten, das war ihre Anatomie. Dagegen ließ sich nichts tun. Ein oberflächlicher Beobachter hätte angenommen, sie habe einen missmutigen Charakter, sie wäre eine alte, kratzbürstige Dame. Hangameh wusste es besser. Jedes Mal, wenn sie der Drachenschildkröte den Rücken kratzte, schob diese ihren massigen Körper hin und her, in kantigen, stockenden Bewegungen und brummte wohlig.

»Erzähl mir, was dich bedrückt, kleine Hangameh«, sagte Mora schließlich.

IN SILVÁNS HÖHLE

Ambro und Norwin nächtigten in der Höhle, die Silván einmal bewohnt hatte. Sie sah wie jede andere Höhle aus, es war kaum ein Unterschied auszumachen. Es gab eine Feuerstelle, mit Steinen eingefasst, und einen Rauchabzug in der Höhlendecke. Das waren die einzigen sichtbaren Unterschiede. Die vom Schmied gefertigte Feuerschale, auf drei Füßen stehend, fehlte. Aber ein Drache benötigte wohl auch keine Feuerschale.

Norwin schnüffelte und lief einmal durch die Höhle, er kam bald zurück, die Höhle war nicht sehr groß. Das Nest war zerfallen und alles andere als gemütlich, sie würden auf dem Boden beim Feuer schlafen. Ambro hatte sogleich Holz gesammelt und ein Feuer entzündet. Im Schein der Flammen packte er seinen Tornister aus. Immer wieder prüfte er, ob alles noch da war. Sein Papier, seine Stifte, sein Salz. Norwin interessierte das wenig. Er suchte erst nach Wasser, aber nicht lange. In der Höhle gab es eine Quelle. Silván war nicht dumm, er musste diesen Ort für sich ausgewählt haben, weil ein kleines Rinnsal an einer der Felswände hinablief. Norwin leckte das fließende Wasser von der Wand. Dann suchte er nach etwas Essbarem und nebenbei betrachtete er die Höhlenmalereien in Silváns altem Heim.

»Hast du schon mal Schlange gegessen?«, fragte Norwin aus irgendeinem Winkel. Ambro konnte ihn nicht sehen.

»Ja«, sagte Ambro wenig begeistert. Etwas anderes wäre ihm lieber, aber die Vorräte, die Idris ihnen mitgegeben hatte, wollte er nicht gleich im ersten Unterschlupf aufbrauchen. Wer wusste, wann sie wieder eine Höhle fanden und wann es richtig kalt werden würde.

Vor der Höhle – der Eingang war gut versteckt – stand eine Kastanie. Ambro ging hinaus und sammelte einige Früchte, die meisten waren schon aufgeplatzt, er hatte keine Mühe, die Kastanien aus ihrer stacheligen Hülle zu befreien. Er selbst konnte sie nicht essen, sie waren giftig für ihn, aber Norwin schmeckten sie außerordentlich gut.

Norwin, in seinem dunklen Winkel der Höhle, beäugte die Schlange, die ihn dort bedrohlich anzischte, ging dann auf sie zu und biss ihr mit einem *Happs* den Kopf ab. Der Körper wand sich noch einige Augenblicke, er wartete ab und schnüffelte, ob noch irgendwo ein Bewohner in der Höhle war, der seinem *Broder* gefährlich werden könnte. Er kaute nicht, sondern schluckte einen Teil der Schlange einfach und befand, Fisch schmeckte ihm besser.

Außer Ambro, der ein merkwürdiges Klack-Geräusch machte, hörte er nichts. Seine Nase nahm Verschiedenes wahr, aber nichts Bedrohliches. Der alte Geruch von Silván, einem Menschenkind, nasser Erde und Rauch. *Der Abzug muss verstopft sein,* dachte er.

Mit den Zähnen hob er den schlaffen Rest der Schlange an und trug ihn zum Feuer. Ambro kam eben, mit den Armen voller Kastanien, zurück in die Höhle und ließ sie vorsichtig zu Boden fallen. Einige wollten davonrollen, er schnappte sie aber sofort und legte sie zurück auf den Haufen.

»Das ist also unser Abendessen?«

»Irgendwas stimmt mit dem Rauchabzug nicht.«

Während Ambro das Abendessen zubereitete, kletterte Norwin außen die moosbewachsenen Felsen hinauf, entdeckte das Loch des Abzugs und befreite es geschickt mit seinen Krallen von Gras und Erde. Es war beinahe zugewachsen. Norwin konnte nichts Gefährliches sehen oder riechen und doch war jeder Muskel in seinem Körper angespannt. Etwas sagte ihm, ein Gefühl, sein Instinkt, dass er auf Ambro noch besser aufpassen musste.

Er kehrte zurück in die Höhle. Die Kastanien rösteten im Feuer und verbreiteten einen herrlichen Geruch. Ambro stand mit einer Fackel vor einer der Malereien und betrachtete sie neugierig.

»Hast du so was schon mal gesehen?«, fragte er, ohne sich nach Norwin umzudrehen.

»Ja, das ist Lavendel.«

»Lavendel«, sagte Ambro laut und ließ das Wort auf der Zunge zergehen wie ein Bonbon.

Norwin richtete sich hinter Ambro auf, berührte mit einer Kralle eine Stelle an der Wand.

»Bark«, las Ambro. *»Sie muss das gemalt haben.«*

»Ein Blumenfeld. Es muss in der Nähe sein. Ich rieche es.«

»Können wir da hin? Ich habe noch nie so eine schöne Farbe gesehen.«

Norwin legte den Kopf schief und betrachtete das Werk von Bark. Die ganze Höhlenwand war lila. Grün und lila. Er hatte so etwas schon gesehen. Während der Sonnentage, am Fuß der Himmelsberge. Dort gab es sehr große Felder. Lavendel roch für Norwin nach Sonnentagen und seinem Zuhause.

»Los, lass uns das Feld suchen!«

Ambro steckte die Fackel in eine Halterung an der Wand und rannte hinaus. Er kniff die Augen zusammen, der Himmel wirkte, als würde er brennen. Die Sonne war noch nicht untergegangen. Aber sie war auf dem Weg zur Nachtruhe. Norwin folgte ihm, hob die Nase in den Wind und ignorierte sein ungutes Gefühl.

Es dämmerte bereits, als sie das Lavendelfeld fanden. In der Mittagssonne wäre es sicher schöner gewesen, zudem waren schon einige Blumen verblüht. Das kräftige Lila war schon beinahe braun gewichen. Die Spättage kamen immer deutlicher zum Vorschein. Das störte sie aber nicht. Ambro durchstreifte das Feld, ein kniehoher Teppich aus Lila. Der Geruch ließ Ambro schwindeln. Jedes Mal, wenn er eine Blüte berührte, schien sie ihn benebeln zu wollen. Norwin dagegen genoss es in vollen Zügen. Er drückte sich auf den Boden, tauchte ein in das Blumenmeer, verschwand darin wie ein Wasserdrache im kühlen Nass. Ambro konnte hören, wie sein *Smok* Luft einsog, den Duft inhalierte, trunken wurde am Blütenstaub. Ambro lächelte. Er meinte, diesen Geruch noch in der Nase zu haben, als er in der Nacht von seiner Mutter träumte.

***

»Mama, wie ist das, wenn dein Drache endlich mit dir spricht?«

»Das ist schön, Ambro. Sei nicht so ungeduldig. Du konzentrierst dich zu sehr auf Worte. Eine Verbindung ist inniger, mehr als Worte.«

Ambro sah sie fragend an. Was gab es denn noch mehr? Die Antwort genügte ihm nicht und die Mutter überlegte.

»Es ist so …«, fing sie zögerlich an. »Tara und ich denken nicht *Ich* oder *Du*. Sondern *Wir*. Wir denken zusammen. Ich brauche keine Worte. Sie braucht auch keine. Manchmal denke ich, so muss es gewesen sein, als ich im Bauch meiner Mutter war. Sie hat mich versorgt, ohne dass ich sagen musste, was ich brauche.«

Sie lächelte, fast verlegen. Sie kam sich dumm vor, das laut gesagt zu haben. Tara hätte das verstanden. Aber für Ambro musste es sich wie Unsinn anhören. Sentimentaler Unsinn. Mit dem Handballen wischte sie vorsichtig ihr Lächeln weg und wurde ernst. »Wir Menschen können das nicht so gut untereinander.«

Ambro sah seine Mutter aufmerksam an. Er lächelte nicht, kicherte nicht. Er war viel zu ernst für ein Kind seines Alters, fand Smilla. Das machte sie traurig. Er sollte albern sein, herumtollen, die Zeit genießen. Er war seinem Vater so ähnlich. Smilla küsste seine Stirn, dafür musste sie seine blonden Locken beiseiteschieben. Nachdenklich betrachtete sie Stirn, Haaransatz, ihre eigenen Finger in seinem Schopf.

»Mama?«, fragte Ambro besorgt.

Er wusste nicht, was seine Mutter traurig machte, doch er spürte ihren Kummer.

»Wir erklären zu viel und fühlen zu wenig. Mit den Drachen ist es anders. Leichter. Da kannst du auch mal etwas Dummes denken, dein *Smok* wird darüber nicht lachen, weil er das Gefühl dazu kennt, weil er versteht, was du *gemeint* hast.« Smilla ließ Ambros Haare, seinen Kopf los und sah ihm in die Augen. »Vor Norwin brauchst du dich nicht genieren.«

»Okay«, flüsterte Ambro und nickte. Er verstand immer noch nicht, was sie ihm sagen wollte. Die Schwere der Situation bedrückte ihn.

»Hab ein bisschen Geduld«, sagte Smilla und nahm ihre Handarbeit wieder auf.

Norwin hatte alles gehört. Er lag im Blumenbeet versteckt. Der Flieder wuchs so hoch, dass der Drache im leuchtenden Lila völlig verschwand. Die Mutter hatte diverse Blumenbeete rund um den Stamm der Linde angelegt. Eigentlich durfte er hier nicht liegen, weil sie fand, dass er ihre Blumen platt drückte. Er mochte aber den Geruch von Flieder und er war hier dem Vater nah, der abends in seiner Hängematte lag und Pfeife rauchte. Die Matte hing zwischen zwei starken Ästen der Linde, schaukelte leicht und der würzige Geruch der Pfeife waberte in kleinen Schwaden zu Norwin herüber. Wenn er hier lag, wusste der Vater sehr wohl, dass Norwin da war. Für gewöhnlich schnitzte er eine Kleinigkeit für Norwin. Der Drache hatte ihm viele Male zugesehen und die Figuren anschließend in die Kammer hinaufgetragen. Sein Nest war gesäumt von Bären, Ochsen und kleinen Drachen. Zuletzt hatte der Vater einen Biber geschnitzt, der Kleinste der Sammlung. Norwin war zu faul, um den Lindenbaum hochzusteigen und seine Figuren zu holen, obwohl er Lust hatte, sie anzusehen und damit zu spielen. Er hatte viel nachzudenken, daher blieb er zusammengerollt liegen.

Einen Broder lacht man nicht aus, dachte er. *Innig* hatte Smilla gesagt. *Wie bei Mutter.* Norwin vermisste seine Mutter.

***

Ambro erwachte und versuchte, zu verstehen, was dieser Traum bedeuten mochte. Er setzte sich auf, müde, mit schweren Augen. Er musste sich einen Augenblick orientieren, wo er war, *wann* er war. Dann hatte er sich wieder. Hier, jetzt, Silváns Höhle. Sein Zuhause war weit weg. Eine Unterhaltung wie diese hatte es nie gegeben. Oder doch? Die Figuren … die hatte der Vater ihm geschnitzt, nicht Norwin. Das waren seine Spielsachen gewesen. Ambro betrachtete seinen schlafenden *Smok* neben sich.

Da war seine Mutter gewesen und Lavendel. Nein, zu Hause hatten sie keinen Lavendel. In den Töpfen und Blumenbeeten wuchsen andere Pflanzen. Nichts davon roch so intensiv, nichts davon vermittelte ihm Zuversicht, auch der Flieder nicht. Es ging wohl um ihre Beziehung, darum, nicht über den anderen zu lachen. Darum, eine starke Verbindung zu pflegen. Ambro dachte bis dahin, sie hätten eine ebensolche Beziehung. Verwirrt schüttelte er den Kopf. Er erinnerte sich, dass er ungeduldig gewesen war. Es hatte lange gedauert, bis er das *Mowaren* entdeckt hatte. Nun konnte er es doch …

Norwin lag auf dem Bauch, sein Kopf auf den Vorderpfoten, die Flügel hatte er leicht vom Körper abgespreizt. So sahen seine Flügel normalerweise aus, wenn er ging. Ambro hatte noch nie gesehen, dass Norwin das im Schlaf auch machte. Was er wohl träumte? Ob er vom Fliegen träumte? Ambro streichelte seinen Drachen am Rücken zwischen den Schulterblättern. Seine Flügel ragten aus dem Rücken wie kräftige Baumwurzeln. Die Stelle, die Ambro berührte, war schuppig und rau, ihm kam der Gedanke, dass sich genau dort unter der Haut Norwins Seele befand. Fast ungeschützt. Wenn er die Flügel anlegte, war sein Rücken bis zur Schwanzspitze mit dunkelblauen, dichten Federn bedeckt wie von einem blauen Schutzmantel. Nur diese eine Stelle ... Ambro sah eine Mutter. Nicht seine. Eine andere. Norwins. Wie ein Blitz durchfuhr ihn das Bild. Ein großer, alter Drache. Ein brauner Drache. Nein blau. Nein, doch braun? Ambro ging näher heran, als könnte er das Bild auf Norwins schuppiger

Haut sehen. Aber da war nichts. Blau. Und weiß. Sein Name stand dort. Und doch. Jemand sah ihn an. »Die Mutter aller Wasser, sie hat mich gerufen«, flüsterte er. Ohne zu wissen, was er da sagte.

FEUER

W-wir sollten etwas probieren«, sagte Krywult und hielt Dakota eine Handvoll Holzspäne hin. Natürlich passierte nichts, als sie die Späne anfasste. Wie schon die Jahre zuvor nichts passiert war. Sie entfachte Feuer wie jeder andere auch. So wie Hangameh es ihr gezeigt hatte: indem sie Funken schlug mit einem Feuerstein und einem Pyrit. Sie lächelte verlegen und gab ihm die Holzspäne zurück. Enttäuscht ließ er die Schultern hängen. Krywult wusste nicht genug über Feuerdrachen, um auf eine weitere Idee zu kommen. Er hatte keine Ahnung von Feuergas und tiefere Überlegungen hätten ihm im Zusammenhang mit Dakota nur ein vulgäres Kichern entlockt. Sie musste einem Feuerdrachen begegnen, um das Geheimnis, wie man Feuer gab, zu erfahren.

Das Dorf hatte sich wieder beruhigt nach dem Vorfall mit Videt. Aber die Bewohner schlichen immer noch um sie herum und beäugten sie. Dakota konnte nicht sagen, ob argwöhnisch oder nur neugierig. Krywult wollte sie wieder verstecken und sie davon abhalten, viel vor die Tür zu gehen. Dakota wollte davon nichts wissen. Sie hatte sich lange genug in einer Höhle versteckt. Es gab Menschen, die Dinge über sie wussten. Und diese erfuhr sie nicht, indem sie sich versteckte. Sie hatte es satt. Und so saß sie auf dem Dorfplatz bei der Feuerschale und beäugte ihrerseits die Leute. Nur neugierig. Allabendlich wurde geschaukelt, es wurden Wettbewerbe veranstaltet, gelacht, geredet, gestritten. Dakota hatte bei Hangameh nie erlebt, wie wichtig es war, recht zu haben. Hier entbrannten hitzige Diskussionen um Nichtigkeiten, selten böse, aber mit Nachdruck. Sie lächelte darüber.

Dakota war es immer zu warm. Auch jetzt, am Feuer. Während andere schon mehrere Schichten Kleidung trugen, mit Handschuhen und drei Paar Socken, legte sie sich nicht einmal einen Schal um und verzichtete völlig auf Mützen. Sie schwitzte viel und trug wenig. Meistens nur ein einfaches Leinenkleid. Bei Hangameh hatte sie nie Kleidung benötigt, die irgendeine Zugehörigkeit darstellte. Selbst der Mantel, den ihr Hangameh auf den Weg mitgegeben hatte, war ihr mehr als lästig. Sie zog ihn aus und legte ihn sorgsam zusammengefaltet neben sich auf den Baumstamm, auf dem sie saß.

Dakota hielt Ausschau nach Leif, dem Mann, der geschickt worden war, um mit ihr zu reden. Sie entdeckte Kiron, den Feuerdrachen von Leif, und sah ihn auf sich zukommen. Sie kannte seinen Namen, weil sie Krywult nach allen Namen der Feuerfamilien gefragt hatte. Kiron kam langsam, schüchtern. Er machte kleine Schritte mit den Hinterläufen, nein: Hüpfer. Er breitete seine Flügel aus, schlug einmal damit und hüpfte ein Stück nach vorn. Dann hielt er inne, die Flügel nicht angelegt, sondern halb ausgebreitet, wie ein großes, auf dem Kopf stehendes, V. Dakota belustigte der Anblick. Sie stand auf und kam ihm drei Schritte entgegen.

Er hüpfte ein weiteres Stück auf sie zu, durch die Menge hindurch, kaum einer achtete auf ihn, ein Schaukelwettbewerb war mitten im Gange. Die Kontrahenten standen kurz vor dem Überschlag, der aufregendsten Zeit. Wer hier müde wurde und an Kraft verlor, schaffte den Überschlag nicht. Zu verlieren war eine Sache, es gar nicht zu schaffen: eine Blamage. Den Kindern sah man das noch nach, den Erwachsenen nicht. Wer beim Wettbewerb versagte, war für Tage das Gespött auf dem Dorfplatz. Zumindest bis ein anderer verlor.

Kiron war ein stattlicher Drache, dreimal so groß wie Leif. Dakota musste ihren Kopf in den Nacken legen, um zu ihm aufsehen zu können. Er ließ sich nieder, auf alle Viere, um es ihr leichter zu machen. Er war so rot wie gebrannter Ton, Dakota streckte die Hand nach ihm aus und war nicht überrascht. Seine Schuppen waren warm und weich. Nicht kalt und glatt wie die Rautenschuppen der Wasserdrachen. Er ließ ihre Berührung zu und hielt still. Ein weicher, dunkler Flaum bedeckte seine Flügel, Dakota hatte das bei Fledermäusen schon gesehen. Bisher war sie eigentlich nur Rem so nahe gekommen. Andere Drachen kannte sie nicht. Kiron hatte so gar nichts mit Rem gemeinsam. Rems Augen waren dunkelgrün, manchmal wirkten sie fast schwarz. Er war schnell und wendig und natürlich war seine Haut so gut wie immer feucht und wie das Meer hatte er etwas Kaltes, Distanziertes an sich. Er war ihr seit Jahren ein guter Freund und doch war es Kiron, ein Fremder, der … ja, was? Wie sie war? Der sie verstand? Ihr Wesen, ihre Art.

»Darf ich die Sichel berühren?«, fragte er. Seine mowarische Stimme klang in ihr nicht wie ein Fremdkörper, sondern wie ein Funke, warm und hell. Sie hatte nichts dagegen. Warum auch? Hangameh hatte immer mit Dra-

chen gesprochen, mit denen sie nicht verbunden war. Dakota hatte keinen Gedanken für Leif übrig.

Kirons heißer Atem berührte ihre Haut, Dakota begann, zu glühen. Sie war wohl aufgeregter, als sie sich eingestehen wollte. Als die Nase des Drachen die Haut von Dakota berührte, stoben Funken auf. Erschrocken wichen sie voreinander zurück.

Der Drache drückte seinen ganzen Körper zu Boden, in die staubige Erde des Dorfplatzes, und sah ihr direkt in die Augen. Dakota berührte ihre Wange. Die Hitze, die von ihr ausging, war überwältigend.

Krywult, der sich im Hintergrund gehalten, aber alles mit angesehen hatte, stotterte.

»W-wie ... Äh. W-Was …?« Die Frage lag Krywult auf der Zunge, doch er brachte sie nicht über die Lippen. Dakota hielt ihre Wange, als könnte sie plötzlich zu brennen anfangen. Ängstlich sah sie von einem zum anderen.

»Was passiert hier?«, fragte sie schließlich mit piepsiger Stimme.

»Du gibst Feuer«, sagte der Drache mit tiefer Stimme. Er klang beeindruckt. Kein bisschen ängstlich. *»Schwester«,* fügte er an und richtete sich wieder auf. Dakota bemerkte sehr wohl, dass er nicht *Siostra* gesagt hatte. Eine *Siostra,* das war ein Menschenkind, das mit einem Drachen verbunden wurde. Dakota war keine *Siostra,* sie war kein Menschenkind. Sie sah aus wie eines, aber der Drache machte ihr durch sein Erkennen klar, dass sie nicht wie die anderen, nicht wie Krywult und die Menschen von Leotrim war. Was immer ihr Mal bedeuten mochte, es trennte sie von den anderen, es machte sie zu etwas, für das sie noch keinen Namen hatte.

Als sie noch ein kleines Mädchen gewesen war, hatte sie wenig gesprochen. Das Mowaren, diese einzigartige Verbindung zwischen Mensch und Drache, hatte ihr niemand erklären müssen. Dakota dachte an Hangameh und daran, dass der Umgang mit ihr viel schwieriger gewesen war als mit Rem. Er war nicht einmal ein Feuerdrache. Sie fragte sich kurz, wie ihr Leben verlaufen wäre, wenn ein Feuerdrache damals am Strand gewesen wäre und ihr alle Geheimnisse des Feuers offenbart hätte. Ihre Sichel, das Glühen ihrer Haut und ihrer Haare und ihr Gefühl von Zuhause tief im Archiv.

Dakota betrachtete nachdenklich ihre Hände und die mit Sommersprossen bedeckte, helle Haut. Sie hatte keine Schuppen, keine Krallen, keine Flügel. *Vielleicht,* dachte sie schüchtern, *vielleicht habe ich nur sein Feuer bekommen und alles andere von ihr.*

Sie versuchte sich vorsichtig an zwei Silben. Zwei, die sie noch nie laut ausgesprochen hatte. »Ma-ma.«

NEUE WEGE

Ich hatte einen wirklich merkwürdigen Traum«, begann Ambro beim Frühstück. Er redete sich ein, dass es ein Traum gewesen sein musste, denn anders konnte er sich nicht erklären, was er da auf Norwins Körper gesehen hatte.

Norwin hatte die Kastanien am Vorabend gefressen und machte sich nun über seinen Vorrat an Hagebutten her. Die Schlange hatte ihm nicht geschmeckt. Er hoffte auf frischen Fisch, sobald sie wieder in der Nähe eines Flusses waren.

»Von meiner Mutter.«

Ambro sah seinen *Smok* lange an. *»Hattest du denselben …?«*

»Ja.«

»Was denkst du, bedeutet das?«

Norwin kaute gemächlich, Ambro konnte das Malmen seiner Zähne hören.

»Vielleicht«, begann der Drache und fraß weitere Hagebutten behutsam aus Ambros Hand, *»sollten wir zu meiner Mutter, statt zu deiner.«*

Norwin ließ eine Pause entstehen, er kaute, überlegte und wählte seine Worte mit Bedacht.

»Ich glaube, sie hat dich gerufen. Das hat nichts mit Nev zu tun. Auch nicht mit dem, was in Burry passiert ist und die Leute so erschreckt hat, dass sie davongelaufen sind.«

Norwin hatte noch nie so viel gesagt. Ambro dachte darüber nach. Er fühlte sich verloren zwischen all den Ereignissen.

Tara hatte die Himmelsberge auf die Felswand gemalt. Ambro kaute lustlos an den Resten von gestern herum. Das Fleisch war inzwischen zäh. Die Schlange hatte auch ihm nicht geschmeckt, aber er durfte in seiner Situation nicht wählerisch sein. Er hatte sie in Scheiben geschnitten und angebraten. Natürlich schmeckte es zu Hause, wenn seine Mutter oder sein Vater das Essen zubereitet hatten, besser. Da musste er sich nur hinsetzen, essen und von seinem Tag erzählen. Er fragte sich nun, ob er sich für die *tiefen Berge* entschieden hatte, weil er genau das wollte: bei seiner Mutter und den Ahnen sein und keinen Auftrag mehr erfüllen müssen. Es war so viel einfacher, wenn man einen Platz hatte, wo man hingehörte. *Wo gehöre ich denn hin?*, fragte er sich und seufzte.

»Hangameh hat gesagt, dass sie nicht hinter die Himmelsberge kann.«

»Die Himmelsberge suchen nur Männer auf, deren Gefährtinnen schwanger gehen.«

»Hindert uns das?«, fragte Ambro. *»Du kennst den Weg. Du bist ein Drache. Gibt es irgendwas, das* dich *hindert, in die Himmelsberge zu gehen? Das ist doch dein … «*, Zuhause wollte Ambro sagen und spürte, dass es die Wahrheit war. Sie waren verbunden, sie hatten ihr blaues Band und doch war nicht Burry seine Heimat, sondern die Himmelsberge.

Norwin schüttelte schweigend den Kopf und schnaubte. Er wollte seine Mutter wiedersehen. So war der Entschluss schnell gefasst, eine andere Richtung einzuschlagen. Sein ungutes Gefühl aber blieb.

Sie packten ihre Habseligkeiten zusammen und machten sich wieder auf den Weg. Sie gingen schweigend nebeneinander her.

»Findest du es eigentlich merkwürdig, dass wir immer wieder auf Silváns Spuren stoßen?«, fragte Ambro irgendwann. Die Sonne stand noch nicht im Zenit.

»Nein«, brummte Norwin. *»Findest du es merkwürdig, dass dich das tröstet?«*

Ambro ließ die Frage unbeantwortet. Es stimmte. Immer, wenn er ein Puzzlestück von Silván fand, eine Geschichte, einen Ort, auch nur die Erwähnung von ihm, fühlte er sich besser.

***

Die beiden trafen erst einige Tage später, in Einar, wieder auf Menschen. Ambro schockierte der Anblick dieser riesigen Waldstadt. Sein Vater hatte ihm von Orten erzählt, wo unzählige Menschen eng zusammenlebten. Aber es zu sehen war eine ganz andere Sache. Allein der Marktplatz mit seinen Ständen und Händlern war größer als alles, was Ambro je gesehen hatte. Er und Norwin gingen in der Masse unter. Die Wege waren gepflastert, jeder Baum sah mit seinen verschiedenen Ebenen aus wie seine Schule. Nur größer. Es gab kleine Hütten, übereinander gestapelt. Zwei- oder dreistöckig, nur über eine Leiter zu erreichen. Das konnte doch nur eine einzelne Kammer sein, fand Ambro und beobachtete seine Umgebung mit entsetzter Neugier. Er starrte die Menschen regelrecht an. Hier gab es Drachenbäume sowie Eichen, Ahorn und Erlen bunt gemischt. Aber auch einige Lindenbäume, die dreimal so groß waren wie sein Zuhause. Ganz Burry könnte in einem davon leben. Ambro staunte und staunte. Offensichtlich war hier niemand geflohen, es hatte keine Bedrohung am Himmel gegeben.

Ambro und Norwin erreichten den Marktplatz, der Gestank dort war atemraubend. Ambro atmete durch den Mund, ihm war schwindelig. Wie zu Hause auch, boten Markthändler ihre Waren an, aber die Nutztiere bewegten sich zwischen den Menschen und Ständen, als wären sie auf einer Weide. Der Boden war bedeckt von Kot, Stroh und Pisse. Er war schlammig, Ambro befürchtete, seine Schuhe zu verlieren, weil das ekelhafte Gemisch wie klamme Hände nach ihm griff und zog und zerrte. Mühselig hob er seine Füße, das Gehen glich einem Kampf. Ambro rümpfte die Nase, zog die Stirn kraus und wollte Einar schnellstmöglich hinter sich lassen. Augenblicklich. Hier konnte und wollte er nicht bleiben. Ständig wurde er angerempelt, die Leute übersahen ihn, wäre Norwin nicht gewesen, er hätte nach drei Schritten auf dem Marktplatz schon im Schlamm gesessen. Norwin drängte sich an ihn und Ambro stützte sich an seinem *Smok* ab. So war er wenigstens von einer Seite geschützt. Es waren zu viele Menschen und zwischen ihnen Gänse und Hühner und Ochsen und Pferde, eine ganze stinkende Schafherde und nervöse Hunde. Ambro fühlte sich, als würde er gerade überfallen werden. Es ängstigte ihn, dass so viele Menschen und Tiere größer waren als er.

Sie kamen zum Rondell, daneben waren vier große Schaukeln aufgebaut. Ambro entdeckte eine, die größer war als alle, die er je gesehen hatte. Das Schaukelbrett war so groß, Ambro schätzte, dass darauf mindestens sechs erwachsene Männer stehen könnten. Die Schaukel überragte das Dach des Rondells mindestens drei Mann hoch. Das Schaukelbrett war mit sechs Streben am Schaukeloberbalken befestigt, die dem Brett Stabilität geben mochten und zum Festhalten während des Schaukelns gedacht waren. Die seitlichen Schaukelständer bestanden aus dicken Baumstämmen, die Überschlagachse war seitlich nochmals eingefasst. Ambro staunte mit offenem Mund.

»Na, willst du es versuchen, Junge?«, fragte ein bärtiger Hüne mit klobigen Händen. Er rieb zwei Stücke Gold aneinander, zwischen Daumen und Zeigefinger. Ambro fand ihn sofort unsympathisch, sein Lächeln gefiel ihm nicht, es sah falsch aus. Er war schwarz gekleidet, in Leder und Fell, Ambro konnte keine Farbe erkennen, die seine Zugehörigkeit zu einer Riege bekundete. Auch das fand er befremdlich.

»Ich hab kein Geld«, sagte er und wich einen Schritt zurück.

»Die erste Runde ist kostenlos.« Der Mann spuckte aus. Ambro direkt vor die Füße. Norwin entwich ein kurzes Knurren.

»Halt deinen Drachen zurück, Junge. Du kannst auch mit Salz bezahlen. Du hast doch Salz. Ein Junge wie du. Vom Land. Du bist nicht von hier.«

»Nein, bin ich nicht. Glaubst du, mein Vater würde mir so etwas Wertvolles wie Salz anvertrauen?« Ambro drehte sich um, als würde er jemanden suchen. So, als wäre sein Vater nur wenige Schritte entfernt. Er legte seine Hand auf Norwins Rücken und versuchte, nicht an den Inhalt seines Tornisters zu denken.

»Nein, vermutlich nicht. Also, willst du?« Der Mann beugte sich zu ihm hinunter, um ihm direkt in die Augen sehen zu können. Es wirkte, als würde ihm dieses Hinabbeugen Schmerzen bereiten. Das Lächeln war verschwunden. Er stank aus dem Mund.

»Wenn du nicht fliegen kannst, solltest du wenigstens schaukeln können.«

Ambro starrte ihn wütend an. Er hatte also Norwins Flügel gesehen und die richtigen Schlüsse gezogen. Ambro ärgerte sich über die Bemerkung. Norwins wegen und seinetwegen. Er hatte noch nie auf einer Schaukel gestanden, zu Hause war er immer zu klein dafür gewesen. Die größeren Jungen hatten ihn nicht gelassen. Man musste einen *Smok* haben und die körperliche Stärke, seinen Platz auf der Schaukel zu beanspruchen. Ambro kam es vor, als wäre all das ein Leben lang her. Wäre er heute auf dem Marktplatz von Burry, wo es nur eine Schaukel gab und die Kinder auf dem Gerät der Erwachsenen bestehen mussten, wer wusste, wie es ihm zusammen mit Norwin ergehen würde … doch jetzt war er in Einar und wütend.

»Wir versuchen es«, sagte er bestimmt und meinte sich und Norwin. Der Drache setzte sich auf, streckte sich absichtlich lang, um dem Hünen zu zeigen, dass er von seiner Größe nicht beeindruckt war.

»Drachen schaukeln nicht«, sagte der herablassend. Ambro verdrehte genervt die Augen. Wie oft hatte er schon gehört, was Drachen tun oder nicht tun, er konnte es kaum zählen.

»Vielleicht sollte Norwin das selber entscheiden.«

Ambro legte seinen Tornister nicht ab, das fehlte noch, dass er seine Schätze ablegte, nicht nur das Salz, auch seine Stifte, das Papier und Hangamehs Karte, und bestohlen wurde, während er schaukelte.

Der Drache nahm seinen Platz ein und Ambro stellte sich ihm gegenüber auf die Plattform.

Obwohl Norwin inzwischen wesentlich größer als sein *Broder* war, auf der Schaukel waren sie gleich schwer.

Norwin stemmte seine Hinterläufe auf das Schaukelbrett, streckte sich lang und hielt sich mit den Vorderpfoten an den Holzstreben fest. Ambro tat es ihm nach. Norwin wickelte auch seinen Schwanz um eine der Streben, was ihm zusätzlich Halt gab. Bald schaukelten sie ganz ansehnlich, das ganze Gestell knarzte unter ihrem Gewicht. Sie waren weit entfernt vom Überschlag, dennoch schwitzte Ambro, aber er war glücklich. Wenn er schon nicht fliegen konnte, dann eben schaukeln. Da hatte der Mann schon recht. Ambro hörte, wie der Hüne Zerfass gerufen wurde. Zuschauer drängten um ihn, um die Schaukel, sie standen Körper an Körper, keine Hand hätte zwischen sie gepasst.

Norwin trieb sie höher und höher. Er machte sich klein, konzentrierte seine ganze Kraft auf einen Punkt, auf seine Hinterläufe. Er stand auf dem Schaukelbrett so weit außen wie nur möglich und machte sich erst lang, wenn er dran war, Ambro nach oben zu treiben, hoch und höher, als hätte er nie etwas anderes gemacht als schaukeln. Die Zuschauer grölten und johlten. Ambro bekam nur am Rande mit, wie zwei weitere Jungen, älter als er, die Schaukel neben ihnen bestiegen und ihrerseits schnell an Höhe gewannen. Ambro sah, dass der Hüne Geld einsammelte, er rupfte Geldstücke aus anderer Leute Händen wie seine Mutter wohl ein Huhn gerupft hätte. Energisch, mit Kraft. Bei dem Mann im Bärenfell kam noch eine gewisse Überheblichkeit hinzu, das falsche Lächeln war wieder da, als er lauthals Wetten annahm. Ambro befürchtete, Zerfass rupfe auch Finger ab und stecke sie selbstverständlich zu seinen Münzen in die Tasche.

»Guckt euch das an, Leute. Ein Krüppeldrache auf einer Schaukel. Wer will darauf setzen, dass der Bengel herunterfällt? *Hooou!*«, brüllte er.

Ambro wusste nicht, dass es eine Steigerung von Wut gab und fragte sich kurz, ob er den Mumm hatte …

»Ja«, sagte Norwin. Ja, sie wollten den Überschlag wagen. Ambro kniete sich am höchsten Punkt richtig hinein, machte es Norwin nach, drückte seine Füße mit aller Kraft in das Schaukelbrett. Sein Magen schaukelte mit. Die Blasen, die er immer noch an den Händen hatte, schmerzten unter dem Verband. Er hatte Mühe, sich festzuhalten. Der Kopf schwindelte und das Gebrüll der Leute verursachte ihm Kopfschmerzen.

»Gleich«, brummte Norwin. Leise, mowarisch, ruhig. Wieso war er so ruhig?

»Er wird seine Wette verlieren.« Norwin flüsterte. Das war unnötig, außer Ambro konnte ihn schließlich niemand hören. Ambro meinte, ein Lächeln zu spüren. Ein blaues, ruhiges Lächeln.

Sie hatten diesen einen Punkt knapp überschritten, diesen Punkt in der Luft, der exakt parallel zum Boden verlief, sie waren darüber. Aber es reichte nicht. Ambro hatte schon bei erwachsenen Männern gesehen, wie sie mit einer einzigen kraftvollen, fließenden Bewegung einen schönen Kreis schaukelten. Richtig gute Schaukler schafften mehrere Überschläge hintereinander. Ambro und Norwin machten das zum ersten Mal. Sie brauchten noch ein oder zwei Stöße, um es zu schaffen, um nicht zurückzupendeln wie Versager. Die Leute schrien: »Hooou!«

Einmal noch. Mit aller Kraft.

Einmal noch.

Die Menge jubelte. Ein Junge und sein Drache auf der Überschlagschaukel und dann noch so ein kleiner Bengel. Der Hüne lächelte nicht. Manch ein Goldstück wechselte den Besitzer, niemand war darüber glücklicher als Ambro. Er strahlte. Sein Magen überschlug sich noch, die Schaukel pendelte aus, sie stiegen ab, seine Beine zitterten. Er wusste nicht, ob der Anstrengung oder des

Glücksgefühls wegen. Wieder war es Norwin, der ihn stützte.

»Vielen Dank für den kostenlosen Flug«, sagte Ambro und torkelte davon. Fremde Hände tätschelten ihn, fuhren ihm durchs Haar, klopften ihm auf die Schulter.

»Hooou«, hörte er immer wieder. Jemand rief: »Das war ein Schlag!«

Eine Frau schenkte ihm einen Apfel, eine andere ein Stück Brot. Er hatte sie gut unterhalten, das war sein Lohn. Ambro fand hinter einem Marktstand einen Baumstamm, hier war weniger los, hier konnten sie sich hinsetzen und ausruhen. Ambro zerteilte mit seinem Messer, was er geschenkt bekommen hatte, und gab Norwin die Hälfte ab. Er sah sich nach dem Hünen namens Zerfass um. Als er ihn nicht entdecken konnte, prüfte er den Inhalt seines Tornisters. *Alles noch da.*

»Ich will hier weg«, sagte Ambro schließlich. *»Bis auf das Schaukeln ist es scheußlich hier.«*

KIRON

S*ieh nach oben«*, sagte der Feuerdrache.

Dakota tat es. Da war der aufgehende Mond, eine Sichel. Dakota seufzte müde.

»Ich meine nicht den Mond«, sagte Kiron. *»Kennst du die Sternbilder? Alle zwölf?«*

»Natürlich«, sagte Dakota und wies mit dem Zeigefinger hinauf. »Das da ist Roko, dort der Eisriese und das da ist Olin …« Sie stockte. Erschrocken berührte sie ihre Wange.

»Olins Sichel«, sagte Kiron. *»Kennst du die Geschichten über ihn?«*

»Er soll in jeden Vulkan ein Ei fallen lassen haben. Eier, die er der Mutter gestohlen hat. Seinetwegen spuckt die Erde Feuer«, sagte sie und klang, als würde sie die Worte auswendig aufsagen. Natürlich kannte sie diese Geschichte. Sie hatte sie gelesen. Nein, Hangameh hatte sie erzählt. Nein. Dakota war verwirrt. Sie konnte sich beim besten Willen nicht erinnern, ob das eine Geschichte in der Chronik war oder ein Märchen, erzählt vor dem Schlafengehen.

»REM«, brüllte sie aufgewühlt. Einige Leute drehten sich zu ihr um. Die meisten hatten sich an ihr merkwürdiges Verhalten inzwischen gewöhnt und beachteten sie gar nicht.

»Rem hat mir das erzählt. Er hat mir die Sternbilder erklärt. Von Mora bis Olin. Alle.«

Sie hatte Rem angebrüllt, ihm vorgeworfen, dass er ihr nichts gesagt habe. Tatsächlich hatte er es. Sie kam sich dumm vor und schämte sich, weil sie ihren Freund angeschrien hatte. »Es tut mir leid«, flüsterte sie. Aber Rem war nicht da. Er hörte sie nicht.

Krywult riss sie aus ihren Gedanken. »Es ist spät. Lass uns schlafen gehen.«

Dakota schüttelte energisch den Kopf. »Nein.« Sie drängte sich an Kiron, eigentlich fremd und doch vertraut. Sie legte ihre Wange, die ohne Sichel, an seine warme Haut, streichelte seinen Hals, berührte ihn mit Bauch, Gesicht und Händen an der Brust und genoss die Wärme, die von ihm ausging. Er roch nach kaltem Rauch, aber nicht unangenehm.

»Danke«, sagte sie, mowarisch.

Er beugte sich hinab, legte seinen Kopf auf ihren. Sie spürte seinen Puls, rasend schnell. Selbst das war bei Wasserdrachen anders. Im Wasser, so schien es ihr, war alles langsamer, kälter, gedämpft. Kiron löste sich von ihr.

»Du kannst nicht nach Drachenwart. Alles, was dort ist, ist tot.«

»Aber Olin?«

»Er ist der Vater des Feuers.«

Dakota verstand gar nichts. »Ich dachte, er ist mein …«

»Das mag sein. Ich glaube es. Andere auch«, sagte Kiron und ließ den Blick über die Menge schweifen. Er meinte wohl die Feuerfamilien. Und Videt. Vielleicht noch andere.

»Wenn du versuchst, mit einem Boot über das Wasser zu kommen, wird es dich immer wieder an Land spülen.« Er atmete hörbar, einmal, zweimal, und blies ihr seinen Atem ins Gesicht. Sie roch das Feuergas, ohne zu wissen, dass es

Feuergas war. *»Oder es holt dich. Und wer dann bei dir ist, stirbt mit dir«,* sagte Kiron, an Krywult gewandt.

Krywult schluckte schwer. Seit Jahren schon träumte er, sein Holosch wäre das Wasser. Es gab keine Worte für dieses Gefühl, nur die Ahnung, dass er einmal dem Vater folgen würde. Ihm folgen müsste, ohne es zu wollen. Schwerfällig ließ er sich auf einen Baumstamm fallen, das Feuer in der Dorfplatzmitte wärmte ihn nicht. Seine Hände zitterten, sein Gemüt war in Aufruhr.

»Du könntest zurückgehen.« Dakota dachte kurz darüber nach.

Rem und Krywult zurücklassen nach allem, was sie hier angerichtet hatte? Zurück zu Hangameh gehen? Rem würde wieder die Strecke schwimmen, um sie zu sehen, sie würde Hangameh bei ihrer Arbeit unterstützen. Alles wie immer. Sie versuchte, sich zu erinnern, was sie hinausgetrieben hatte. Die Fragen, das Nicht-Wissen.

»Ich will immer noch wissen, wer ich bin. Woher ich komme«, flüsterte sie.

»Dann musst du einen anderen Weg finden.«

Dakota klatschte in die Hände, so wie man klatschte, wenn man einen Entschluss gefasst hatte. Eigentlich wollte sie sagen, dass sie gewiss einen anderen Weg finden würde. Sie kam nicht dazu, weil eine riesige Stichflamme emporstieg und ihre Worte verbrannte.

Der Einzige, der wirklich erschrak, war Krywult. Er stieß einen spitzen Schrei aus und nun kümmerte es wirklich niemanden mehr, wer beim Schaukelwettbewerb gewann.

Dakota betrachtete verwundert ihre Handflächen. Die Stichflamme war in die Nachtluft aufgestiegen und verpufft. Doch ihre Handflächen brannten immer noch. Kleine Flämmchen, wie bei einem gerade entfachten Lagerfeuer. Kiron war es, der die Flammen mit seinem Atem höher schlagen ließ.

»Du gibst dein Gas über die Haut ab, nicht über deinen Atem«, sagte er und nickte mit dem Kopf, um sich selbst zu bestätigen. *»Es gab früher Drachen, die das konnten.«*

KÄMPFE!

Ambro und Norwin kamen nicht so schnell weg, wie sie gewollt hatten. Das Schaukeln war nicht das einzige Wettvergnügen in Einar und der Hüne verlor nicht gern. Er behielt Ambro im Auge, folgte ihm und stellte bald fest, dass der Junge in die richtige Richtung ging, ohne sein Zutun. Ambro wollte Einar verlassen, er wollte nach Norden. Bald lichteten sich die Menschenmassen, auch die Holzhütten standen nicht mehr so nah beieinander. Ambro und Norwin drängten zwischen Fuhrwerken hindurch, gingen abseits der gepflasterten Wege, hier war der Boden nicht mehr matschig und eklig.

Jenseits des Marktplatzes gab es noch ein Rondell. Das war kein Geheimnis. Dort wurden Wetten abgeschlossen, die mit dem Vergnügen, das Ambro beim Schaukeln empfunden hatte, nichts zu tun hatten.

Das Rondell war nicht überdacht. Nur eine runde Arena mit rotem Sand. Ambro dachte sich erst nichts dabei. Norwin bemerkte, dass keine Frauen, keine Kinder, keine Marktschreier hier waren. Nur Männer und Drachen. Hauptsächlich Feuerdrachen. Ambro wollte zuerst nicht begreifen, was er da sah. Das in Stein eingefasste Rondell, die Drachen. Den Kampf. In der Mitte waren zwei Drachen, die Feuer gegen Feuer kämpften. Außen herum wurden Wetten abgeschlossen, gejohlt und gepfiffen und geflucht. Die beiden, die da kämpften, waren jung. Vielleicht so alt wie Norwin, kaum eine oder zwei Sonnenwenden älter. Ihre Flügel waren … *»wie meine«*, dachte Norwin, der viel schneller als Ambro begriff, was hier vor sich ging. Diese Drachen konnten nicht fliegen. Hüpfen ja, sie konnten kämpfen, Feuer geben und umeinander rennen. Aber nicht fliegen. Sie konnten es nicht, weil jemand ihre Flügel gestutzt hatte. Ambro war den Tränen nahe. Er wusste von Aidar, wie empfindlich seine Flügel waren. Die feinen Härchen auf der Flügelhaut durfte er nicht berühren. Olafur erlaubte es ihm nicht. Diese Haut war dünn, Feuerdrachen hatten keine Federn – keine wie Norwin. Wäre Norwins zweiter Flügel in Ordnung, hätte er auf beiden Seiten kräftige Flugfedern, mit denen er sein Gewicht ausbalancieren könnte und genügend Auftrieb hätte. Er hatte aber nur einen gesunden Flügel und seit seinem Sturz wusste er, dass er ins Trudeln geriet, sobald er beide Flugarme ausbreitete. Der zweite Flügel reichte einfach nicht aus.

Feuerdrachen hatten zwischen den fünf Gliedern ihrer Flügel, einer Hand nicht unähnlich, weiche, dunkelrote Haut. Die Flugmembranen dieser Drachen waren durchtrennt. Nicht komplett, nur ein Stück, eine Elle lang vielleicht. Doch das genügte, die Tragflächen waren ihrer Aufgabe beraubt. Zwischen allen fünf Gliedern war ein Schnitt. Die Kralle am Ende des Flügels, der fünfte *Finger,* den auch Norwin hatte, fehlte komplett. Amputiert.

Die Männer außerhalb der Arena stachelten die Drachen mit Stöcken an, aufeinander loszugehen. Immer wieder riefen sie: »Kämpft! Kämpft!«

Ambro schluckte. Schluckte und schluckte. Schmerz, Wut, Fassungslosigkeit. Sein Hals schmerzte, als hätte er eine schwere Entzündung.

»Das können die doch nicht machen«, flüsterte er. Bis hierhin dachte er, das Schlimmste, was jemand einem Drachen antun könnte, abgesehen davon, ihn zu töten, wäre, ihn von der höchsten Plattform der Schule zu werfen. Oder seine Zähne zu stehlen. *»Nev«,* flüsterte er. Nevs Drache war tot, aber er musste damit weiterleben, was sein Vater getan hatte.

Zwei sehr große Hände legten sich auf seine Schultern und drückten ihn hinab.

»Wie wäre es mit einer Runde? Ein kleiner Kampf?«

Ambro erkannte die Stimme, er roch den Mann und schloss die Augen. Er wollte das alles nicht sehen.

»Norwin kämpft nicht«, sagte er leise.

»Vielleicht solltest du das deinen Drachen selbst entscheiden lassen.« Seine Stimme triefte vor Herablassung wie Baumharz.

»Nein. Das entscheide ich. Mein *Smok* kämpft nicht.« Ambro wollte sich aus dem festen Griff winden. Der Hüne packte kräftiger zu. Er hätte Ambros Schultern zermalmen können, da war er sich sicher.

Ambro trat ihm mit aller Kraft auf den Fuß, Ferse auf Zeh, und stieß ihm den Ellenbogen in die Leiste. Ambro wusste weder, woher er die Kraft dafür nahm, noch woher die Idee. Sein Denken war Flucht, mehr ein Gefühl, ein blaues, starkes Drängen. *Weg hier.* Der feste Griff um seine Schultern ließ einen Atemzug lang nach, Ambro nutzte Zerfass' Überraschung über den zweifachen Schlag, um davonzulaufen. Von den anderen Männern konnte er keine Hilfe erwarten. Sie waren mit dem Kampf beschäftigt, sie wollten Blut sehen. Der Sand war rot gefärbt.

Norwin rannte ebenfalls los, warf Zerfass dabei um, schlug ihm mit voller Absicht sämtliche Krallen in den

Leib und stieß sich dann von ihm ab. Er landete neben Ambro: *»Spring auf!«*

»Was?« Ambro war verwirrt. Der Hüne im Bärenfell brüllte irgendetwas, eine Mischung aus Schmerz, Empörung und Zorn, andere wurden auf ihn aufmerksam. Ambro war halb blind vor Tränen und sah nur verschwommen. Er keuchte, stolperte davon und meinte, riesige Hände würden weiter nach ihm greifen. Sehr nah.

Norwin rannte ihm vor die Füße und ohne recht zu wissen, was passierte, klammerte sich Ambro am Rücken seines *Smoks,* am Ansatz seiner Flügel, fest. Er lag auf ihm und Norwin rannte. Auf allen Vieren, in seiner typischen Art. Ambro hatte keine Ahnung gehabt, dass sein Drache so ein Tempo anschlagen konnte. Von der Arena weg, preschte er durch die Reihen, schlug Haken und sprang über verdutzte Männer, er ließ Menschen und Drachen hinter sich.

Erst als sie Einar verlassen hatten und weit in einen Tannenwald eingedrungen waren, verlangsamte er seinen Schritt. Norwin keuchte.

Ambro stieg ab und setzte sich schwerfällig auf den Boden ins feuchte, mit Tannennadeln bedeckte Moos, zwischen rote Pilze und modrige Blätter. Er zitterte, der Schrecken waberte in kalten Wellen über ihn hinweg. Tränen und Rotz liefen ihm übers Gesicht.

»Sie haben… sie haben…« Ambro versuchte, sich zu fassen. Er legte seine Hände auf seine Brust, spürte ein Brennen in der Lunge, sein Herz wirkte so groß, es füllte seinen Oberkörper mit seinen Schlägen, langen, schmerzhaften Schlägen, die bis in die Fingerspitzen zu spüren waren.

»Sie haben ihnen die Flügel zerschnitten.«

Er zog seine Knie an und schluchzte in seine Arme. Immer wieder rieb er sich die Augen. Als könnte er das Gesehene dadurch vertreiben.

Norwin legte sich erschöpft ab. Er war lange gelaufen, aus Angst, verfolgt zu werden. Er war gelaufen, bis er nicht mehr konnte. Aus Angst um Ambro, um sich selbst. Aus Angst. Wenn er gekonnt hätte, er hätte sich übergeben. So versuchte er, zu Atem zu kommen, nachzudenken. Er fürchtete sich vor dem, was Ambro als Nächstes sagen könnte. Er fürchtete sich vor dem Wort *zurück.* Natürlich wollte er helfen. Diesen beiden. Falls es noch mehr Drachen gab, die zum Kämpfen gezwungen wurden, auch ihnen. Aber gleichzeitig wollte er weg. Weit weg.

»Er hat dich Krüppel genannt«, flüsterte Ambro und starrte vor sich hin. Er wiegte seinen Körper vor und zurück, er schien ganz woanders zu sein.

»Ambro?«, fragte Norwin vorsichtig.

»Wir müssen es der Chronistin sagen.« Ambro sprach nicht zu Norwin. Zu irgendwem, aber nicht zu seinem *Smok.*

»Man könnte seinen Namen aus der Chronik herausschneiden. Seinen und den von ganz Einar.« Ambro verbarg sein Gesicht in seiner Armbeuge.

Ein Ruck ging durch ihn, als hätte ihn jemand geschlagen.

»Die können doch Feuer geben. Wieso verbrennen sie nicht alle? Alle außen herum, mit ihren Stöcken und ihrem Gejohle.«

Norwin sagte gar nichts. Diesmal half sein Blau nicht, um seinen *Broder* zu beruhigen. Er wusste nicht, was er sagen sollte. Er wollte weg. Nur weg.

»Klettere auf meinen Rücken. Ich kann noch ein Stück gehen.«

»Du musst ausruhen.«
»Ja, aber nicht hier.«
»Wo denn, Norwin? Wo denn?«

Ambro schaukelte seinen Körper vor und zurück, er schluchzte noch eine Weile. Schließlich kletterte er auf den Rücken seines Drachens. Norwin ging weiter, nicht mehr in dem Tempo wie zuvor, dafür war er zu erschöpft, zu hungrig. Aber er ging weiter. Nach Norden.

DAS ALTE WISSEN

Dakota wartete bis zum Abend. Sie saß in einem Meer aus rosa Wildblumen und sah der Sonne beim Untergehen zu. In der Nähe blökten einige Schafe, getrieben von drei Hütehunden. Das kümmerte sie kaum. Dakota musste nachdenken und sie wollte noch einmal mit Videt sprechen. Sie wollte aber allein mit ihr reden, deshalb suchte sie nicht die Höhle des Drachenmädchens auf, sondern wartete geduldig auf den Wachwechsel der Hüter des Hafens. Videt saß auf ihrem steinernen Sockel und rührte sich nicht. Dakota hatte sie fast den ganzen Tag beobachtet, von ihrem Platz aus. So etwas hatte sie noch nie getan: einen Tag vertrödelt, ohne zu arbeiten, irgendetwas Geschäftiges zu tun. Ob nun hier oder früher. Es gab ja immer etwas zu erledigen, bei Hangameh waren es meistens Schreibarbeiten gewesen. Oder sie machte Ordnung im Archiv. Wieso hatte sie nie die vielen Bücher aufgeschlagen und einfach zu lesen angefangen? Sie hatte immer getan, was Hangameh ihr aufgetragen hatte. Schriften gebracht und zurückgetragen. Aber dabei ging es immer um Menschen und Drachen, die jetzt lebten, die jetzt ihre Spuren in der Chronik hinterlassen wollten. Doch was war mit denen, bevor sie gelebt hatte, mit denen, die lange vor Krywult, Rem oder ganz Kusten gelebt hatten? Gut, Dakota hätte gar nicht gewusst, wo sie hätte anfangen sollen. Aber es ärgerte sie sehr, dass sie nie einen Blick in ein Buch geworfen hatte – nicht einmal gefragt hatte sie. Vielleicht wäre sie überrascht gewesen, vielleicht hätte Hangameh gesagt: »Lass uns am Anfang beginnen. Wir suchen den ersten Eintrag, das erste Stück Pergament und lesen uns dann durch die ganze Geschichte.«

Vielleicht. Sie hatte nie gefragt. Nun saß sie hier, zupfte Blüten von dünnen Stängeln, ließ die Blätter durch ihre Finger gleiten, bis diese auch rosa waren, bestaunte das Meer und seine Weite, seine unendliche Weite, und versuchte immer wieder, Videt dabei zu ertappen, wie sie sich bewegte. Doch sie tat es nicht. Einzig der Wind ließ ihre ausgebreiteten Flügel und ihre dichten, blassblauen Federn flattern. Dakota hörte kein Geräusch, ja, den Wind um ihre Ohren, aber keinen Wind unter den Flügeln. Lautlos strich er an den wachenden Drachen vorbei.

Videt musste Dakota gesehen haben, musste wissen, dass sie da war. Doch sie verließ ihren Platz nicht, rührte sich nicht, wandte die Augen nicht vom Wasser ab. Kleine Boote fuhren hinaus, kamen zurück. Flut und Ebbe wechselten sich ab. Nach dem Mittagessen beobachtete sie den niedrigsten Stand des Wassers. Der Strand lag verlassen da. Der schwarze Granitstein wurde in der Sonne trocken, am Abend glänzten die Felswände wieder feucht.

Dann, am Abend, ließen sich zwei Feuerdrachen, darunter Kiron, oben auf der Klippe im Moos nieder. Wieder lautlos. Ihre Bewegungen waren geschmeidig, fließend. Die beiden Drachen richteten sich auf, reckten stolz die Brust heraus und breiteten ihre Flügel aus. Irgendetwas ging vor sich, ein Wortwechsel, doch Dakota hörte nichts. Die Worte des Wachwechsels waren nicht für ihre Ohren bestimmt. Videt und der zweite Flugdrache legten ihre Flügel an, traten beiseite und verließen ihren Sockel, ohne den Blick vom Meer abzuwenden. Die beiden neuen

Wachen nahmen ihren Platz ein. Das war alles. Dakota stand auf, immer noch einige rosafarbene Wildblumen in der Hand, und ging auf Videt zu. Sie wartete ab und flog nicht davon wie der andere Drache. Der Himmel war wolkenverhangen, trotzdem war die Sonne kräftig. Dakota schwitzte schon wieder.

»Sind die für mich?«, fragte Videt, als Dakota nah genug herangekommen war, um sie förmlich zu begrüßen. Sie verstand erst nicht, begriff dann aber, dass Videt die Blumen meinte.

»Äh. Ja. Natürlich, die sind für dich.« Dakota streckte die Hand aus, um die Wildblumen zu überreichen und staunte nicht schlecht, als Videt sie einfach auffraß. Sie spürte den Atem des Drachenmädchens auf der Haut, warm und kräftig.

»Woher weißt du das alles?«, begann Dakota ohne Umschweife. Sie wartete die Antwort aber nicht ab. *»Es kann gar nicht wahr sein, was du sagst. Hangameh sagte, es habe kein Hüter des Hafens auf mich reagiert. Rem und ein paar andere haben mich ans Ufer geführt. Und Hangameh hat mich bei sich aufgenommen. Deine Geschichte stimmt nicht!«* Dakotas Stimme überschlug sich, sie klang schrill und hastig und bekam unnötigerweise auch noch Schluckauf vor lauter Aufregung. *»Du bist hier in Kusten. Ich landete aber an der Küste bei Hangameh.«*

Videt sah nachsichtig auf Dakota hinab, wartete, bis das Mädchen zwei-, dreimal geatmet hatte, bevor sie antwortete, langsam und bedächtig, so als würde sie ihre Worte sorgfältig wählen.

»Dein Vater hatte aber nicht Hangameh vorgesehen, um dich großzuziehen. Du kamst hier in Kusten an und ich habe dein Boot begleitet, bis du in Sichtweite warst. Dann kehrte

ich um.« Videt legte sich ins Moos. *Sie muss erschöpft sein,* dachte Dakota, konnte darauf aber keine Rücksicht nehmen. Videt sah ihr in die Augen, sie sah sie an, als könnte sie in sie hineinschauen. Dakota war unbehaglich zumute. Die Augen des Drachenmädchens waren dunkelblau wie ein tiefer See und sie schaukelte den Kopf hin und her. Dakota wusste, das war eine Geste der Beruhigung.

»In Sichtweite wovon?«

»Silván natürlich.«

»Ich sollte bei ihm aufwachsen?«

»Das nehme ich an, ja. Er ist derjenige, der sich um Übrige wie dich kümmert.«

Videt machte eine kleine Pause und sah aufs Meer hinaus. *»Ich war an dem Tag nicht auf meinem Platz hier. Ich hatte frei. Aber ich sah dich und begleitete dich. Als ich Hangameh die Treppen hinabsteigen sah, wusste ich, du bist in Sicherheit.«*

Videt verschwieg die beiden ... *Drachen.* Es mussten Drachen gewesen sein. Videt hatte sie gesehen, aber nicht gespürt. Nicht so wie sie andere Drachen wahrnahm. Die beiden waren anders. Sie hatte niemandem davon erzählt, keinem Drachen im Dorf und auch ihrer *Siostra* nicht. Was hätte sie sagen sollen? *Ich habe etwas gesehen, traue meinen Augen aber nicht?*

Die Wolken über ihnen zogen schnell dahin, Dakota fröstelte plötzlich, es wurde merklich kühler. Ausnahmsweise wäre sie jetzt froh um ihren Mantel gewesen, doch der lag in Krywults Höhle.

»Die Warwinde ziehen auf«, sagte Videt, sehr leise. Dakota setzte sich ebenfalls hin und betrachtete das Drachenmädchen, rätselte, wie alt es wohl sein mochte.

»Warwinde?«, fragte sie zurück, mehr aus Höflichkeit denn Interesse. Sie musste über die gesagten Worte nachdenken, wollte aber noch nicht gehen.

»In diesen Winden steckt eine Hexe und die bringt nichts Gutes. Warwinde sind böses Wetter. Geh nach Hause, Mädchen. Verschließ die Höhle. Es wird Tage andauern.«

Damit war die Unterhaltung für Videt beendet, sie erhob sich, breitete die Flügel aus und hob lautlos ab. Dakota blieb frierend sitzen und sah ihr lange nach.

***

Es war schon dunkel, als sie endlich den Heimweg antrat. Kusten lag da wie tot. Das Feuer auf dem Dorfplatz war erloschen, die Schaukeln abgebaut, keine Menschenseele war mehr zu sehen. Die wenigen Baumhäuser waren verlassen, die roten Bänder tanzten wild im Wind. Die Blätter der Bäume rauschten mit dem Meerwasser um die Wette. Dakota rannte zur Küste, zu den Hochklippen und stand, als sie bei Krywult ankam, vor einer Bretterwand, die den Eingang zur Höhle verschloss.

»Krywult!«, brüllte sie und klopfte an.

Er öffnete eine kleine Tür in der Bretterwand und zog sie grob hinein. Drinnen erhellten einige Fackeln die Wohnstube, Krywults Mutter und Schwester schleppten Sandsäcke heran.

»Schnell, hilf mit«, sagte Krywult und drückte ihr einen Holzpfosten in die Hand. Zu viert arbeiteten sie an der Barrikade. Die Holzwand verschloss den Höhleneingang, die Sandsäcke dichteten die Ritzen ab, die Holzpfosten stemmten sie wie Rammböcke gegen die Bretterwand.

»Die Warwinde setzen ein. Ungewöhnlich früh«, sagte Meri. Als sie mit dem Schließen des Eingangs fertig waren, klopfte sich Meri den Staub von der Hose, stemmte die Hände in die Hüften und sah Dakota herausfordernd an. »Tja, nun sind wir hier eine Weile gemeinsam eingeschlossen.« Sie versuchte, so zu klingen, als wäre das etwas Tolles. Dakota entdeckte die Kinder, zwei Jungen und ein Mädchen, aneinandergedrängt in Krywults Nest. Sie schienen alles andere als begeistert. Sie waren noch klein, Kleinkinder ohne Drachen.

»Was passiert jetzt?«, fragte Dakota schließlich.

In dem Augenblick klopfte es draußen. Meri stürzte zur Tür. Besorgt und erleichtert zugleich. »Moment!«, rief sie und zerrte die Sandsäcke beiseite, um die kleine Tür freizumachen.

»Moment!«, rief sie wieder. Krywult packte mit an, sodass sie die kleine Tür nochmals öffnen konnten. Einer der Fischer schlüpfte hinein, mit ihm der böse Wind. Dakota wurde von der Kraft überrascht, Krywults Mutter war es, die sie am Arm packte und verhinderte, dass sie fiel.

»Danke«, murmelte Dakota benommen. Der Geruch war fast ätzend. Dakota wagte nicht, durch die Nase zu atmen. Sie hatte ihr Leben an der Küste verbracht, aber nie erlebt, dass ihr die Augen tränten oder ihr Körper sich weigerte, Luft hineinzulassen. Es war, als würde sich etwas in ihr sperren. Krywults Mutter klopfte ihr grob auf den Rücken. »Beug dich nach vorn, Kind«, befahl sie. Die anderen stemmten sich derweil gegen die Tür. Sie versuchten, sie mit aller Kraft zu schließen.

Dakota meinte, zu ersticken. Sie kannte den Geruch des Meeres. Das Salz, die Fische, die Algen, überschattet von etwas, das tot sein mochte. Das hatte ihr nie etwas ausgemacht. Nun meinte sie, es hätten sich Schwefel und faule Eier dazu gemischt. Etwas, das im Körper wehtat. Krywults Mutter zerrte sie aus dem Gang, der zum Bretterverschlag führte. In der Wohnstube, bei den Kindern, wurde es endlich besser. Sie setzte sich, beugte sich nach vorn wie befohlen und versuchte, sich zu beruhigen.

Die alte Frau hastete davon, um den anderen an der Tür zu helfen. Der Wind heulte pfeifend herein. Dakota hatte keine Ahnung, was eine Hexe war, meinte aber zu verstehen, dass dieses Geräusch eine Hexe sein musste.

Das Mädchen kletterte aus dem Nest und legte eine kleine Hand auf Dakotas Knie.

»Keine Angst«, sagte das Kind. »Das geht vorbei.«

Dakota beruhigte sich, traute sich aber nicht mehr in den Höhleneingang zur Tür. Sie hörte die Männer fluchen und Befehle bellen. Schließlich schafften sie es. Das Heulen hörte auf. Dakota schickte das Kind in sein Nest und ging die paar Schritte zurück, um zu helfen, die Sandsäcke wieder an ihren Platz zu legen.

»Geht es dir gut?«, fragte Krywult besorgt. Dakota nickte und betrachtete den Fischer, der hereingekommen war. Sie kannte ihn, sie hatte ihn am ersten Abend in Kusten angesprochen. Verwundert starrte Dakota von ihm zu Meri und bemerkte erst jetzt, dass sie Gefährten waren. Sie hielten sich in den Armen, Meri reichte ihm gerade bis zum Kinn, er streichelte ihr übers Haar und flüsterte: »Die Drachen sind in Sicherheit und vollzählig.«

»Und Rem?«, platzte sie dazwischen. Sie hatte ihn ganz vergessen und bemerkte jetzt, dass er nicht da war. Wie auch? Er konnte einen halben Tag an Land überleben. Aber wenn diese Warwinde Tage andauerten, musste er draußen bleiben. Da draußen. Dakota schauderte. Der Mann war freundlich zu ihr, wie schon am ersten Tag ihrer Ankunft. Er löste sich von Meri, legte seine Rechte auf seine Brust und verbeugte sich leicht.

»Ich bin Norak«, sagte er und wartete ab, bis Dakota sich ebenfalls verbeugt hatte. Sie schaute ihm dabei in seine grünen Augen, der Bart verdeckte fast sein ganzes Gesicht. Nur seine Augen und seine Stirn waren zu sehen. Meri schmiegte sich an ihn, die Kinder kamen lärmend angelaufen und umringten seine Beine.

Über sie hinweg sagte er: »Rem geht es gut.«

Dann hob er zwei der Kinder hoch, küsste sie auf die Wangen, das dritte zerrte an seinen Beinen. »Ich auch, ich auch!« Es reckte ihm die Arme entgegen.

Dakota betrachtete, seltsam gerührt, die Szene. Norak setzte das Mädchen ab, hob den Jungen hoch und küsste wieder. Seine Gefährtin, die Kinder, reihum. Das Mädchen reckte nun die Arme und rief: »Ich auch, ich auch.« Es war ein Spiel. Eines, das Dakota noch nie gespielt hatte. Krywult stellte sich nah zu ihr, ergriff ihre Hand, ohne sie anzusehen. Er brauchte wohl einen Augenblick, um seinen Mut zusammenzunehmen und sie auf die Wange zu küssen. Obwohl sie nicht »Ich auch« gerufen hatte. Sie hatte es nicht laut gerufen wie die Kinder. Aber leise gedacht. Dakota schluckte schwer, erwiderte den Druck seiner Hand und betrachtete noch eine Weile stumm das Begrüßungsspiel der Familie.

DER SELBSTMÖRDERWALD

Hangameh war bei Mora, die einzige Karte von Leotrim befand sich im Tornister von Ambro und eine neue hatte Hangameh noch nicht für sich gezeichnet. Sie vermisste ihre Karte bislang nicht. Hangamehs Chronik lag aufgeschlagen auf ihrem Schreibpult, doch die Feder, dieses eigentümliche Ding, blieb reglos liegen.

Leotrim hatte Geheimnisse, die nicht einmal die Chronistin kannte. Sie war noch nie in Lone gewesen, war noch nie westlich des Milchwassers und die Geschichten über den Selbstmörderwald hielt sie für erfunden. Sie lachte kopfschüttelnd, wenn Reisende behaupteten, die Bäume könnten Mensch und Tier umschlingen, zerquetschen und zerstören. Hangameh hörte Geschichten über Mutproben und über Verzweiflungstaten. Die Wanderer und Entdecker verstand sie schon besser: Die Neugierigen wollten nur wissen, was dahinter lag. Wiedergekommen war bisher noch keiner. Das war allen Geschichten eigen: Holosch hatte sich alle geholt. Die Mutigen, die Dummen, die Ahnungslosen. Durch den Selbstmörderwald konnte nur, wer frei von Schuld war. Und wer war das schon?

Von Leolo bis Liran erzählten die Menschen Geschichten über Bäume, die angeblich laute Stimmen hatten. Kein Drachenbaum wurde je mit menschlicher Stimme vernommen und doch hielt sich das Gerücht hartnäckig. Vielleicht waren es auch böse Geister, die böse Dinge flüsterten. Etwas wie die Warwinde. Hangameh interessierte es kaum, was im Selbstmörderwald passierte. Für sie war es ein Ort auf einer Karte. Ein Ort, den sie nie gesehen hatte und wohl auch nie sehen würde.

Einem Jungen wie Ambro würden sofort die Giftbäume auffallen, Eibe und Wacholder, Spindel- und Faulbäume. »Selbstmord, so ein Unsinn«, würde er sagen. »Die Erklärung liegt doch auf der Hand.« Natürlich warnten Eltern ihre Kinder davor, die roten Früchte zu essen. Die Schafhirten kamen nicht einmal in die Nähe des Waldrandes. Den Drachen waren giftige Samen, Rinde oder Blätter einerlei. Sie fraßen alles unbeschadet.

Die Menschen, die diesseits des Milchwassers wohnten, fanden immer neue Erklärungen und stellten Vermutungen an, wenn wieder einer aus ihrer Mitte verschwand.

»Vielleicht erinnern dich die Stimmen an deine Schuld, an Dinge, die dich verzweifeln lassen oder in tiefe Traurigkeit stürzen.« So redeten sie. Am Waldrand, morgens, noch bevor der erste Sonnenstrahl den Nebel durchdrang, hing wieder einer an einem Baum. Einer, der es wider besseres Wissen versucht hatte. Manchmal, da sah man eine Seele jahrelang nicht. Plötzlich hing sie da, als hätte eine Schlingpflanze nach dem dünnen Hals gesucht und ihr Opfer an den Waldrand gezerrt. Die Drachen behaupteten, Stimmen zu hören beim Überfliegen der Baumwipfel. Die meisten Drachen waren schlau, sie kehrten dann um.

Die Grenzen des Selbstmörderwaldes waren fließend, keiner wusste, wo genau die Grenze verlief. Da passierte es schon einmal, dass ein Händler, der nicht ortskundig war, den Milchwasser-Fluss überquerte und in den Wald kam. Kein Schild warnte davor.

Der Händler hatte einen Fuhrwagen bei sich und sein Pferd. Sein Drache war weit oben, über ihm, behielt ihn im Blick. Er merkte nicht, wie das Gras heller wurde und das Rauschen der Blätter im Wind lauter. Er merkte nicht, wie er zu pfeifen begann und sich ganz leicht fühlte. Was sollte denn jetzt noch kommen, es war doch alles getan, alles gesagt. Der Höhepunkt seines Lebens. Er ließ sein Leben Revue passieren, er fand alles gut, alles erledigt. Es gab keinen Grund, umzukehren. Es wurde Zeit, zum Vater des Feuers heimzukehren. Er hatte ein gutes Leben. Er sollte sein Leben hier und jetzt beenden, fand er. Was für eine prächtige Idee.

Der Drache sah seinen *Broder* nicht mehr. Er konnte ihn nicht mehr spüren.

Der Mann hielt an, fand hinten auf dem Fuhrwerk ein Seil. Ein langes und stabiles Seil. Er suchte sich einen hübschen Baum aus. Einen, der schöner war als alle anderen. Er warf das Seil über einen Ast. Er pfiff und war zufrieden. Der Himmel war blau, sein Pferd kannte den Weg heim, seine Zeit war noch nicht gekommen.

Er knotete geschickt eine Schlinge, legte sie sich um den Hals und setzte sich auf sein Pferd. Er gab ihm die Sporen. Es stürmte davon. Es ließ seinen Herrn zurück, lächelnd in der Luft. Es gab keinen Kampf um sein Leben. Es ging ganz schnell. Ganz leise.

Der Drache stürzte vom Himmel. Holosch ging um, er schrie dagegen an. Doch es war zu spät. Sein *Broder* war tot. Es regnete. Der Drache versuchte, das Seil durchzubeißen, er wollte ihn wenigstens heimbringen, und bemerkte in seinem Elend nicht, dass da jemand an ihm vorbeiging. Leise und fast lautlos.

Yari hatte die Wüste des Todes und den Selbstmörderwald durchquert. Ihr konnten weder Hitze noch Stimmen etwas anhaben. Ihre kleinen Füße taten, was sie sollten. Sie liefen. Was wusste denn Yari davon, dass sie die Einzige war, die hier unbeschadet passieren konnte? Mensch und Drache interessierten sie nicht. Sie musste an die Ostküste, sie hatte einen Auftrag. Sie und ihre Bewohner. Nev und NevNev schliefen tief.

MELIH DOR

Zerfass folgte den Spuren. Spuren, die ein Drache hinterlässt, wenn er geht. Einen, der fliegt, kann man auch nicht verfolgen. Einen Krüppeldrachen schon. Das wusste er aus Erfahrung. Er nahm noch zwei Handlanger mit. Burschen, die keine Fragen stellten und taten, was man ihnen sagte.

Norwin und Ambro hatten kein Feuer gemacht. Sie aßen die Reste, die sie noch bei sich hatten, viel war es nicht. Sie mussten ausruhen. Norwin war bis spät in die Nacht gelaufen. Das Gewicht auf ihm war ungewohnt. Bald tat ihm der Rücken weh, selbst die Flügel. Ambro hatte derweil etwas geschlafen. Er lag in der Mitte zwischen Norwins Flügeln, mit dem Gesicht auf seiner warmen Haut. Norwin hatte seine Flügel wie immer leicht abgespreizt, Ambro lag in dieser Grube, die dazwischen entstand. Dem Jungen kam es vor, als läge er im Bett seiner Eltern, in der Mitte, wie damals, als er noch klein gewesen war.

Es dämmerte, der Morgen brach an. Wieder legten sich zwei schwere Hände auf seine Schultern. Ambro meinte, zu träumen, er reagierte nur sehr langsam.

Einer der Handlanger hob den Tornister auf, der neben ihm im Gras lag und schüttete den Inhalt auf den Boden, als wäre er Müll. Alles, was Ambro noch besaß, landete im feuchten Gras. Auch der Block Salz.

»Das ist ja bloß Papier. Hast du sonst nichts Wertvolles? Wer bist du?«

»Ich bin der Kartograf von Leotrim. Ich arbeite für die Chronistin.« Ambro war so müde. Unter anderen Umständen hätte er das mit Stolz gesagt, laut und mit gerecktem Kinn. Jetzt war es nur eine hohle Phrase, auswendig aufgesagt. Nutzlos.

»Erfährt sie hiervon?«, fragte der dürre Bursche gehässig. Er war blond, hatte abstehende Ohren und hätte er nicht gerade Ambros Stifte mit dem Fuß zertreten, er hätte ihn für seinen Freund Jori gehalten. *Jori,* dachte Ambro müde. *Burry und Jori und Soems und Zuhause.* Das konnte doch alles nicht wahr sein.

Nein, vermutete Ambro. »Ja, natürlich«, sagte er laut. »Die Chronistin wird dich hierfür bestrafen!« Während er es sagte, wusste er, dass nichts dergleichen geschehen würde. Hangameh richtete nicht. Sie schrieb auf, was passierte. Und wenn er hiervon nicht erzählte, würde dieser Überfall auch nicht in der Chronik dokumentiert werden. So war das eben mit einer Chronik.

Der dritte Mann, ein Kerl mit krummer Nase, warf sich auf Norwin. Der ächzte unter dem Gewicht und konzentrierte sich auf seine Füße statt auf seine Flügel. Der Angreifer umschlang mit seinem Arm Norwins Hals, drückte ihm die Luft ab und hielt ihn mit seinem ganzen Gewicht am Boden. Norwin stemmte sich mit aller Kraft gegen den Mann, derweil dieser mit der anderen Hand seine Flügel schnappte, direkt oben am Ansatz, und sie zusammendrückte – so wie man eine Gans tragen würde, die nicht davonfliegen soll. Norwin schrie, ein schriller, langer Laut, tief aus seiner Kehle. Ambro erschrak.

»Was macht ihr denn?«, rief er.

Der Griff war unnötig, Norwin würde nirgendwo hinfliegen. Er war obendrein zu erschöpft, um sich gegen den hakennasigen Kerl zu wehren. Norwin lag mit dem Bauch flach auf dem Boden. Seine Beine zitterten, Ambro konnte nicht sagen, ob vor Wut oder Schmerz.

»Norwin?«, fragte er vorsichtig. Mowarisch.

Der Kerl stieg von Norwin ab, ließ die Flügel los, besah sich den Schaden, ganz so, als hätte er Norwins Flügel so zugerichtet. Ambro meinte einen Wimpernschlag lang, Anzeichen für ein schlechtes Gewissen auf seinem Gesicht zu sehen.

»Bei allen verfluchten Eisriesen, was zum Holosch ist mit dem los?«, fragte er mit belegter Stimme. Er hatte wohl schon gestutzte Flügel gesehen, aber keinen deformierten wie diesen.

Zerfass, der bisher tatenlos und schweigend dagestanden hatte, bellte nun seine Befehle.

»Du, schnapp dir die Vorräte«, sagte er zu Krummnase, der sofort reagierte und aufsammelte, was er meinte, noch gebrauchen zu können. Der dürre Kerl nahm den Block Salz, umschlang ihn und drückte ihn an seine Brust wie einen Säugling.

Zerfass nahm Ambros Messer, das er am Gürtel trug. Er zog es aus der Scheide, besah sich kurz die Klinge und stach zu. Weder Ambro noch Norwin hatten Zeit und Nerven, zu verstehen, was *Krüppeldrache* für einen wie ihn zu bedeuten hatte. Der Dolch schob sich flink durch Haut und Schuppen. Norwins Rücken, genauer: die Schulter, oben zwischen den Flügeln, brannte, als hätte jemand ein glühendes Holzscheit in ihn hineingebohrt. Norwin reagierte aus einem Instinkt heraus. Hätte man ihn in einem ruhigen Gespräch am Feuer gefragt, was er in so einer Situation tun würde, er hätte die Schultern gezuckt und gesagt: *Wer sollte so etwas tun? Unsinn, darüber nachzudenken.*

Norwin drehte sich in einer schnellen Bewegung zu seinem Angreifer um, biss die Hand, die ihm Schmerz zufügte, und riss sie, samt Dolch, seinem Besitzer ab. Eine einfache, runde Geste.

Ambro würde für den Rest seines Lebens dieses entsetzliche Knacken nie mehr vergessen. Er wollte weinen und schreien, doch sein Körper verweigerte ihm das. Er sog Luft in seine Lungen. Luft und noch mehr Luft, bis seine Brust zum Bersten angespannt war. Zerfass starrte seinen blutenden Stumpf an, alles Blut schien aus ihm zu weichen, sein Gesicht war weiß wie eine Pfütze Milch. Norwin ließ Hand und Dolch zu Boden fallen, starrte ungläubig darauf, dunkles Blut floss seinen Rücken hinab, die Muskeln unter der Haut arbeiteten, zuckten, krampften.

Norwin beugte sich hinab, schnüffelte und fraß schließlich. Er, der sonst kaum Fleisch anrührte, kaute nun sorgsam, mit kaltem Blick auf Zerfass, den schwarz gekleideten Bären.

Es kam Ambro vor, als würde diese Szene Tage andauern, doch es war nur kurz. So lange, wie er imstande war, die Luft in seinen Lungen zu halten. Ambro erbrach sich.

Ambro hörte ein Geräusch, ein leises *Zipp,* ganz unaufdringlich. Es riss Zerfass von den Beinen. Eben noch hatte er neben Ambro gestanden, nun lag er hingestreckt am Boden. Ein zitternder Pfeil ragte aus seiner Brust. Zerfass stöhnte vor Schmerz, ein Gurgeln entwich seiner Kehle. Er klang wie ein Ertrinkender.

Der Dürre mit dem Block Salz in den Armen überlegte nicht lang und rannte los. Die Verletzungen seines Komplizen interessierten ihn nicht. Auch der andere, der eben noch Ambros Habseligkeiten nach etwas Brauchbarem durchsucht hatte, lief davon. Wieder *zippte* etwas durch die Luft. Einmal. Zweimal. Jeder Pfeil fand sein Ziel. Mit einem Stöhnen und ohne viel Geschrei fiel erst der eine aufs Gesicht. Dann der andere.

Ambro, der auf allen Vieren im Gras kniete und auf sein Erbrochenes hinabschaute, wagte nicht aufzusehen. War es möglich, dass es noch schlimmer kam? Würde er hier sterben? Er und sein Drache? Er hatte nur eine einzige Karte gefertigt. Siek.

Speichel rann ihm am Kinn hinab.

»Norwin«, flüsterte er. Sein *Smok* antwortete nicht.

»Los, los, los! Komm auf die Füße!«

Ein Mädchen, vielleicht zwölf, rannte auf Ambro zu. Es trug rot von Kopf bis Fuß. Rote Lederschuhe, rote Leinenhosen, ein schweres Oberhemd, wie es sonst nur Männer trugen. Selbst die Federn der Pfeile im Köcher waren rot. Sie griff Ambro grob unter die Arme, zog ihn auf die Füße.

Ihr schriller Pfiff schmerzte Ambro in den Ohren. Sie hatte auf Daumen und Zeigefinger ihren Drachen gerufen. Ambro blickte nach oben, Körper und Schwingen warfen einen großen Schatten auf den Boden, einen Augenblick meinte Ambro, den Drachen seines Vaters zu sehen. Aidar. Die Hoffnung währte nur ein Blinzeln lang. Das war nicht Aidar.

Der Drache griff sich Norwin, hob ihn hoch, mühte sich zwei, drei Flügelschläge lang mit seinem Gewicht ab, gewann an Höhe und trug ihn weg.

»NEIN!«, brüllte Ambro.

»Ich helfe dir doch!«, schrie die Rotgekleidete ungeduldig. Sie zerrte ihn am Arm. Ihr Griff war stark, doch er hatte keine Zeit, ihre Kraft zu bewundern. Ambro stolperte mehr, als dass er ging und sah sich um. Die drei Männer lagen am Boden, einer von ihnen brüllte seinen Schmerz hinaus, Zerfass war eigentümlich still. Ambros Papiere flogen vom Wind getragen davon, seine Stifte lagen zerbrochen im Gras.

Er befreite sich aus ihrem Griff, wusste im gleichen Augenblick aber nicht mehr weiter. Wo sollte er hinlaufen, was tun? Er atmete tief ein, doch es gelang ihm nicht, sich zu beruhigen.

»Meine Karte«, murmelte er und suchte den Boden ab. »Ich brauch doch meine Karte.«

Das Mädchen fand sie sogleich, hob sie auf und reichte sie Ambro. Es atmete so schwer wie er.

»Folge mir, schnell.« Er tat es, er hatte keine andere Wahl.

***

»Mein Name ist Melih Dor. Ich bin hier der Imker. Meine Tochter Nilofar hast du schon kennengelernt«, sagte er und wies mit der Hand auf das Mädchen, das ihn hergeführt hatte. Nilofar nickte Ambro aufmunternd zu, widmete sich dann wieder ihrer Aufgabe, ein Feuer zu entfachen. Sie waren in einer Höhle und offensichtlich waren sie nicht die Einzigen hier. Es kamen und gingen Leute, als wäre das schon eine Winterstatt. Dabei waren die Dunkeltage noch nicht angebrochen. Zwei Frauen brachten Verbandszeug, eine dritte Töpfe und Tiegel mit Salbe. Der Imker widmete sich gerade sehr gelassen einer Bienenwabe und kratzte das Deckelwachs vorsichtig ab. Die Bienen schienen sich daran nicht zu stören. Sie schwirrten um ihn herum, als wäre er ein Teil ihres Volkes, sie waren überhaupt nicht aggressiv. Sie ließen ihn gewähren und er redete ihnen gut zu.

Norwin lag auf dem Boden, nahe der Feuerstelle, und rührte sich nicht. Melih Dor hatte die Wunde gesäubert und vernäht. Norwin hatte zu Anfang noch gewimmert und sich gegen die Berührungen des alten Mannes gewehrt. Schließlich war er zu erschöpft gewesen und ließ alles geschehen. Ambro streichelte ihn unaufhörlich, erst seine Deckfedern, später an Hals und Nase. »Du wirst wieder gesund«, flüsterte Ambro.

»Das wird er wirklich«, sagte Melih und lächelte. Er hatte genügend Deckelwachs beisammen und schmierte es nun auf Norwins vernähte Wunde.

»Damit sich das Ganze nicht entzündet«, sagte der Mann, der Dinge erklärte, die Ambro gar nicht gefragt hatte.

»Das hier ist eine von Silváns Höhlen, aber das weißt du sicher«, plapperte er weiter. Ambro sagte gar nichts. Nein, das hatte er nicht gewusst. Es überraschte ihn aber auch nicht. Er hatte schon eine Weile den Eindruck, dass das ein natürlicher Teil seiner Reise war. Es kam ihm vor, als würde er zwischen hier und den Himmelsbergen jeden Unterschlupf aufsuchen, den Silván je benutzt hatte. Die Umstände aber hätten besser sein dürfen.

»Ich finde, ihr solltet eine Weile hierbleiben. Sobald der erste Schnee fällt, kannst du deine Reise nicht fortsetzen, und dein Drache ist zu schwach, im Moment. Willst du die Dunkeltage über bleiben?« Melih hatte ruhig gesprochen, sanft, so als wäre auch Ambro verletzt, nicht nur Norwin.

»Ich kann dir alles über Bienen beibringen, was ich weiß.«

Ambro nickte. Bienen interessierten ihn kein Stück. Norwin brauchte Ruhe. Sie beide brauchten ein Versteck. Nach allem, was passiert war.

»Du kannst die dunklen Tage nutzen. Meine Tochter kann dir das Bogenschießen beibringen. Oder du kannst der Chronistin hiervon berichten. Sie wird es wissen wollen.«

»Helfen kann sie aber nicht«, sagte Ambro sehr leise. Er wollte nun doch endlich etwas sagen. Zu alldem hier. Nilofar hatte ihn hergeschleppt. Als er ankam, kümmerte sich Melih Dor um die Verletzungen von Norwin. Niemand hatte ein Wort über die drei Männer verloren. Über die Pfeile, die in ihren Körpern steckten. Ob sie tot waren? Ein Teil, ein sehr dunkler Teil von ihm, hoffte es.

Und dann war da noch die Sache mit den Drachenkämpfen. Als er selbst auf der Schaukel gestanden hatte, wollte er unbedingt gewinnen. Er wollte den Überschlag schaffen. Weil er nicht fliegen konnte. Aber wie war es möglich, dass aus einem harmlosen Wettbewerb etwas so Schreckliches entstand? Wie konnte jemand Drachen gegeneinander antreten lassen? Er wollte doch nur schaukeln. Hatte er wirklich den Eindruck gemacht, das zu wollen? War Zerfass ihm nachgegangen, weil er verloren hatte, oder weil er dachte, jemand hätte Norwin die Flügel gestutzt, um ihn bei Kämpfen antreten zu lassen?

Melih Dor schwieg, lächelte und faltete schließlich die Hände vor seinem runden Bauch. Er trug ein dunkelbraunes, knöchellanges Gewand, mit einem Gürtel gerafft. Er hatte rote Augen, wie Olafur. Ein Hüter des Feuers.

»Weißt du von den Kämpfen?«, fragte Ambro.

»Ja.« Die Antwort war einfach und schlicht. Doch sie warf so viele Fragen auf, Ambro wusste nicht, wo er anfangen sollte.

»Ich weiß davon. Sobald mir ein Plan eingefallen ist, die Drachen zu befreien und diese Kämpfe zu beenden, werde ich es tun. Bis dahin lebe ich hier. Mit denen, die Einar nicht mehr als ihr Zuhause ansehen.«

»Ihr seid alle dagegen?«

»Ja.« Melih Dor lächelte wieder. Sein Lächeln war echt.

»Du bist auf unserer Seite, richtig?«, flüsterte er und beugte sich zu ihm hinab.

Ambro nickte ernst.

DIE WARWINDE

Dakota fügte sich bald in das Familienleben der Krywults ein. Natürlich war sie es gewöhnt, sich in einer weit verzweigten Höhle zurechtzufinden. Aber der Lärmpegel war neu. Die stickige Luft, die Wärme und die Betriebsamkeit gefielen ihr aber bald. Jeder hatte seine Aufgaben. Es wurde gemeinsam gegessen und abends am Feuer wurden Geschichten erzählt. Dakota liebte es. Ihr fehlte Rem, aber das Leben an sich konnte ihretwegen gern so bleiben.

Dakota bemerkte am zweiten Tag, dass die Höhlen miteinander verbunden waren, sie konnte die Nachbarn besuchen gehen, Leif zum Beispiel. Dakota staunte nicht schlecht, dass die Feuerdrachen auch hier waren. Sie hatten eine große Halle für sich. Der Weg war weit, aber die Drachen konnten dort zumindest ihre Flügel ausbreiten. Die Zeit, in der sie nicht frei fliegen konnten, war lang und hart für sie.

In einer anderen Halle fand sie Videt und die Flugdrachen des Dorfes. Noch mehr staunte sie darüber, dass die Wache über Kusten und das Meer fortgesetzt wurde. Die Schichten waren kürzer. Bei normalem Wetter wurde in drei Schichten am Tag gewechselt, nun in sechs. Wenn Videt zurückkam, sah sie erschöpft und zerzaust aus. Dakota hatte sich freiwillig gemeldet, um die Drachen zu versorgen. Sie schleppte Futter und frisches Wasser heran, half, das Gefieder in Ordnung zu bringen, lernte, zu kochen und auch kleinere Wunden zu versorgen. Manchmal klappte der heftige Wind ganze Federreihen an den Flügeln um. Videt musste einem Steinschlag oder ähnlichem ausgesetzt gewesen sein. Eines Abends kam sie zurück mit Schürfwunden an der Brust, es fehlten ganze Schuppen, an ihren Flügeln waren Federn ausgerissen. Insgesamt wirkte sie, als wäre sie in einen Kampf verwickelt gewesen. Dakota blieb bei ihr. Tupfte und salbte, flößte ihr Wasser ins Maul, wenn sie zu erschöpft war, um selber zu trinken.

Dakota überlegte lange, ob sie Videt fragen sollte, warum sie da hinausging. Das Wetter war böse, sie hätte im Warmen die Stürme abwarten können. Doch Videt war stolz. Gleichgültig, wie ramponiert sie aussah, wenn sie zurück zum Eingang kam und durch die Tür – groß genug für einen Drachen – schlüpfte, dann war sie stolz. Sie hatte ihre Aufgabe getan. In ihrer Wacht war niemand zu Schaden gekommen. Daher fragte Dakota nicht.

Dakota bemerkte noch etwas anderes. Hier in den Höhlen standen die Menschen anders zu ihr. Erst die Kinder. Dann auch die Erwachsenen. Ihre Haare, ihre Haut, ihre Sichel leuchteten im Dunkeln. Sie benötigte keine Fackel. Wo sie ging, war es hell. Die Kinder folgten ihr. Erst waren es nur die Kinder von Norak und Meri, die ihre Hand halten wollten. Am nächsten Tag waren fünf weitere da. Am dritten Tag waren alle Kinder, die keinen *Smok* hatten, in ihrem Gefolge. Wo sie hinging, die Meute folgte ihr. Die Warwinde dauerten an und selbst die Kinder, die schon mit ihrem *Smok* verbunden waren, schlossen sich dem Spaziergang, den Dakota mit den Kindern veranstaltete, an. Krywult kam mit. Dann Meri und Norak, zum Schluss sogar die alte Mutter. Wenn sie ganz tief unter

Tage steckten – Schaukeln gab es hier unten keine, man musste sich die Zeit anders vertreiben – begann Krywult, alte Märchen zu erzählen.

Versöhnlich stellte er fest, dass es Geschichten waren, die sein Vater ihm erzählt hatte. Seine Mutter bemerkte es auch: die Wut war kleiner geworden. Er konnte von Menschen und Wasserdrachen erzählen, die in den Wellen tobten, ohne Verbitterung. Er malte die Geschichten noch aus und sagte, die Menschen hätten Kiemen gehabt oder diese mit ihrem *Smok* geteilt und wären so gute Schwimmer gewesen wie die Drachen selbst.

Krywult erinnerte sich, dass er während dieser Geschichten mit seinem Vater zusammen gewesen war. Sie waren in ihrem Element gewesen. Ohne Dakota wäre diese Erinnerung wohl verschollen geblieben.

Dakota entdeckte schließlich einen Stollen, der abgesperrt war. Als sie Krywult danach fragte, erklärte er, dass der Stollen einsturzgefährdet war und die Erddrachen ihn aufgegeben hatten. Auch das war neu für Dakota. Es gab hier einen Hüter der Höhlen und wenn dieser sagte: »Hier darfst du nicht entlanggehen« hielten sich alle Bewohner strikt daran. Selbst die Kinder. Hangameh hatte ihr nie solche Vorschriften gemacht. Dakota kannte inzwischen fast alle Bewohner und fühlte sich ihnen näher, fand aber dennoch, dass für sie nicht dieselben Regeln galten wie für die anderen.

Bei Hangameh kannte sie jeden Winkel des Archivs. Es war kein ausgereifter Plan, als sie losging. Aber sie vertröstete die Kinder auf den Nachmittag, sie wollte keines von ihnen bei sich haben oder in Gefahr bringen. Niemand hier würde ihr das verzeihen. Sie achtete sorgfältig darauf, dass ihr keiner folgte. Auch das war etwas, das sie noch aus der Zeit bei Hangameh kannte. Sie war ihr oft gefolgt. Dakota hatte immer vermutet, um ihre Arbeit zu prüfen. Inzwischen glaubte sie, dass Hangameh ihr aus demselben Grund gefolgt war wie die Kinder: weil sie im Dunkeln leuchtete.

Sie schüttelte die Kinder von Norak ab, die ihr am hartnäckigsten folgten, kümmerte sich noch um Videt, die von ihrer Wache zurückgekehrt war und bog dann ab, in den gesperrten Stollen. Sie stieg über die hölzerne Absperrung mit dem Warnschild und tauchte ein in absolute Schwärze. »Bring Licht ins Dunkel«, hatte Hangameh gesagt.

***

Dakota wusste nicht, wie lange sie schon unterwegs war. Ihr Zeitgefühl war nie besonders ausgeprägt gewesen. Hangameh hatte sie oft gerügt, wenn sie zu spät zum Abendessen erschienen war, weil sie sich, wie Hangameh es ausdrückte, *irgendwo verbummelt* hatte. Sie verstand aber bald, warum der Stollen aufgegeben worden war. Ständig fielen Gesteinsbrocken, kleine und größere, von der Decke, die Wände waren feucht, es roch modrig und einige *Schlufs* waren tatsächlich eingestürzt. Dakota krabbelte in einen Schluf hinein, geriet an eine solche Einsturzstelle und musste dann mühselig und rückwärts wieder hinauskriechen, weil nicht genügend Platz war, um sich umzudrehen. Als sie wieder in einem Gang war, in dem sie aufrecht stehen konnte, besah sie sich ihre Kleidung. Sie sah aus wie ein Schwein, eines, das sich lange und vergnüglich im Dreck gesuhlt hatte.

»Vielleicht war das eine blöde Idee«, sagte sie zu sich selbst und entdeckte einen neuen Weg. Sie hatte inzwischen sechs Gabelungen passiert, hatte sich immer rechts gehalten und meinte, ohne Probleme zurückzufinden. Diesmal ging sie links.

Dakota sah fast nichts. Hörte aber etwas. Sie sah natürlich schon etwas: ihre direkte Umgebung, in orangefarbenem Licht. Die Wände, die Decke, den Weg vor sich, circa zehn Schritte weit. Danach nur Dunkelheit. Aber da war etwas. War das ein leiser Wind? Eine Ritze, durch die der Warwind eindrang? Vielleicht ein Feuerabzug?

Dakota berührte mit den Fingerspitzen ihre Sichel und schnippte dann mit den Fingern, aber nichts passierte. Ihr gelangen einige Funken, aber keine Flamme wie neulich mit Kiron, Funken reichten aber aus, um eine Fackel zu entzünden. Sie nahm sich vor, beim nächsten Mal eine mitzunehmen. Sie wollte mehr Licht. Ihr einfaches Gewand aus Wolle war schwer von nasser Erde und klebte an ihrer Haut. Dennoch spürte sie einen Luftzug. Es musste eine Verbindung nach draußen geben. Sie war nicht tiefer nach Leotrim vorgedrungen, so wie in Hangamehs Archiv, sondern musste parallel zur Küste gegangen sein. Sie vermutete einen Höhleneingang, der nicht verschlossen worden war. Der Luftzug wurde stärker. Sie hörte ein Plätschern, fließendes Wasser.

Natürlich, Menschen, die Höhlen bewohnten, suchten sich Plätze mit Wasser, mit unterirdischen Seen, mit Quellen, die das Leben sicherten.

Sie trat aus dem Gang und auch wenn das eigene Licht ihres Haars und ihrer Haut nur schwach war, wusste sie, dass die Decke weit nach oben gerückt war und sie eine Halle für Drachen betrat. Sie spürte die Weite, die sich auftat. Vielleicht war diese Höhle sogar groß genug, um Drachen das Fliegen zu ermöglichen. Da war es wieder, das Geräusch, wie ein Pfeifen.

»Hala?«, sagte sie. Sie erwartete keine Antwort und kam sich dumm vor, in einer dunklen Höhle einen Gruß zu rufen. »Jetzt verbeuge ich mich noch. Das siehst du zwar nicht, aber ich halte mich brav an die Etikette«, plapperte Dakota weiter.

»Dieser hier. Sieht«, sagte eine Stimme.

Dakota erschrak fürchterlich. Ihr leuchtendes Haar versteckte sich im Dunkel vor Schreck. Da standen sie und hörten nur den Atem des anderen.

Nerina sah im Dunkeln sehr gut. Er hatte das Mädchen schon einige Zeit gerochen und seine Ankunft erwartet. Er war zu erschöpft, um sich weiter zu verkriechen. Er brauchte Hilfe.

»Dieser hier. Durst. Groß.«

Dakota wusste sofort, wer *Dieser hier* war. Sie war Nerina vor langer Zeit begegnet und sollte dem Drachen schon damals etwas zu trinken bringen, hatte sich aber ängstlich im Archiv versteckt. *Wie viele Mondphasen ist das her?,* fragte sie sich, rührte sich aber nicht. Dakota versuchte, sich an den Tag zu erinnern. Nerina war in Hangamehs Höhle aufgetaucht und Hangameh hatte wie immer gewusst, was zu tun war. Sie schickte den dunklen Drachen in die Himmelsberge. Und danach nach *Drachenwart.* Das hatte Hangameh gesagt. Drachenwart. Sonst nichts. Das *Warum* ließ Hangameh ihr gegenüber unausgesprochen.

»Durst«, sagte Nerina wieder.

»Ja …, natürlich«, sagte Dakota. Sie schüttelte ihren Schrecken ab. *Drachenwart,* dachte sie immer wieder. *Das ist es!* Und ihre Haare leuchteten vor Aufregung.

Sie berührte ihre Sichel, schnippte diesmal aber nicht mit den Fingern. Sie wollte sich selbst beruhigen und brauchte ihre Hände, um Wasser zu schöpfen. Sie sah sich um und entdeckte schließlich den Ursprung des plätschernden Geräusches. Wasser floss an einer Wand hinab und sammelte sich am Boden in einem kleinen, natürlichen Becken.

Dakota schöpfte mit den Händen Wasser und roch daran. Schließlich probierte sie, ob es trinkbar war. Seit die Warwinde sie so aus der Fassung gebracht hatten in ihrer Intensität traute sie ihrer Nase nicht mehr recht. Sie trug das Wasser in hohlen Händen zu dem dunklen Drachen hin. Nerina öffnete leicht das Maul, etwas unbehaglich und zögerlich steckte Dakota ihre Hände in das Maul des Drachen und öffnete sie über seiner Zunge. Nerina zog den Kopf zurück, schluckte schwer und flüsterte schließlich: *»Mehr.«*

Dakota betrachtete den Drachen im Schein ihres eigenen Lichts. Die Warwinde mussten ihn überrascht haben. Er sah schlimmer zugerichtet aus als Videt. Seine Haut war feucht, sie fasste ihn am Hals und am Kopf an und bemerkte Schweiß. Dem Drachen war viel zu warm, er musste Fieber haben. Nerina hatte viele Schrammen am Körper.

Ich muss ihm helfen, dachte Dakota.

»Durst«, sagte er schwach. Dakota rannte zurück zur Quelle, holte wieder eine Handvoll Wasser und träufelte sie ins Maul des Drachen. Zehn- oder zwölfmal rannte sie zurück, um mehr Wasser zu holen. Sie zählte bald nicht mehr.

Ich brauche einen Eimer, überlegte sie, *und etwas zu fressen für ihn. Ich muss einen Tiegel von der Salbe stehlen und saubere Tücher, damit ich ihn verarzten kann.* Dakota überlegte, wie sie an all diese Sachen kommen könnte, möglichst unauffällig, während sie wieder und wieder lief und Wasser schöpfte.

Nerina schlief ein, als er endlich keinen Durst mehr hatte. Dakota setzte sich auf den Boden und betrachtete seinen massigen Körper. Nerina atmete schwer und mühevoll, Dakota spürte die Hitze, die von seinem Körper ausging. Sie konnte Krywult nichts erzählen, da war sie sich sicher. Dakota erinnerte sich, wie viel Angst sie gehabt hatte bei ihrer letzten Begegnung. Nun war sie hier, es war viel passiert. Mit ihr, um sie herum. Sie hatte tatsächlich Hangameh verlassen. Sie hatte ihr immer eingebläut, nicht untätig zu sein. Ihr wichtigstes Anliegen war, *nützlich zu sein.* Hier, in den Höhlen, im Schutz vor den Warwinden, hatte Dakota den Eindruck, wirklich etwas Nützliches tun zu können. Schließlich stand sie auf und hastete zurück. Ohne sich zu verlaufen. Dakota *bummelte* nicht.

DIE LEUCHTTÜRME VON LEOTRIM

Norwin schlief viel und sprach wenig in der folgenden Zeit. Ambro fügte sich schnell in den Alltag der Bewohner ein, erledigte die Aufgaben, die man ihm auftrug, besuchte Norwin, um ihn zu füttern und sprach anschließend mit Melih Dor. Der lächelte viel, sagte dauernd: »Ja ja« und »gut gut« und wenn er fand, das Gespräch sei beendet, klopfte er Ambro aufs Knie, murmelte: »Gutes Gespräch, weitermachen« und schritt von dannen, als hätte er etwas sehr Wichtiges zu tun.

Nilofar verließ die Höhle täglich und kam am späten Nachmittag zurück mit dem, was sie mit Pfeil und Bogen erlegt hatte: Vögel, Hasen, anderes Wild. Norwin rührte kein Fleisch mehr an, nicht einmal Fisch. Für ihn ging sie dann nochmals los und sammelte, was der Wald hergab. Da Norwin wieder zu Kräften kommen musste, bekam er eine Mischung aus Honig und Insekten, Heuschrecken und Mehlwürmern.

Manchmal wurde Nilofar auf ihren Streifzügen von anderen Mädchen begleitet, sie schien aber immer die Wortführerin zu sein. So geleitete sie auch Ambro durch die Höhlen, zeigte ihm alle Räume, die Wasserstelle und das Krankenlager. Einen Tunnel verbot sie ihm.

»Da darfst du nicht rein, da lebt ein Bär.«

»Warum lebt ihr mit einem Bären zusammen?«, entfuhr es ihm.

»Er war zuerst da, er duldet uns«, sagte sie leichthin. Ambro konnte nicht erkennen, ob sie einen Scherz machte oder es ernst meinte. Sie verzog keine Miene und ging weiter.

»Ach, du kannst Nilo zu mir sagen«, meinte sie, als wäre das die logische Fortführung nach einer Bären-Warnung.

Sie ging voraus, stolz, mit sehr geradem Rücken und zeigte ihm den Weg zu Norwins Nachtlager. Nilofar nannte sein Nest *Balm;* eine ins Gestein geschlagene Nische, quasi eine Höhle in der Höhle. Der Platz war mit Stroh und Rosshaar ausgelegt, die Decke wölbte sich darüber wie eine hohle Hand. Er hatte so eine Nische schon einmal gesehen, damals in der Höhle der alten Graum. Nilofar wies Ambro einen anderen Schlafplatz zu, bei ihr und den anderen Kindern, aber schon in der ersten Nacht schlich er zu seinem *Smok* und schlief bei ihm. Niemand sagte etwas dazu oder schickte ihn zu den anderen zurück.

Der Höhleneingang wurde von zwei Feuerdrachen bewacht. Ambro erschrak beim kleinsten Geräusch und erwartete jeden Augenblick einen neuen Angriff. Nachts lag er oft wach, starrte die Decke über sich an und lauschte angespannt auf Norwins Atem. Die Angst blieb und floss über wie Wasser aus einer vollen Regentonne während eines Herbstschauers. Ambro kam sich vor, als würde er im Regen stehen, seine Tonne schwappte und schwappte über. Was er auch tat.

Am dritten Abend kam Nilofar zu ihm, legte ihm seinen Tornister, das Messer und die Papierschnipsel vor die Füße, die sie noch gefunden hatte. Viele waren es nicht. Ambro betrachtete diese Dinge seltsam distanziert, als hätten sie an Bedeutung verloren. Einen Augenblick lang wollte er sie anbrüllen, sie solle die Sachen behalten, wegwerfen, verbrennen. Dann besann er sich, murmelte ein leises »Danke« und schob alles beiseite. Aus seinem Blickfeld. Er fragte nicht nach den Männern und sie sagte nichts.

Ambro wusste nicht, was er mit dem Messer tun sollte. Es war ein Geschenk seines Vaters, aber es hatte Norwin verletzt. Die Klinge war kurz, was vermutlich der Grund dafür war, dass Norwin noch lebte. Der Erdboden in der Höhle war aus Stein, er hatte keine Chance, hier etwas zu vergraben und verschwinden zu lassen. Er nahm sich vor, sollte er sich je wieder hinaustrauen, sein Messer zu entsorgen. Vergraben, ins Meer werfen oder ins Feuer, aber Ambro bezweifelte, dass Feuer helfen würde.

***

Melih Dor besaß vierunddreißig Bücher. So viele hatte Ambro noch nie auf einmal gesehen. Er nahm sich vor, alle zu lesen, während Norwin sich von dem Überfall erholte. Melih befürwortete dieses Vorhaben.

»Ich will alles über Mora wissen, über Silván natürlich … und alles andere auch«, sagte er zu dem alten Mann. Der strich sich mit seinen feinen Händen übers weiße Haar, das er streng nach hinten gekämmt hatte. Er trug es schulterlang, ähnlich wie Ambro.

»Fangen wir erst einmal mit den Bienen an. Und dann erzähle ich dir etwas über die Leuchttürme. Kennst du Vincent?«

»Ich glaube, ich bin mal von Vincent geleitet worden. Ich wusste nicht, wo ich hingehe ... nein, falsch. Ich wusste, wo ich hingehe, nur nicht, dass ich da hinwollte. Es war sehr merkwürdig.«

Melih Dor nickte wissend, er klang wie eine Biene, wenn er »M-hm« machte. Das machte er oft. In der Eingangshalle standen insgesamt fünfzehn Bienenstöcke. Wenn Ambro sich eine Weile in der Nähe der Holzkästen aufhielt, meinte er, selbst auch zu brummen. Er beobachtete, wie Melih Dor selbstvergessen zwischen ihnen umherging, Waben prüfte, Honig abschöpfte oder Deckelwachs abkratzte. Ambro bemerkte an sich selbst eine Scheu, die er bis dahin nicht kannte. Er wollte nicht gestochen werden. So als wäre ein Bienenstich das Gleiche wie ein Messerstich. Er hielt immer einige Schritte Abstand und schaute nur zu, während Melih Dor sprach, als würde er mit sich selbst reden. Dabei war Ambro nicht der einzige Zuhörer. Um ihn herum versammelten sich immer wieder andere Bewohner, lauschten eine Weile, gingen wieder, als wären sie selbst Bienen und Wissen so etwas wie Blütenstaub. Sie holten sich täglich ihre Portion *Pollen* bei ihm ab.

Ambro durchsuchte die Büchersammlung und fand ein Buch, das mit »Mythen und Legenden – Alles über Silván« überschrieben war. Das las er als Erstes. Dann fand er eins, das hieß »Die Leuchttürme von Leotrim«. Im Buch waren insgesamt acht Leuchttürme beschrieben. Mehrere Kapitel widmeten sich den sogenannten Türmerfrauen. Jeweils eine Türmerfrau betrieb einen Leuchtturm, hieß es dort. Ambro fand das Wort *Türmerfrau* sehr merkwürdig, er hätte wohl ein anderes gewählt, Wärterfrau vielleicht. Er murmelte die Begriffe, die er neu lernte, vor sich hin und stopfte sich seinen Kopf absichtlich mit all diesem Wissen voll. Mit dem Buch auf den Knien über den *Launigen Vincent* nachzudenken und mit Norwin darüber zu reden, dass sie einmal vor ihm gestanden hatten, war einfacher als jedes andere Gespräch.

»Vincent scheint gar nicht zu Leotrim zu gehören«, sagte Norwin und Ambro war froh, dass sein *Smok* überhaupt etwas sagte. Pro Tag schafften sie drei oder vier Sätze, einen Austausch, den man als Unterhaltung bezeichnen konnte.

Ambro nickte. *»Ja, er steht da auf seiner Felseninsel, etwas abseits der Küste. Selbst das Gestein hat eine andere Farbe.«*

»Keine Tür«, sagte Norwin. *»Und keine Fenster.«*

»Die Türmerfrauen kümmern sich um das Leuchtfeuer. Hier steht aber nicht, wie sie das machen.«

»M-hm«, murmelte Norwin und klang sehr müde. Er hatte seine Wörter für heute aufgebraucht. Ambro erwartete keine Antworten mehr und las weiter, mal für sich, mal laut.

Abends nahm er noch ein Buch über die Lichter mit in sein Nest, die da *Himmelskörper* hießen, und in dem alle zwölf Sternbilder beschrieben waren. Der Schreiber behauptete auf den ersten Seiten, nicht Leotrim würde sich bewegen, sondern die Lichter, was der Grund sei, warum man nicht alle zwölf Sternbilder zur gleichen Zeit sehen könne. Manche sähe man nur von den Himmelsbergen aus, andere nur auf den Hügeln von Penryn. Dann stand da noch, dass fünf weiblich und sieben männlich wären, was Ambro ungemein spannend fand.

Melih Dor hatte behauptet, es gäbe sogar weibliche und männliche Bäume.

»Bäume haben doch kein Geschlecht«, hatte er widersprochen und das Ganze sogar lustig gefunden.

»Und das sagst du, weil du alles über Leotrim weißt? Jedes Geheimnis?«

***

Ambro versank in den Büchern und Geschichten und verdrängte weit weg, tief drin, was sich ereignet hatte. Ambro wollte weder darüber sprechen noch darüber nachdenken.

Er sah jeden Tag brav nach Norwin. Dem schien es ähnlich zu gehen. Bereitwillig ließ er sich vorlesen, um nicht selbst sprechen zu müssen. Ambro las über Mythen und Legenden, über Kriege und lang verstorbene Drachen.

Melih Dor übernahm das Reden und erklärte ungefragt, wie ein Bienenvolk zusammenlebte. Bald wusste Ambro, dass jedes Volk eine Königin hatte, die ein Leben lang Eier legte, nach nur einem einzigen Hochzeitsflug mit mehreren Drohnen. Nur Norwin spitzte die Ohren, als es in Melih Dors Ausführungen um den Hofstaat, die Arbeiterinnen und die Ammen ging.

Moun, dachte Norwin sehnsüchtig. Seine Amme. Melih Dor kümmerte sich gut um ihn, da gab es nichts zu bemängeln. Er war auch schnell überzeugt davon, welche Wundermittel Honig und Bienenwachs waren. Es ging ihm zunehmend besser, auch wenn er das nicht sagte. Melih Dor war keine Amme. So sehr er sich auch bemühte, eine zu sein.

»Wir waren mal Könige«, sagte der Alte unvermittelt.

»Was ist passiert?«, fragte Ambro. Die Tage wurden kürzer. Sie saßen bei Kerzenschein zwischen aufgeschlagenen Büchern und angefangenen Notizen. Er wollte schon lange einen Brief an Hangameh schreiben, fand aber keine

Worte und schob es immer wieder auf. Er fürchtete sich vor dem, was sie sagen könnte.

»Das, was immer passiert. Krieg.« Melih Dor klang traurig.

Ambro dachte über diese Antwort nach.

»Denkst du, wir beherrschen die Drachen?«, fragte Melih Dor.

Ambro schüttelte ernst den Kopf.

»Denkst du, sie herrschen über uns?«

Ambro zog die Stirn kraus, schüttelte wieder den Kopf.

»Muss denn irgendwer über irgendjemanden herrschen?«

»Das ist eine gute Frage.« Melih Dor lächelte wieder, starrte dabei ein Loch in die Luft und Ambro wartete das geduldig ab.

»Vielleicht«, sagte Melih Dor nachdenklich. Wie ein Kind spielte er mit seinen eigenen Händen. Mit dem Daumen der linken Hand, berührte er die Fingerkuppen der rechten. Immer wieder.

»Erzähl mir eine Geschichte«, bat Ambro.

»Eine über Silván?«

»Ja. Stell dir vor, wie schön er gewesen sein muss, als er noch blau war. Als er noch nicht wie etwas Zerbrochenes aussah.«

»Gut, eine Geschichte über Silván.«

»Ist sie auch wahr?«, fragte Ambro.

»Spielt das eine Rolle? Ob ich sage *erfunden* oder *tausend Jahre her …* Ob du etwas lernst oder nicht, liegt bei dir. Kannst du zuhören?« Melih Dor sah Ambro eindringlich an. Er hatte die Angewohnheit, auch mit den Händen ein Gesumm anzustellen. Seine Finger waren dauernd in Bewegung. Er rieb Daumen und Zeigefinger aneinander oder gar alle Finger am Handballen.

»Ich glaube: ja«, sagte Ambro und betrachtete nachdenklich seinen schlafenden *Smok.* »Vielleicht«, meinte er und war sich nicht sicher. Ambro erinnerte sich an seinen Traum. An den Flieder und den Geruch von Lavendel und wie sich das vermischte und nach Zuhause anfühlte, obwohl er vorher nie Lavendel gerochen hatte. Das waren Norwins Erinnerungen und seine eigenen, die zu etwas Gemeinsamem geworden waren. Vielleicht hatte seine Mutter das gemeint: Dieser Geruch und das Gefühl dazu waren etwas, für das sie beide keine Worte hatten.

»Nichts ist einfach nur eine Geschichte. Alles hat einen Ursprung, seinen Anfang, seine Aufgabe und auch sein Ende.« Melih Dor klang so, als würde er gleich wieder etwas erklären.

»Die Bücher sind unzuverlässig. Sie überliefern nicht, *was* passiert ist. Nur *dass* etwas passiert ist. Die Geschichten sind wie ein Echo.« Melih Dor zog eines der Bücher aus seiner Sammlung näher heran. Er saß im Schneidersitz auf dem Boden.

»Ich glaube, die Menschen haben sich über die Drachen erhoben, versucht, sie zu beherrschen. Am Schluss feierte Holosch ein großes Fest, weil das Meer getränkt war vom Blut und Tränen.« Melih Dor suchte eine bestimmte Seite. Er überblätterte einige Seiten, die Zeichnungen von Silván zeigten. Dann hatte er gefunden, wonach er gesucht hatte.

»Hier! Man sagt ihm nach, er hätte den Verstand verloren und die Erde verbrannt. Diejenigen, die überlebt haben, mussten neu anfangen.«

»Was meinst du damit?«, fragte Ambro.

»Ich weiß es nicht genau. Das Wort in diesem Buch«, sagte er und legte eine altersfleckige Hand auf die Seite, »hat mehrere Bedeutungen. Es steht für *Neu* sowie *Null.*

Man könnte es aber auch mit *Beginn* oder *Abermals* übersetzen. Die Sprache ist alt und ungenau.«

»Und du denkst, Silván war dabei?«

»Ich glaube es, ja. Ich würde ihn gern fragen. Ich versuche schon eine Weile, ihn zu finden.«

Deshalb bist du hier, dachte Ambro. Er sagte leise: »Silván ist gegangen.«

Hangameh hatte ihm gesagt, dass er nach Drachenwart heimgekehrt war. Er schlief im Feuer.

»Oh«, sagte der Alte. Er verfiel wieder in sein Starren. Aber nur kurz.

Schließlich tätschelte er Ambros Knie, sagte: »Gutes Gespräch, weitermachen«, stand auf und ging.

Ambro nahm das Buch über die Leuchttürme von Leotrim zur Hand und las die Namen laut vor. Er wollte sie auswendig können, auch wenn er nicht genau wusste warum. Es mochte helfen, zu verdrängen, wie hilflos er sich fühlte. Es mochte zu seinem Auftrag als Kartograf gehören. Im Moment half es, wie ein Mantra.

»Vincent. Velimir. Valer. Vilem. Vaiko. Valmir. Valtrim. Vegard.«

Ambro mühte sich mit den Namen ab und dachte gleichzeitig: *Die gibt es doch alle nicht mehr.* So wie es Silván nicht mehr gab. Er wunderte sich über seine eigenen Gedanken. Wie viel hatte er denn schon von Leotrim gesehen? Wieso nahm er gleich an, dass es sie nicht mehr gab? Er zog Hangamehs Karte aus dem Stapel seiner Habseligkeiten und betrachtete sie bei Kerzenschein. Die Karte, die er so unfertig, so ungenau fand und ...

Da entdeckte er Velimir. Er war schon die ganze Zeit da gewesen. Der *Friedvolle Velimir.*

Vielleicht war der *Launige Vincent* launisch, weil ihm seine Brüder fehlten. Denn im Buch hieß er nicht *Lau-*

nischer Vincent. In dem Buch über die Leuchttürme Leotrims war er der *Sieger über das Leid.* Ambro fragte sich, warum niemand ihn mehr so nannte. Selbst Hangameh verwendete nicht seinen richtigen Namen. Ambro legte seinen Zeigefinger auf seine neue Entdeckung: Velimir war verdammt weit weg. Ambro lächelte bei dem Gedanken, dass die Leuchttürme von Leotrim vielleicht sogar *mowaren* könnten. War das so abwegig?

DAKOTAS GEHEIMNIS

Dakota kam zurück, tauchte wieder ein in das emsige Leben, das ihr die letzten Tage so gut gefallen hatte. Doch nun hatte sie ein Geheimnis. Und obendrein das Abendessen verpasst. Sie musste sich und ihr Wollkleid erst waschen. Eins von Noraks Kindern sah sie, wie sie in ihre Kammer schlich. Sie legte die Finger auf die Lippen, der Junge zwinkerte mit beiden Augen, als hätte er verstanden und sie zog sich hastig um. Sie trug grün, Krywult zuliebe. Seiner Zugehörigkeit wegen. Krywult, der eine Schale Suppe und sogar eine dicke Scheibe Brot für sie zurückgelegt hatte, fragte beiläufig, wo sie gewesen war.

»Die Kinder haben dich heute Mittag gesucht und w-waren sehr enttäuscht.«

»Das tut mir leid«, sagte sie und sah ihm direkt in die Augen. »Ich war bei Videt und dann war die Salbe leer und sie hatte so viele Wunden. Ich kann ihr nicht helfen, ich bin nutzlos ohne die Tücher und die Tiegel. Das hat mich betrübt und dann habe ich mich still in ein Eck gesetzt und die Zeit vergessen.«

Das war nicht einmal richtig gelogen. Dakota wunderte sich, wie leicht ihr die Worte über die Lippen kamen. Krywult hatte schon manches Mal erlebt, wie sie irgendwo saß und nicht mehr wahrnahm, was um sie herum geschah. Er dachte natürlich sofort an den Mittag, als sie inmitten der Wildblumen gesessen hatte, nur um Videt zu sprechen. Er hatte sie gesehen, andere auch.

»Ich kann dir zeigen, w-wie man die Salbe für Videt herstellt. Und du bist nicht nutzlos. W-wir sind alle froh, dass du da bist.« Krywult lächelte und Dakota aß ihre Suppe.

»Ja, zeig mir das. Ich muss solche Dinge wissen, wenn ich hier mit euch lebe.«

Als alle schliefen, schlich Dakota in die Vorratskammer, nahm einen kleinen Holzeimer und überlegte, was sie nehmen konnte, ohne viel Aufmerksamkeit zu erregen. Beim Trockenobst, den Nüssen und Äpfeln bedienten sich alle, wie sie Hunger hatten. Wenn sie hier eine Portion nahm, würde es keiner merken. Beim Pökelfisch allerdings schon. Dakota hatte beim Abendessen nur die halbe Scheibe Brot gegessen und die andere in der Tasche ihres Kleides verschwinden lassen. Allerdings wusste sie nicht, ob Nerina Brot mochte. Aber es war noch Suppe da. Würde jemand fragen, könnte sie sagen, sie selbst gegessen zu haben. So löffelte sie einige Kellen aus dem Topf in den Eimer und trug alles zu Nerina. Sie rannte die ganze Strecke.

Der Drache lag noch da, wie sie ihn verlassen hatte. Auf dem Bauch, den Kopf auf den Vorderpfoten liegend und schwer atmend. Sie weckte ihn, indem sie seine Nüstern leicht berührte.

»Ich bin's«, sagte sie. *»Hast du Hunger?«*

»Dieser hier …«, sagte er. Weiter kam er nicht. Sie löffelte ihm die kalte Suppe ins Maul. Sie kniete auf dem Boden vor ihm und er blies ihr seinen schweren, fiebrigen Atem ins Gesicht. Er roch sogar krank.

»Was ist nur mit dir passiert?«, fragte sie. Aber Nerina antwortete nicht. Zu atmen und zu schlucken schien sei-

ne ganze Kraft aufzubrauchen. Dakota wusch den Eimer aus, füllte ihn mit Wasser und stellte ihn, zusammen mit dem Brot und den Trockenfrüchten auf den Boden, direkt vor Nerinas Nase.

»Ich komme morgen wieder«, sagte sie und tätschelte seinen riesigen, schwarzen Kopf.

Nerina schnaubte nur.

***

Schon am Morgen, noch vor dem Frühstück, erklärte Krywult ihr die verschiedenen Kräuter: Arnika, Brennnessel, Kamille, Ringelblumen, Wundklee und viele andere. Er zeigte ihr, wie man Mörser und Stößel verwendete und welche Kräuter bei welchen Beschwerden halfen. Schließlich bat sie ihn, die Salbe für Videt herzustellen, damit sie zusehen konnte. Krywult begann routiniert, Dakota beobachtete gewissenhaft, was er tat. Auch etwas, das sie bei Hangameh gelernt hatte: beobachten und nachahmen. So hatte sie ihre Zeit bei der Chronistin verbracht. Krywult nahm als Basis der Salbe Bienenwachs und Olivenöl. Er erhitzte das Bienenwachs im Wasserbad, Dakota rührte und roch und staunte. Krywult vermischte die Zutaten, das war alles wirklich nicht schwer. Beim nächsten Mal könnte sie das alles schon selbst tun. Krywult lächelte. Er stand auf, holte ein anderes Gefäß aus einer der Nischen und gab es Dakota.

»Das w-was w-wir heute gekocht haben, muss erst abkühlen und fest w-werden. Nimm diese Salbe und in den nächsten Tagen erst die neue.«

Dakota nahm das Steintöpfchen, hob den Deckel und schnupperte daran.

»Ich würde die Bienen gern einmal sehen«, sagte sie sehr leise. Ein Tier, das etwas so herrlich Duftendes herstellen konnte, musste ein Wunderding sein. Die kleine Stube, in der sie gemeinsam kochten, roch nach Wachs, nach Rauch und ein bisschen nach Wildblumen. Dakota atmete tief ein und ließ alles auf sich wirken. Sie würde am liebsten das ganze Jahr hier wohnen.

»Ich kann sie dir zeigen«, sagte Krywult, der Hoffnung schöpfte, Dakota möge hier bleiben. Hier bei ihm. Auch nach den Warwinden.

»W-wir haben insgesamt sieben Bienenvölker«, plapperte er weiter. »Unser Imker ist ein fähiger Mann. Er kann gut mit ihnen umgehen.«

Dakota verstand nichts davon, sie wusste weder, was ein Imker war, was er tat noch wie ein ganzes Bienenvolk aussah. Geschweige denn sieben. Sie war mit den Gedanken bei Nerina, sie würde später über Krywults Worte nachdenken.

»Ich gehe zu Videt«, sagte Dakota, »mit der Salbe. Jetzt kann ich ihr helfen!«

»Gut.« Krywult nickte und begann, die Stube aufzuräumen.

Dakota hastete davon. Sie musste zuerst zu Videt, um keinen Verdacht zu erregen. Als sie in der Halle der Flugdrachen ankam, war die Aufregung groß. Die zwei von ihrer Wacht zurückkehrenden Drachen verkündeten, die Warwinde würden nachlassen, sie könnten bald wieder hinaus. Die beiden sahen auch kaum zerzaust aus, sie benötigten keine Verbände, keine Wundversorgung. Dakota war in dem Trubel kaum aufgefallen. Sie drückte ihren Schatz, das Töpfchen aus Steingut, an ihren Bauch und entschied sich schnell. Sie wollte nicht auf die Nacht warten – sie wollte jetzt zu Nerina. Sie stopfte einige Tuchfetzen, die für die zurückkehrenden Drachen bereit lagen, in die Tasche ihres Kleides und versuchte, so unauffällig wie möglich die Halle zu verlassen. Kaum war sie in einem der Zugänge verschwunden, *bummelte* sie nicht. Dakota rannte, was mühselig war, mit dem Töpfchen in der Hand. Sie war schon in den verbotenen Stollen abgebogen und weit hineingelaufen, als sie bemerkte, dass sie sich in absoluter Dunkelheit bewegte. Sie hatte wieder keine Fackel mitgenommen. Sie stoppte, horchte, ob ihr jemand gefolgt war und berührte dann mit den Fingerspitzen ihrer rechten Hand ihre Sichel. Als hätte sie zwei Feuersteine aneinander geschlagen, leuchtete sie im Dunkeln auf. Haare, Haut, Sichel. Sie war ihre eigene Fackel.

Ich kann das ganz bewusst steuern, dachte sie und probierte es noch einmal aus.

Dunkel. Hell. Dunkel.

Hell.

Dakota rannte weiter. Nerina war in einem beklagenswerten Zustand. Dakota konnte seinen Atem hören, ein langes, mühseliges Pfeifen. Er schwitzte immer noch sehr, sein ganzer Körper war feucht wie der eines Wasserdrachens. Doch Nerina hatte an den Flügeln diesen empfindlichen Flaum wie ein Feuerdrache. Er war eindeutig kein Hüter des Wassers. Dakota wusste von Kiron, dass die Feuerdrachen es nicht mochten, wenn man mit der Hand über diesen Flaum streichelte. Obwohl er kleine Kinderhände förmlich einlud. Die Kinder konnten nicht widerstehen, eine kleine Katze zu streicheln oder einen Welpen. Der Weg einer Kinderhand zu einem flauschigen Drachenflügel war da nicht sehr weit. Der Unterschied bestand darin, dass die Härchen empfindlich waren, jedes einzelne ein blanker Nerv. Beim Fliegen waren sie nützlich, vor allem in den Höhlen. Die Feuerdrachen stießen sich nie irgendwo an, stürzten nicht ab, spürten jeden Luftzug und behaupteten sogar, damit Wasser zu finden. Ihre Nasen taugten dafür nicht. Kiron beklagte, dass er so gut wie nichts mehr schmecken oder riechen konnte.

Dakota ordnete Nerina bei den Feuerdrachen ein und beherrschte sich, ihn zu streicheln. Er war krank und kein Hundewelpe. Dakota lachte schallend. Nerina öffnete ein Auge, um sie anzusehen.

Damals bei Hangameh war er so groß, so bedrohlich gewesen, dass sie vor Schreck davongelaufen war. Und nun schalt sie sich, ihn nicht wie ein Hundebaby behandeln zu dürfen. Das war zu lustig.

»Tut mir leid«, kicherte sie, zog die Tücher aus ihrer Tasche und begann, wie sie es bei Videt gelernt hatte, die Wunden mit Wasser zu säubern und mit Salbe zu bedecken. Nerina ließ alles über sich ergehen. Er hob den Flügel, wenn sie es verlangte, trank, wenn sie ihm Wasser reichte, aß brav das Trockenobst, das immer noch da lag, wo Dakota es zuvor liegen lassen hatte.

Dakota sprach leise auf ihn ein. »Das wird schon wieder. Bald bist du wieder gesund.«

Nerina wäre nie in den Sinn gekommen, sich für die Behandlung zu bedanken oder gar zu fragen, warum Dakota ihm half. Wozu auch? Dinge passierten. Wer war er, das infrage zu stellen? Aber die Hoffnung keimte in ihm auf, er möge überleben. Mit Wasser, Futter und etwas Zeit würde es gelingen, zu heilen.

Dakota setzte sich auf den Boden, direkt vor seinen Kopf, damit er sie sehen und riechen konnte. Alle Wunden waren versorgt, nun mussten sie beide abwarten. Doch Dakota hatte, im Gegensatz zu Nerina, einige Fragen.

»Was ist passiert? Bist du in die Warwinde geraten?«

»Dieser hier. Kampf. Drache des Feuers«, antwortete er mühselig. Ohne die Lippen zu bewegen. *Mowarisch.* Nerina hatte nicht die Kraft, die ganze Geschichte zu erzählen. Alle paar Jahre – manchmal lagen Jahrzehnte dazwischen – da durfte er hinaus, einen wie Silván heimbegleiten und dann sollte er gefälligst wieder in seiner Höhle verschwinden, schlafen und abwarten, bis er wieder gebraucht wurde. Bisher hatte ihn noch niemand zurückgeschickt. Doch wo er auftauchte, hatten die Menschen Angst, rannten davon und andere Drachen griffen ihn an. Nirgends war er willkommen, keiner wollte ihn in seiner Nähe haben. Er hatte sich in unzähligen Höhlen versteckt und war nur nachts geflogen. Dennoch, Dakota war die Erste, die ihn nicht wegschickte, die keine Angst hatte.

Dakota berührte ihn nun doch, streichelte seine Nüstern und wunderte sich. Warum sollte ein Drache einen anderen angreifen?

»Er. Angst vor Diesem hier.«

»Er hatte Angst vor dir und hat dich angegriffen?«

»Ja.« Nerina atmete das Wort aus. Dakota fand, dass Nerina nicht mehr so krank roch.

»Du. Keine Angst vor Diesem hier.«

»Nein«, sagte sie wahrheitsgemäß und ließ ihre Hand immer noch auf seiner Nase. *»Weißt du, was ich bin?«* Die Worte fielen aus ihr heraus, sie hatte gar nicht vorgehabt, das zu sagen. Aber es fühlte sich richtig an. Er war ihre einzige Chance.

»Tochter des Olin.«

Erschrocken zog Dakota die Hand weg und umschlang ihre Knie. *Dunkel.*

»Kennst du ihn?«

»Ja.« Wieder hauchte er das Wort.

»Kannst du mich zu ihm bringen?«

»*Ja.*«

Natürlich musste er erst gesund werden. Dakota würde alles dafür tun.

Nerina hatte kein Wort für *Danke* oder für *später* oder etwas wie: *Dieser hier. Gesund.* Er hatte nur eine Aufgabe. Nach Drachenwart zu fliegen, wenn man ihn darum bat.

DIE SORGEN DER CHRONISTIN

Hangameh hatte eine Weile geschwiegen und nachgedacht. Mora war geduldig, wenn sie etwas im Überfluss hatte, dann Zeit. Es lag also nicht daran, dass keine Zeit gewesen wäre, um der Drachenschildkröte von dem Jungen namens Ambro und der gemeinsamen Zeit zu erzählen. Mora hörte sich jede Geschichte an, ihr Interesse oder ein Mangel daran wären auch kein Hindernis. Hangameh musste sich eingestehen, dass sie nicht davon erzählen wollte. Ambro und was mit ihm zusammenhing, das war etwas, das ihr gehörte. Sie hatte ihn losgeschickt, etwas für sie zu tun. Das war nicht neu. Sie bestellte Drachen und Menschen zu sich ein, gab ihnen Aufträge, sie zu begleiten, mit ihr zu fliegen, ihr zu essen zu bringen oder vielerlei andere Dinge. Und sie taten es. Sie fassten es als Ehre auf. Als sie das letzte Mal in die Himmelsberge musste, um Silván, den Kindshüter von Leotrim, zu verabschieden, da war sie mit zwei jungen Drachen, Libor und Leotar, geflogen. Die beiden waren jung und ungestüm, aber sie hatten sich sehr bemüht, sie und ihr Buch wohlbehalten in die Himmelsberge zu bringen. Leotar musste gespürt haben, wie ungern sie flog. Er hatte darauf verzichtet, irgendwelche Flugmanöver mit ihr zu veranstalten. Andere Drachen waren ehrgeizig gewesen, wollten beweisen, welch gute Flieger sie waren und meinten, das ausdrücken zu können, indem sie aus großer Höhe abstürzten, um kurz vor dem Aufschlag auf dem Wasser noch einmal abzudrehen und schnell wieder an Höhe zu gewinnen. Vielleicht dachten sie auch, einer wie ihr müsste der Überschlag gefallen – diese kleinen Menschen schaukelten doch so gern. Hangameh nicht. Und Überschläge in großer Höhe führten bei ihr nur dazu, dass sich ihr Magen von innen nach außen stülpte. Leotar hatte behauptet, ein guter Flieger zu sein, und es dann mit Besonnenheit und Ernsthaftigkeit bewiesen. Seither schickte sie immer nach diesen beiden Drachen, wenn sie fliegen musste. Aber auch das wollte sie der alten Drachenschildkröte nicht erzählen. Der Mond hatte viele Male zugenommen und wieder abgenommen, für sie spielte es eigentlich keine Rolle. Die Zeit. Sie verging, ungeachtet dessen, was sie tat. Sie hatte viele Nächte damit zugebracht, die Seiten in ihrer Chronik zu studieren, zu sehen, was passierte. Früher hatte sie es gleichgültig hingenommen, wenn ihre Feder Wörter aufschrieb. Manchmal verstand sie das Geschriebene, manchmal nicht. Es gab zum Beispiel einen Mann namens Mersan, der immer wieder in ihrer Chronik auftauchte. Sie war ihm noch nie begegnet. Manchmal stand da: *Mersan legt ein neues Buch an.*

Was immer das bedeuten mochte. Yari tauchte auch regelmäßig auf. Also: ihr Name. Hangameh hatte sie bisher wenige Male gesehen, aus der Entfernung. Dieses Haus, das sich bewegen konnte. Allein die Lichter mochten wissen, wie das vonstattenging. Es tat, was es wollte, als hätte es einen eigenen Willen. Diesem Willen nach wollte es von Hangameh weg. Ein einziges Mal war Hangameh auf der Terrasse gestanden und dann erschrocken abgesprungen, als das Haus losrannte. Jedes Mal, wenn sie einander nah gekommen waren, ging ein Ruck durch Yari hindurch und sie rannte los. Hangameh sah keine Füße, keine Rollen, da war nichts, nicht einmal Flügel. Hangameh musste lachen. Ein Haus mit Flügeln. So ein Unsinn. Fast so unsinnig wie ein Haus, das gehen könnte. Wohin es wollte. Oder eine Feder, die schreiben konnte…

Moment! Nun ging ein Ruck durch Hangameh. Sie stand auf, ihre Knie zitterten. Sie stützte sich mit einer Hand an der Gesteinswand ab und starrte Mora an. Die Wellen rollten an den Strand, der Wind zerzauste ihre Haare, sie hatte vergessen, sie zu einem Knoten zu binden. Einzig ihre einzelne geflochtene Strähne, die auf Höhe der Stirn begann und ihr bis zu den Knien reichte, trotzte dem Wind.

Leotrim brauchte bald einen neuen Kindshüter. Das wollte Hangameh der Drachenschildkröte erzählen. Sie wollte sie fragen, ob sie einen neuen bestimmen musste. Oder ob das die Lichter tun würden.

Mora wusste vermutlich schon alles von Ambro. Und von Dakota. Und ihren Sorgen, dem Alleinsein, den vielen Fragen. Vermutlich wusste Mora auch, dass Silván inzwischen im Feuer schlief. Es gab keine Möglichkeit, der alten Dame *schnell* eine Information abzuringen. Doch Hangameh musste jetzt sofort und schnell etwas herausfinden.

»Ich komme wieder«, sagte sie und wankte benommen zum Ausgang der Höhle.

»Ich weiß«, sagte Mora. Sie ließ die Augen geschlossen und genoss die mittägliche Sonne.

Hangameh versuchte, zu rennen, es gelang ihr nicht. Mit einer Hand stützte sie sich bei jedem Schritt an der Wand ab, als wäre sie fußkrank oder lange nestlägerig gewesen. Sie starrte zu Boden, auf ihre Füße und das Stück Weg vor sich. Sie dachte angestrengt nach. Auch die Feste, die über das Jahr gefeiert wurden, tauchten auf ihren Pergamentseiten auf. Immer wieder. Das Schaukelfest. Die Sommersonnenwende. Das Fest der guten Geister. Die lange Mondnacht. Wintersonnenwende. Natürlich das Erntefest. Und der Tanz in den Mai. Sie wusste nicht, ob diese Feste gefeiert wurden, weil sie in der Chronik standen. Oder ob sie in der Chronik standen, weil sie gefeiert worden waren. Letztendlich war es auch einerlei. Hangameh nahm nicht daran teil. Es war ihr nie in den Sinn gekommen, in eins der nahen Dörfer zu gehen und zu tanzen, die Ernte zu bewundern oder sich zu verkleiden. Selbst nicht, als Dakota noch bei ihr war. Wie leicht wäre es gewesen, sich ein Geisterkostüm zu fertigen und sich unter die Feiernden zu mischen. Sie schalt sich den ganzen Weg zurück in ihre Heimstatt. Nicht nur für sich selbst. Auch Dakota hatte sie so viel genommen dadurch. Einzig die Sommersonnenwende hatte sie sich aus der Ferne angesehen. Das Feuer, das die Menschen zur Sommer- und zur Wintersonnenwende an der Küste entzündeten, in der Mitte der Nacht, sah man meilenweit. Manchmal, da saß sie mit Dakota oben auf den Klippen, im feuchten Moos, rupfte einige Gräser aus Langeweile ab und schaute die Küste hinauf und hinunter. Alle paar Meilen brannte ein turmhohes Feuer und die Menschen gaben sich gegenseitig Signale mit ihren Fackeln. »Ich sehe dich.« Die Drachen flogen ihre Kreise, weit oben.

Wie leicht wäre es gewesen, eine Fackel zu nehmen und das Signal zu erwidern. »Ich sehe euch auch.« Hangameh hatte Tränen in den Augen, verlangsamte ihren Schritt. Sie lehnte sich mit der Schulter gegen die Felswand. Ihr Gram schüttelte sie. »Ich bin so dumm«, murmelte sie. Ambro hätte das alles gleich verstanden und gehandelt. Er gäbe einen viel besseren Chronisten ab, fand sie. Einen, der nicht nur zusah und aufschrieb, was passierte, sondern Teil hatte am Leben der Menschen. Mitten unter ihnen. Sie hatte sich ferngehalten, weil sie dachte, sie würde nicht dazugehören. Doch sie war ein Teil von Leotrim wie alle anderen auch.

Schließlich kam sie in ihrer Höhle an, ließ sich schwerfällig an ihrem Schreibpult nieder und wischte sich mit dem Ärmel ihres Gewands über das Gesicht. Die Chronik lag aufgeschlagen vor ihr. Sie blätterte vor und zurück, suchte nach seinem Namen. Mersan.

Als sie ihn endlich fand, schrieb sie, einer Laune gleich, darunter: »Wer bist du?«

Ihre Feder, dieses merkwürdige Ding, entwand sich ihrer Hand und schrieb selbstständig:

»Der Chronist von Leotrim.«

Die Schrift kannte sie. Die Karte, die sie Ambro mitgegeben hatte, wies dieselbe kleine, krakelige Schrift auf. Nicht die ihre, nicht die ihrer Feder. Seine?

»Ich bin die Chronistin!«, brüllte Hangameh. Die Feder schrieb ihre Worte auf. In Großbuchstaben.

»Du bist nicht allein«, antwortete Mersan.

Hangameh atmete, atmete und atmete. Tief und lang und beherrscht.

»Bei allen verfluchten Eisriesen, was bedeutet das?«

»Finde Yari. Besuche mich«, schrieb er. »Dann reden wir. Es wird Zeit.«

ZEIT, LICHT UND KREISLAUF

Ambro setzte sich ans Feuer zu Nilofar. Sie bot ihm Stockbrot an. Ambro lief das Wasser im Mund zusammen. Stockbrot, wie lange war das her, dass er eines gegessen hatte?

»Hast du auch Butter?«, fragte er übermütig.

Nilofar lachte herzlich.

»Und als Nächstes möchtest du noch einen Becher warme Milch?"

»Das wäre wunderbar.«

Das Stockbrot schmeckte so gut wie daheim an Mutters Feuer. Ambro aß mit Genuss und Nilofar schwieg. Sie stocherte mit einem Stock in der Glut herum, mehr aus Langeweile, denn um das Feuer in Gang zu halten. Funken stoben auf, der Höhleneingang war erfüllt von orangerotem Glimmen. Ambro fand es schön.

»Traust du dich mit mir hinaus?«, fragte Nilofar leise.

»Es ist schon dunkel.« Ambro hatte aufgegessen und leckte sich die Finger.

»Ich weiß. Das war nicht die Frage.«

Ambro dachte darüber nach.

»Da draußen ist niemand. Keiner interessiert sich dafür, dass wir hier sind. Und Norwin liegt in seinem Balm und schläft.«

Ambro nickte. Er war immer noch wie eine volle Regentonne. Zu Hause hatte er dem Vater oft zugesehen, wie er die leeren Tonnen gekippt und dann woanders hin gerollt hatte. Für ihn war es regelrecht eine Wissenschaft, die Tonnen an der richtigen Stelle zu platzieren, die Rinnen am Tanzboden der Linde zu befestigen und die richtige Neigung zu finden, damit das Regenwasser auch ordentlich abfließen konnte. Olafur wollte Smilla das Leben erleichtern, damit sie nicht so oft zum Brunnen musste, Wasser schleppen. Ambro hatte den Eindruck, dass es seinem Vater unheimlich Spaß machte, am Baumhaus zu werkeln, irgendetwas zu optimieren, aber das Wasser vom Brunnen holte er oft selbst – dieses ausgeklügelte System war gar nicht nötig. Jetzt wäre er froh, den Vater hier zu haben, seine Kraft, um *die Tonne* umzuwerfen und woanders hin zu rollen. Hier konnte er sie nicht brauchen.

Ambro sagte nichts. Er nickte kaum merklich und es kostete ihn viel Kraft, seinen Stock beiseitezulegen, aufzustehen und ihr zu folgen. Er machte nur kleine Schritte, seine Beine waren tonnenschwer. Er hielt den Atem an, als er an den beiden Feuerdrachen am Eingang vorbeigehen musste. Einer von beiden verließ seinen Platz und folgte ihm.

Nilofar ging stramm voraus. Der Mond schien hell, der Himmel wirkte eher dunkelblau als schwarz. Die Lichter schauten alle zu.

Nilofar hatte die Höhle verlassen und ging linker Hand einen Pfad entlang, der erst leicht anstieg und schließlich von Ambro verlangte, auf allen Vieren zu klettern. Erneut beneidete er Norwin um seine Geschicklichkeit. Er schwitzte und mühte sich, griff immer wieder nach losen Steinen, rutschte in nasser Erde aus und konnte nicht einmal ansatzweise mit Nilofars Tempo mithalten. Sie saß oben, ganz oben auf dem felsigen Dach des Höhleneingangs, pulte Moos vom Gestein und wartete geduldig, bis er neben ihr zum Sitzen kam. Er keuchte, wischte sich mit dem Ärmel den Schweiß von der Stirn und riss, fast zornig, den Verband von seinen Händen, den Idris ihm angelegt hatte. Die Blasen darunter waren verheilt. Es war keine Narbe geblieben. Ambro strich über die neue, empfindliche Haut. Alles war wie immer. Er war sich sicher: eines Tages würde er wieder in Burry mit seinen Eltern am Tisch sitzen, zu Abend essen, sie würden nicht sehen, dass er sich beim Holzhacken eine Blase erarbeitet hatte. Zu sehen war es auch nicht mehr. Und wenn sein Vater dann sagen würde: »Leg ein paar Scheite aufs Feuer«, dann könnte er ohne Mühe ein Stück Holz spalten, tun, was sein Vater ihm aufgetragen hatte, und sie alle würden wissen, dass er es nicht von ihm gelernt hatte. Alles wäre wie immer und gleichzeitig nicht. Wenn es endlich soweit sein würde, wäre er nicht mehr der Junge, der während der Sonnentage losgegangen war, um die Chronistin zu besuchen. Wegen einer Hausaufgabe.

Ambro nahm sich vor, seine *Drachenkunde* noch heute Nacht zu vervollständigen, ins Reine zu schreiben und sie der Chronistin zu schicken. Sie würde Mittel und Wege finden, seinen Aufsatz an seine Lehrerin, Pan Harbor, weiterzuleiten. Sie mochte nicht mehr in Burry sein. Aber eine Aufgabe war eine Aufgabe. Ambro erledigte seine Aufgaben, er war ein zuverlässiger Junge.

»Willst du was Tolles sehen?«, fragte Nilofar, die bis jetzt schweigend zugesehen hatte, wie Ambro seine Hände betrachtete, als würde er sie zum ersten Mal sehen.

»Ja.«

Nilofar stand auf, berührte dabei Ambros Schulter, um ihm zu signalisieren: Folge mir. Nilofar ging voraus, Ambro folgte mit zehn Schritten Abstand. Über ihnen flog der Feuerdrache. Das Mädchen deutete mit seinem Zeigefinger nach oben.

»Das ist Fujo. Mein *Smok.*«

»Ich weiß«, sagte Ambro. »Sie ist sehr groß.« Ambro war beeindruckt von ihrer Flügelspannweite. Er konnte die fünf Glieder ihrer Flügel gut erkennen und obwohl es Nacht war, sah er das Rot ihrer Haut sehr gut. Sie flog leise wie eine Eule.

Nilofar mochte erst zwölf sein, ihr *Smok* schien schon ausgewachsen. Sollte sie bis zum Sommer ihres Lebens noch weiterwachsen … Ambro fand, sie wäre jetzt schon größer als Aidar. Und Aidar erschien ihm riesig. Fujo landete. Das konnte er deutlich hören. Alles Eulenhafte verschwand augenblicklich. Ambro hörte viel mehr, als dass er sah. Fujo faltete ihre Flügel zusammen und versuchte, alles an seinen Platz zu legen. Offensichtlich hatte sie Mühe, ihre eigene Spannweite, ihre eigene Größe zu bewältigen. Nilofar griff beherzt zu, zupfte dort ein Stück Haut an die richtige Stelle, entwirrte zwei Flügelglieder, die sich ineinander verhakt hatten, streichelte ihr über die empfindliche Haut und machte dabei immer wieder: »Scht Scht«.

»Tut ihr das nicht weh?«, fragte Ambro und trat näher.

Fujo neigte ihren Kopf zu ihm nach unten, atmete hörbar ein und gleich wieder aus. Das kannte er schon, auch Aidar machte das. Obwohl der Drache seines Vaters überhaupt nichts mehr riechen konnte, versuchte er doch immer wieder, einen Menschen auf diese Weise wahrzunehmen. Den Atem mit einem Drachen zu teilen war von jeher etwas Besonderes. Ambro streckte die Hand aus und berührte Fujos Nüstern. Sie zuckte, als würde er sie kitzeln, dann drückte sie ihre Nase fester an seine Hand.

»Ihr müsst leise sein«, flüsterte Nilofar. Sie griff nach Ambros rechter Hand und zog ihn näher zu sich. Er stand neben dem Drachenmädchen Fujo, betrachtete ihren zusammengefalteten Flügel, ihr Körper tat sich vor ihm auf wie ein Berg. Es schien, als würde ihre Haut glimmen wie Glut, die kurz vor dem Ersterben war. Nilofar führte Ambros Hand, indem sie ihre auf seine legte.

»Es tut ihr nicht weh, wenn man es vorsichtig macht. Kinder sind oft grob. Aber du bist ja keins mehr, oder?« Ambro schüttelte schnell den Kopf und widersprach nicht. Er ließ zu, wie Nilofar seine Hand ganz sachte auf Fujos Flügel legte. Ambro hielt den Atem an. Fujo zuckte kurz, entspannte sich aber wieder.

»Atme«, flüsterte Nilofar. Fujo schnaubte und Ambro entließ die Luft aus seinen Lungen. Sie hatten sich beide angesprochen gefühlt.

Zum ersten Mal berührte Ambro den Flügel eines Feuerdrachens. Olafur hatte nie zugelassen, dass Ambro Aidars Flügel berührte.

Die feinen Härchen waren weich. Ambro hatte schon Hunde gestreichelt, kleine Katzen, Schafe und natürlich Hasen – bevor er ihnen das Fell abzog. Aber nie so etwas Weiches wie den Flügel eines Feuerdrachens. Er fand das erstaunlich: sie konnten Feuer geben, in einer Schmiede arbeiten und dabei helfen, etwas Neues zu erschaffen, sie konnten zerstören und töten. Dabei waren sie so weich und empfindlich.

Es ist leicht, einem Feuerdrachen wehzutun, dachte Ambro und erinnerte sich an die Arena. An den Kampf. An die beiden jungen Drachen, die mit ihren nutzlos gewordenen Flügeln nur noch hüpfen konnten. *Vielleicht haben sie vergessen, was Feuer anrichten kann, in ihrem Schmerz und der Demütigung.*

Ambro entzog Nilo seine Hand, er schluckte schwer. Das alles war so ungerecht, so grauenvoll.

»Komm mit, ich will dir was zeigen.« Nilofar flüsterte und zog ihn schon wieder weiter. Fujo kam nicht mit. Sie legte sich ab.

»Ich dachte, das war…«, begann Ambro.

»Scht.« Nilofar legte ihren Finger auf seine Lippen. »Sei still.«

Nilofar ging wieder voraus. Noch einen Hügel hinauf, diesmal nicht so steil wie auf das Höhlendach. Sie gingen eine ganze Weile, Ambro fragte nichts, hing seinen Gedanken nach. Die Nacht war schön, er konnte seinen Atem in der Luft sehen. Bald würde der Schnee kommen.

Nilofar blieb stehen, wartete, bis Ambro nah bei ihr war und drückte ihn dann hinunter ins Gras. Sie legte wieder den Finger auf seine Lippen, ohne selbst einen Laut von sich zu geben. Schließlich robbte sie, sehr leise, auf Armen und Knien die Anhöhe hinauf. Ambro folgte ihr. Als er oben ankam, war seine Kleidung nass, er fror und dachte noch: *Das muss jetzt aber was sehr Tolles sein.*

Ambro hatte mit Wildpferden gerechnet. Das war etwas, das man sich nachts anschauen und toll finden konnte. Smilla und Olafur hatten ihm schon erzählt, dass sie wilde Ponys gesehen hatten. Aber auch die großen, kaltblütigen Pferde mit langem Haar. »Die sahen aus, als hätten sie Stiefel an«, hatte seine Mutter lachend erzählt. »Die sind groß und stolz und wirklich haarig.« Smilla hatte gestrahlt und gekichert, als sie davon erzählte, und dabei Olafurs Hände gehalten. Sie hielten sich oft an den Händen, wenn sie von Dingen sprachen, die sie gemeinsam erlebt hatten.

Ambro kicherte nicht. Er sah keine Kaltblüter. Keine langen Haare. Er sah Drachen. Wilde Drachen, die frei waren. Sie hatten keinen Namen im Nacken. Er konnte das auf die Entfernung nicht sehen, wusste es aber dennoch. Niemand war bei ihnen. Zwei Flugdrachen, dunkelblau. Und drei Feuerdrachen. Sie balgten sich wie Kinder. Sie flogen auf, landeten wieder, kniffen einander mit den Zähnen. Einer von ihnen, ein kleiner Blauer, musste noch ein Toddler sein. Er versuchte, seine Flügel auszubreiten, und schlug hektisch mit ihnen auf und ab. Die anderen machten es ihm vor. Langsam. Erst das Strecken der Flügel. Die erwachsenen Drachen spreizten die fünf Glieder ihrer Flügelhände, dann hoben sie ab, mit einem Schlag, mit noch einem. Sie schwebten in der Luft, ließen sich sachte wieder auf dem Boden nieder. Eine Pfote, dann noch eine. Schließlich standen sie auf allen Vieren und legten die Flügel wieder an. Hübsch an ihren Platz.

Fujo hatte sich damit so abgemüht, vorhin erst. Und ihre Landung? Sie war mehr auf den Boden gestürzt. Nichts an ihrer Landung war elegant gewesen. Nur ihr Flug war eulengleich. Das hatte Ambro gedacht. Er fragte sich, ob ihr jemand – ein anderer Drache – gezeigt hatte, wie das ging. Oder ob sie wuchs und wuchs und es selbst herausfinden musste. Er hatte auch eine Menge Dinge selber herausfinden müssen.

Ambro war glücklich und traurig zugleich und fragte sich, ob das überhaupt möglich war.

Erst jetzt, in diesem Augenblick, wurde ihm klar, dass Norwin geflogen war. Er nicht, aber Norwin schon. Fujo hatte ihn getragen. *Ob er es mitbekommen hat, in seinem Schmerz?* Ambro kam sich schäbig vor. Er hatte Norwin nicht gefragt, ob seine Wunde noch wehtat. Wie der Flug mit Fujo war. Ob er sich nun anders fühlte. Ob er nun so viel Angst hatte wie er. Ob er sich jemals so frei gefühlt hatte wie diese Drachen hier. Ob er das überhaupt wollte. Frei und bei Nacht auf einer Wiese spielen, mit anderen Drachen. Ob sein Leben in den Himmelsbergen so gewesen war. Vor ihrer Verbindungszeremonie hatte er so viele Fragen gehabt. Und jetzt wieder. Aber gefragt hatte er nicht.

»Lass uns zurückgehen«, flüsterte Nilofar.

»Nein, ich will hierbleiben.«

»Ich versteh das, wirklich. Aber du gehörst nicht zu ihnen. Das zu sehen ist schon …« Nilofar zögerte, »… wie ein Angriff auf sie.«

Ambro zuckte zusammen. Schweren Herzens robbte er den Hang wieder hinunter, so leise wie möglich.

»Ich kann mich nicht länger bei euch verstecken«, flüsterte Ambro, mehr zu sich selbst.

Nilofar stand wieder auf. Sie waren inzwischen weit genug weg.

»Ich weiß«, sagte sie. »Norwins Wunde ist verheilt. Er wartet auf dich, darauf, dass du sagst, es geht weiter.«

Ambro nickte. »Ich habe von der *Mutter aller Wasser* geträumt. Sie hat mich zu sich gerufen.«

»Dann solltest du gehen. Ich glaube, jemanden wie sie lässt man nicht warten.«

Ambro lächelte. Das kam ihm bekannt vor. Er dachte an Hangameh. Auf dem Weg zu ihr hatte er die beiden Nevs kennengelernt und das Haus Yari. Am Schluss hatte er etwas für Nev und seinen Drachen tun können. *Vielleicht,* dachte er, *ist es diesmal auch so!?* Er war den beiden, nein, den Dreien nicht wieder begegnet, aber ganz sicher, dass sie nun frei waren.

»Ich habe eine Menge Fragen an die Mutter. Wenn ich es schaffe, zu ihr zu kommen, werde ich ihr hiervon erzählen. Ich werde ihr sagen, was in Einar passiert ist.«

»Kann ich mitkommen?«

Ambro war nicht besonders überrascht über die Frage. Er sah zu Nilofar auf, erst jetzt bemerkte er, dass sie die

Höhle ohne ihren Bogen verlassen hatte. Fujo war nirgends zu sehen. Hier waren nur sie beide.

Ambro nickte langsam. »Ja.«

»Ich pass auf dich auf«, sagte Nilofar. Das war kein Scherz, sie meinte es ernst.

Ambro dachte einen Augenblick darüber nach und starrte dabei seine schlammbeschmutzten Schuhe an. Er trug den Dreck von Einar noch mit sich herum.

»Norwin passt auf mich auf«, sagte er leise. »Aber du kannst mitkommen.«

DE BOTTE

Er trug seine Wörter auf der Haut. Es reichte ihm nicht, sie zu wissen. Manches musste man spüren. Mit Schmerz und Tränen und einer Erinnerung, die ein Leben lang dauerte.

Der Bote hatte keinen Vor- und Zunamen wie andere Leute. Er hieß einfach *Der Bote.* Früher war er in Dörfer und Städte geritten, wurde als Bote angekündigt, sagte seine Botschaft auf und verschwand wieder. Irgendwann sprach jemand seine förmliche Anrede falsch aus. Ein anderer plapperte es nach und weil sich dauernd Dinge ändern, dann auch das: Die Leute waren nicht mehr an seinen Botschaften interessiert. Am Schluss war er ein schwarz gekleideter, furchtbar dünner Kerl mit wilden Haaren und schlechten Zähnen. Die Bedeutung seines Namens und auch seiner Berufung – er war ein Hüter des Wortes – gingen verloren. So wurde er *De Botte* und die Leute dachten, das sei sein Name. Er führte ein gutes Leben mit diesem Namens- und Schreibfehler, er wehrte sich nicht.

Bis zu dem Tag, als eine Botschaft auftauchte. Auf einer der vier Scheiben.

Nerina ist frei. Diese Botschaft galt ihm. Das war das erste Mal seit vielen Jahren, dass er seine Entscheidung, sesshaft zu werden und seinen Beruf zu verleugnen, infrage stellte. Sollte er wirklich wieder *Der Bote* werden?

Er trug das ganze Jahr schwarz, wie viele Männer, die sich von den Bauern und Handwerkern unterscheiden wollten. Einer wie er, der wohlhabend war und seinen Taglohn mit Schreibarbeiten verdiente, musste nicht gefärbtes Leinen tragen. Er wollte mit den langen Hosen und langärmeligen Hemden die Wörter verbergen, die er auf der Haut trug. Schwarze Tinte, mit einer heißen Nadel in die Haut geklopft. Wörter, die er noch in den Tod mitnehmen würde, Botschaften, die er Holosch noch übermitteln könnte. Falls er ihm je begegnen würde. *De Botte* bezweifelte das.

Nerina war frei. Das bedeutete: Silván war tot. Leotrim brauchte einen neuen Kindshüter. Die *Mutter aller Wasser* würde einen neuen bestimmen. Doch es war seine Aufgabe, Nerina zu sagen, dass er nicht mehr gebraucht wurde. Das Zusammenleben zwischen Menschen und Drachen war fragil. Wenn zu viele den Schwarzen sahen, würden sie es als schlechtes Omen aufnehmen. Die Gründe für eine Hetzjagd waren schnell gefunden. Und ein neuer Krieg nicht weit. Er musste Nerina finden, bevor die Menschen wieder Katapulte bauten und Schwerter wetzten.

***

Das Drachenvolk von Leotrim erzählt sich in dunklen Nächten am Lagerfeuer alte Geschichten. Von Hoffnung und Helden und alten Kriegen. Sie erzählen ihren Kindern von dem Drachen, der seinen Verstand verloren hat und alles von Nord nach Ost niederbrannte. Diese Geschichte ist sehr lange her, doch die Angst sitzt tief, sie wird von Generation zu Generation weitergegeben. Diejenigen, die den Angriff erlebt haben, sind tot und vergessen. Nur die Geschichte und die Angst haben überlebt. Niemand fragt mehr nach dem Warum und keine menschliche Seele kennt die Antwort.

Dieser Drache war nicht böse, nicht dunkel, nicht schwarz. Dieser Drache hat viel mehr verloren als seinen Verstand. Der Bote ist einer der Wenigen, der die Vergangenheit kennt, es liegt an ihm, ob sie Leotrim die Zukunft kostet.

Noch nicht das ENDE

WÖRTERBUCH

Smok: Drachenbruder bzw. -schwester eines Menschen

Broder: Menschlicher Bruder eines Drachen

Siostra: Menschliche Schwester eines Drachen

Kollern: Drachen sprechen mit Drachen, der Mensch versteht es nicht

Mowa/mowarisch: Drachensprache/in Gedanken

Leot/leotrisch: Mundart in Leotrim

Schlüpftag: Geburtstag eines Drachen

Großjährig: Erwachsen im Sinne von volljährig, von der Schule befreit

Entfernungen: gemessen in Meilen (berechnet durch Schritte und Flügelschläge)

Zyklen bzw. zwölf Monde: Jahre

Mond: Monat

Frühtage: Frühling

Sonnentage: Sommer

Spättage: Herbst

Dunkeltage: Winter

Balm: Gesteinsnische oder Höhle unter einer überhängenden Wand

Die Schluft: Die große Halle der Mutter. Hier schlüpfen die Drachen

Höhlung: gut zugängliche, offene Höhle

Drachmaster: Kleines Fischerboot mit einem Mast

Erdling: Hüter der Erde

Feuerbringer: Hüter des Feuers

Flieger: Hüter der Luft

Schwimmer: Hüter des Wassers

WICHTIGE WESEN UND SCHAUPLÄTZE LEOTRIMS

Hangameh: Die Chronistin von Leotrim

Dakota: Das Mündel der Chronistin

Ambro Gulur, der Erste (+ Flugdrache Norwin):

- Sohn von **Olafur Gulur** aus dem *gelben Wald* **(+ Feuerdrache Aidar)**
- Sohn von **Smilla Brosa** aus den *tiefen Bergen* **(+ Erddrache Tara)**
- Bruder von **Aelia**

Jori Norbor, der Dritte (+ Flugdrache Soems)

Silván: Der Kindshüter von Leotrim

- *Broder* **Jello**
- *Siostra* **Bark**

Nev und **Flugdrache NevNev**

Das Haus Yari

Morin Krywult (+ Wasserdrache Rem)

Die Mutter aller Wasser

Gilan und **Idris**: Letzte Bewohner von Siek

Leif: Bewohner aus Kusten **(+ Feuerdrache Kiron)**

Mora: Die Drachenschildkröte von Leotrim

Videt: Flugdrache. Hüterin des Hafens in Kusten

Drachenheim: Ort auf der Vulkaninsel Drachenwart

Nerina: Der dunkle Drache ist die Verbindung zwischen Drachenwart und Leotrim

Melih Dor: Imker, Feuerbringer aus Einar

Nilofar Beza: Tochter von Melih Dor, Feuerbringerin aus Einar

(+ Feuerdrache Fujo)

Zerfass Kern: Schaukelsteller aus Einar

DIE LEUCHTTÜRME VON LEOTRIM (8)

1. **Vincent**. Der Sieger über das Leid.
2. **Velimir**. Der Frieden.
3. **Valer**. Gesundheit und Glück.
4. **Vilem**. Willensstarker Krieger.
5. **Vaiko**. Der Stille.
6. **Valmir**. Die gute Welle.
7. **Valtrim**. Der Mut.
8. **Vegard**. Der Beschützer.

DIE STERNBILDER VON LEOTRIM (12)

1. **Mora** – Die Drachenschildkröte
2. **Olin** – Der Vater des Feuers
3. **Roko** – Der Ältere
4. **Der Eisriese Lone**
5. **Die Bärin im Winterschlaf**
6. **Der Drache Taro**
7. **Kande**, die erste Mutter
8. **Der Jäger Baako**
9. **Der Fuhrmann mit vier Pferden**
10. **Nalani** – Die Weise
11. **Berrin** – Hüterin der Winde von Nord nach Ost
12. **Der Falke**

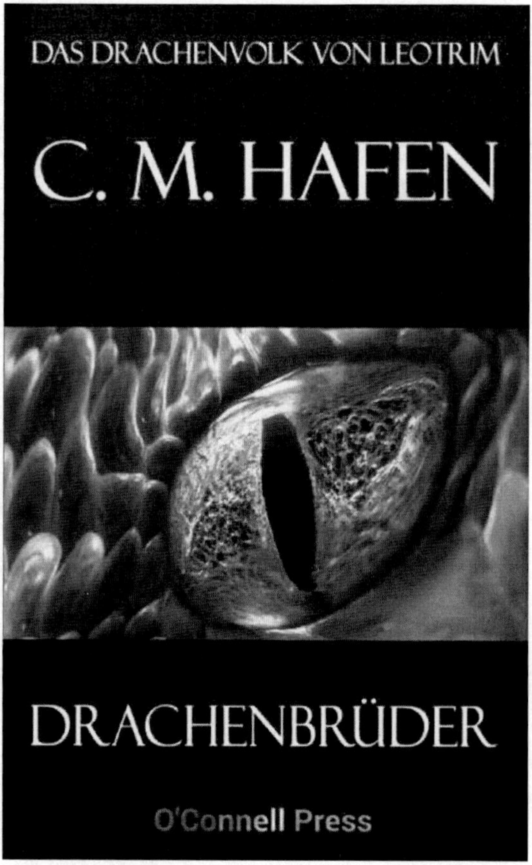

Der Drache Norwin hat einen schwierigen Start ins Leben. Anfänglich hat sein halbgebürtiger Bruder Ambro Schwierigkeiten, etwas mit seinem Drachenbruder anzufangen. Die beiden passen nirgends hin. Jeder in Leotrim hat seinen Platz, seine Aufgabe. Diese beiden müssen nun selbst herausfinden, wofür sie gut sind.
Band 1 der Drachensaga

Bereits erschienen. eBook bei Amazon.de, Taschenbuch und gebundene Ausgabe (fast) überall erhältlich, wo es Bücher gibt.

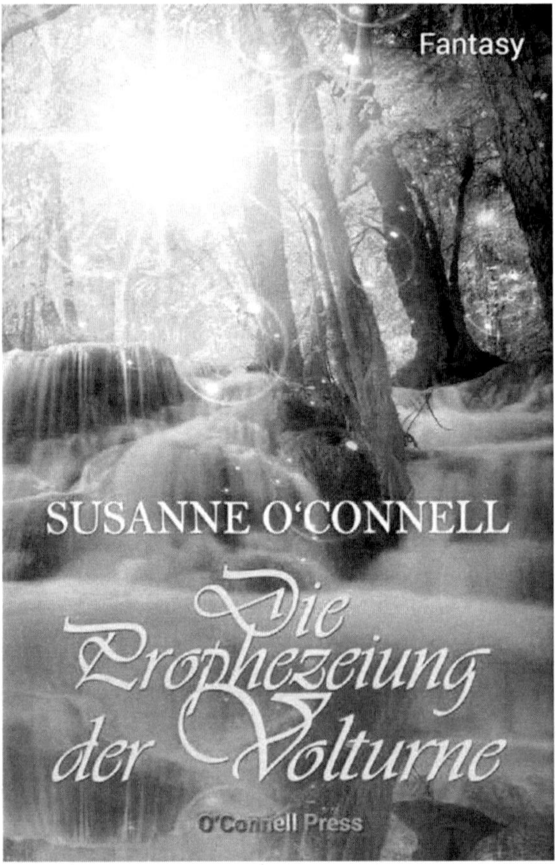

Das Leben des jungen Wasserkriegers Vagóor wird auf den Kopf gestellt, als er an der großen Prophezeiung zu zweifeln beginnt, an der sein Volk sein ganzes Dasein ausrichtet. Packende High-Fantasy-Geschichte in einer scheinbar heilen Fabelwelt, die allerdings bald »derart düster wird, dass man glaubt, man habe sich zwischenzeitlich in einen Stephen-King-Roman verirrt«. (Rezensentin).

Erhältlich bei Amazon.de